नेटवर्क मार्केटिंग
से
अमीर बनिए

नेटवर्क मार्केटिंग से अमीर बनिए

जीवन बदलनेवाली व्यवसाय शिक्षा प्रणाली

प्रदीप ठाकुर

प्रभात पेपरबैक्स
www.prabhatbooks.com

प्रकाशक

प्रभात पेपरबैक्स

4/19 आसफ अली रोड, नई दिल्ली-110002

फोन : 23289777 • हेल्पलाइन नं. : 7827007777

इ-मेल : prabhatbooks@gmail.com ❖ वेब ठिकाना : www.prabhatbooks.com

संस्करण

प्रथम, 2019

मूल्य

एक सौ पचहत्तर रुपए

अ.मा.पु.स. 978-93-5322-545-2

मुद्रक

आर-टेक ऑफसेट प्रिंटर्स, दिल्ली

★

NETWORK MARKETING SE AMEER BANIYE

by Shri Pradeep Thakur

Published by **PRABHAT PAPERBACKS**

4/19 Asaf Ali Road, New Delhi-110002

ISBN 978-93-5322-545-2

₹175.00

मेरी पूर्णकालिक लेखन-यात्रा को
संभव बनानेवाली धर्मपत्नी किरण और
मुझे हमेशा उत्साहित रखनेवाले
सुपुत्रों प्रभाकर, पुष्कर व भाष्कर
को
सस्नेह समर्पित

भूमिका

लगभग हर कोई धनी बनाना चाहता है, लेकिन सभी धनी नहीं बन पाते, क्योंकि अधिकांश व्यक्ति धनी बनने की केवल आकांक्षा ही रखते हैं। वे लोग कभी भी गंभीरता से यह विचार करने का प्रयास ही नहीं करते हैं कि कोई व्यक्ति 'धनी' है, तो वह 'धनी' क्यों है ? बहुत कम लोग ही सचमुच में इस प्रश्न का उत्तर ढूँढ़ने की कोशिश करते हैं। इसका प्रमाण यह है कि बहुत कम लोग ही सचमुच में धनी बन पाते हैं, क्योंकि जिन लोगों को 'धनी' बनने का कारण पता चल जाता है, उनमें से भी बहुत कम लोग ही 'धनी' बनने के रास्ते पर कदम बढ़ा पाने का साहस जुटा पाते हैं और ऐसे साहसी लोगों में भी बहुत कम होते हैं, जो इस जोखिम भरे रास्ते पर लगातार चलते रह पाते हैं, और अंततः 'धनी' बन पाते हैं। इस साहसी वर्ग के लोगों में अधिकांश ऐसे होते हैं, जो पहले, दूसरे झटके के बाद ही घुटने टेक देते हैं और वापस अपने 'औसत व्यक्ति' के पुराने सुविधाजनक रास्ते पर लौट आते हैं।

हाँ, ऐसे लोगों की संख्या बहुत अधिक है, जो धनी बन पाने के लिए सही रास्ते का चुनाव नहीं कर पाते हैं, लेकिन हम अपने आसपास ऐसे उदहारण ढूँढ़ सकते हैं, जो शुरू में हमारी तरह का औसत व्यक्ति दिखता था, लेकिन अंततः 'धनी' बन पाने में सफल हो गया। आपको हैरानी होगी कि वे आपकी तरह बहुत अधिक पढ़े-लिखे भी नहीं है, फिर उनमें ऐसी क्या बात होती है, जो उन्हें अंततः 'धनी' बना देती है ? यदि गंभीरता से खोजबीन करें, तो पता चलता है कि अल्पसंख्यक समुदाय सरीखे 'धनी' और बहुसंख्यक

समाज जैसा 'औसत' व्यक्तियों के जीवन के दृष्टिकोण में धरती-आकाश का अंतर होता है और दोनों के रास्ते भी पूरी तरह से अलग होते हैं?

ऐसे में यदि आप 'धनी' नहीं बन सके हैं, तो स्वयं को कोसने की भी आवश्यकता नहीं है, क्योंकि हमारा परिवार, समाज व शिक्षा केंद्र हमें 'धनी' बनना नहीं सिखाते। हमारे माता-पिता व गुरुजन हमें अच्छे अंक प्राप्त करने के उत्साहित-प्रेरित करते हैं, ताकि हम जोखिम रहित सुरक्षित नौकरी प्राप्त कर सकें। यदि हममें से कोई 'नौकर' बनने से विद्रोह कर देता है और 'स्वामी' बनने का सपना देखने लगता है, तो अधिकांश लोग हतोत्साहित करने वाले ही मिलते हैं। आपको अधिकांश लोग अपनी नौकरियों से दुःखी मिलेंगे, लेकिन उनमें संभवतः कोई भी आपको 'स्वामी' बनने की सलाह नहीं देगा.,क्योंकि नौकरी करने वाली बहुसंख्यक जनसंख्या बहुत अच्छी तरह से जानती है कि 'स्वामी' बनना मुश्किल व जोखिम भरा काम है, जबकि 'स्वामियों' की नौकरी करना सबसे आसान और सबसे अधिक सुरक्षित है।

तो क्या आप अब भी धनी होना चाहते हैं? यदि हाँ, तो आप न तो नौकरी करके और न ही 'नौकरों' से सलाह लेकर ही धनी नहीं बन सकते हैं। याद रहे कि विश्व भर के व्यवसाय महाविद्यालय (बिजनेस स्कूल) भी आपको केवल व्यवसाय प्रशासन (बिजनेस एडमिनिस्ट्रेशन) या अन्य संबंधित विशेषज्ञताएँ तो प्रदान कर सकते हैं, लेकिन वे आपको व्यवसाय का 'स्वामी' (ऑनर) या 'निवेशक' (इन्वेस्टर) बनने की शिक्षा नहीं देती। स्पष्ट है कि यदि आप अपना 'स्वामी' बनना चाहते हैं, तो आपको 'स्वामियों' से ही मेलजोल बढ़ाना पड़ेगा, उनकी सलाह माँगनी पड़ेगी, उन्हीं के दृष्टिकोण को अपनाना पड़ेगा, तब आपको भी पता चल जाएगा कि 'स्वामी' वर्ग के विशिष्ट लोग वही हैं, जो दूसरों को विभिन्न प्रकार की 'सेवा' करने का अवसर प्रदान कर उन्हें आजीविका की सुरक्षा प्रदान करते हैं और उनकी कुशलताओं-योग्यताओं का उपयोग स्वयं को और अधिक धनी बनाने में करते हैं।

याद रहे कि ऐसे बहुत से लोग हैं, जिनमें धनी बनने की क्षमता रहती है, लेकिन वे अपना अधिकांश समय ऐसे लोगों के साथ मेलजोल बढ़ाते रहते हैं,

जो उन्हें आर्थिक रूप से पीछे धकेलते हैं। हम इस पुस्तक में संजाल विपणन (नेटवर्क मार्केटिंग) व्यवसाय के बारे में विस्तार से चर्चा करने वाले हैं। यह ऐसा व्यवसाय, जहाँ लोग आपको और धनी बनने में मदद करते हैं। आप किसी भी धनी व्यक्ति से मिलें, आपको पता चलेगा कि वे किशोरावस्था से ही धन कमाने के लिए कुछ-न-कुछ करते रहे थे। आप हैरान होंगे कि सभी धनी लोगों ने पेशेवर जीवन में प्रवेश करने से पहले ही स्वयं को आर्थिक रूप से स्वतंत्र बनाने के लिए वैसे ही लोगों के साथ मेलजोल बढ़ाना शुरू कर दिया था। ऐसे लोगों को बहुत अच्छी तरह से यह बात समझ में आने लगती है कि यदि उन्हें धनी बनना है, अर्थात् स्वयं को आर्थिक रूप से स्वतंत्र बनाना है, तो इस इस काम में उसकी मदद केवल वे लोग ही कर सकते हैं, जो स्वयं धनी हैं।

यही कारण है कि विश्व के अधिकांश लोगों का ध्यान सामान्य शिक्षा से उचट जाता है। वे लोग अपने अधिकांश साथियों की तरह परीक्षा में अधिकांश अंक लाने पर अपना ध्यान केंद्रित नहीं कर पाते हैं। वे ऐसे लोगों के साथ मेलजोल बढ़ाते हैं, जो उनकी ही तरह धनी बनने में इच्छुक होते हैं। आर्थिक स्वतंत्रता हासिल करने को इच्छुक लोगों के लिए इस रास्ते पर आगे बढ़ना आसान नहीं होता है, क्योंकि उसके अधिकांश साथी बिल्कुल अलग रास्ते पर चल रहे होते हैं। अधिकांश माता-पिता भी अपने बच्चों को अच्छी नौकरी के लिए, अच्छे अंक लाने के लिए ही प्रोत्साहित करते हैं, इसीलिए धनी बनने के इच्छुक लोगों को समान विचार के लोगों का संजाल बनाने में काफी परिश्रम करना पड़ता है, लेकिन यदि आप धनी बनना चाहते हैं, तो ऐसा तो करना ही पड़ेगा।

…और संजाल विपणन (नेटवर्क मार्केटिंग) क्षेत्र की कंपनियाँ आपको अपने ही जैसे धनी बनने के इच्छुक लोगों का संजाल बनाने का मौका दे सकती हैं। यहाँ पर आप किसी व्यावसायिक-संजाल के स्वामी या स्वामियों के लिए नहीं, बल्कि स्वयं को धनी बनाने के लिए काम करते हैं और वहाँ काम करने वाले लोग आपको धनी बनने में इसलिए मदद करते हैं, क्योंकि आपके धनी बनने से उन्हें और भी अधिक धनी बनने का मौका मिलता है और

फिर आप भी दूसरों को धनी बनने में मदद करते हैं, क्योंकि उससे आपको भी और अधिक धनी बनने का मौका मिलता है, लेकिन लोगों को अपने व्यवसाय का, अपने संजाल का निर्माण करने की शक्ति समझाने के लिए पढ़ना आसान काम नहीं है और यह काम आसान नहीं है, तो इसका सबसे बड़ा कारण यह है कि अधिकांश लोगों को निष्ठावान व मेहनती कर्मचारी बनना पढ़ाया गया है, न कि अपने संजाल का निर्माण करने वाले व्यवसाय-स्वामी बनना।

यदि हम संजाल-विपणन (नेटवर्क मार्केटिंग) व्यवसाय की व्यावहारिक कार्यशैली का विश्लेषण करें तो पता चलता है कि ये सचमुच में जनसाधारण के 'व्यावसायिक शिक्षा केंद्र' हैं। ये बड़े व्यावसायिक शिक्षा-केंद्रों की तरह सबसे होशियार बच्चों को दाखिल कर उन्हें धनी लोगों के लिए काम करना नहीं सिखाते। सावधान! हम यहाँ पर 'संजाल विपणन' के नाम ठगी करने वाली कंपनियों के बारे में नहीं, बल्कि इस व्यावसायिक सिद्धांत पर काम करने वाली प्रतिष्ठित बहुराष्ट्रीय कंपनियों के आदर्श व्यापार-व्यवहार की चर्चा कर रहे हैं। व्यवसाय के हर क्षेत्र में ठगी करने वाले लोगों की कमी नहीं है और संजाल-विपणन व्यवसाय का क्षेत्र भी इससे अछूता नहीं है। जी हाँ, कई संजाल विपणन कंपनियाँ वास्तव में 'व्यावसायिक शिक्षा केंद्र' के रूप में काम करती हैं और ऐसे व्यवसाय मूल्य (बिजनेस वैल्यू) सिखाती है, जो पारंपरिक व्यवसाय-महाविद्यालयों में नहीं सिखाया जाता।

मुझे पूरा भरोसा है कि यह पुस्तक सुधी पाठकों को संजाल-विपणन (नेटवर्क मार्केटिंग) के आदर्श व्यापार सिद्धांतों को समझ पाने में और उन्हें स्वयं को 'स्वामी' बनाने की दिशा में सधे कदम बढ़ाने में सहायक सिद्ध होगी।

—प्रदीप ठाकुर

अनुक्रम

1

धनी, क्यों होते हैं धनी ?

हममें से शायद ही कोई ऐसा व्यक्ति होगा, जो धनी नहीं बनाना चाहता हो! लेकिन क्या आपने कभी सोचा है, कोई व्यक्ति 'धनी' है, तो वह 'धनी' क्यों है ? बहुत कम लोग ही सचमुच में इस प्रश्न का उत्तर ढूँढ़ने की कोशिश करते है। इसका प्रमाण यह है कि बहुत कम लोग ही सचमुच में धनी बन पाते हैं, क्योंकि जिन लोगों को 'धनी' बनने का कारण पता चल जाता है, उनमें से भी बहुत कम लोग ही 'धनी' बनने के रास्ते पर कदम बढ़ा पाने का साहस जुटा पाते हैं और ऐसे साहसी लोगों में भी बहुत कम होते हैं, जो इस जोखिम भरे रास्ते पर लगातार चलते रह पाते हैं और अंततः 'धनी' बन पाते हैं। इस साहसी वर्ग के लोगों में अधिकांश ऐसे होते हैं, जो पहले, दूसरे झटके के बाद ही घुटने टेक देते हैं और वापस अपने 'औसत व्यक्ति' के पुराने सुविधाजनक रास्ते पर लौट आते हैं।

तो धनी बन पाना इतना मुश्किल है ? उनके लिए 'हाँ', जो धनी बनने की आकांक्षा तो रखते हैं, लेकिन उसके लिए आवश्यक प्रयास करने से डरते हैं। हाँ, ऐसे लोगों की संख्या बहुत अधिक है, जो धनी बन पाने के लिए सही रास्ते का चुनाव नहीं कर पाते हैं, लेकिन हम अपने आसपास ऐसे उदाहरण ढूँढ़ सकते हैं, जो शुरू में हमारी तरह का औसत व्यक्ति दिखता था, लेकिन अंततः 'धनी' बन पाने में सफल हो गया। आपको हैरानी होगी कि वे आपकी तरह बहुत अधिक पढ़े-लिखे भी नहीं हैं। फिर उनमें ऐसी क्या बात होती है, जो उन्हें अंततः 'धनी' बना देती है, जबकि उच्च पदों पर नौकरी करनेवाले

अधिकांश लोग सेवानिवृत्त होने के बाद अपनी जीवन-शैली को बनाए रख पाने में स्वयं को असक्षम पाते हैं। क्यों? यदि गंभीरता से खोजबीन करें, तो आपको पता चलेगा कि अल्पसंख्यक 'धनी' और बहुसंख्यक 'औसत' व्यक्तियों के जीवन के दृष्टिकोण में बहुत बड़ा अंतर होता है और दोनों के रास्ते भी बिल्कुल अलग होते हैं?

यदि आप 'धनी' नहीं बन सके हैं, तो स्वयं को कोसने की भी आवश्यकता नहीं है, क्योंकि हमारा परिवार, समाज व शिक्षा-केंद्र हमें 'धनी' बनना नहीं सिखाते। हमारे माता-पिता व गुरुजन हमें अच्छे अंक प्राप्त करने के लिए उत्साहित-प्रेरित करते हैं, ताकि हम जोखिमरहित सुरक्षित नौकरी प्राप्त कर सकें। यही कारण है कि अधिकांश लोग अच्छी-से-अच्छी नौकरी प्राप्त करने के लिए उच्च पेशेवर शिक्षा प्राप्त करते हैं।

ऐसे में, यदि आप 'धनी' नहीं बन सके हैं, तो स्वयं को कोसने की भी आवश्यकता नहीं है, क्योंकि हमारा परिवार, समाज व शिक्षा-केंद्र हमें 'धनी' बनना नहीं सिखाते। हमारे माता-पिता व गुरुजन हमें अच्छे अंक प्राप्त करने केलिए उत्साहित-प्रेरित करते हैं, ताकि हम जोखिमरहित सुरक्षित नौकरी प्राप्त कर सकें। यही कारण है कि अधिकांश लोग अच्छी-से-अच्छी नौकरी प्राप्त करने के लिए उच्च पेशेवर शिक्षा प्राप्त करते हैं, ताकि वे अपने जीवन के लिए किसी-न-किसी प्रकार का वित्तीय सुरक्षा (फाइनेंशियल सिक्योरिटी) माध्यम प्राप्त कर सकें। जी हाँ, यह कड़वी सच्चाई है कि हममें से अधिकांश लोगों के माता-पिता व गुरुजन जाने-अनजाने हमें बचपन से ही 'नौकर' बनने के रास्ते पर आगे बढ़ने के लिए धकेलते रहते हैं। यदि हममें से कोई 'नौकर' बनने से विद्रोह कर देता है और 'स्वामी' बनने का सपना देखने लगता है, तो अधिकांश लोग हतोत्साहित करनेवाले ही मिलते हैं। आपको अधिकांश लोग अपनी नौकरियों से दुःखी मिलेंगे, लेकिन उनमें संभवतः कोई भी आपको 'स्वामी' बनने की सलाह नहीं देगा; क्योंकि नौकरी

करनेवाली बहुसंख्यक आबादी बहुत अच्छी तरह से जानती है कि 'स्वामी' बनना मुश्किल व जोखिम भरा काम है, जबकि 'स्वामियों' की नौकरी करना आसान व सुरक्षित है।

तो क्या आप स्वयं को बहुसंख्यक आबादी से अलग समझते हैं? क्या आप सचमुच में दूसरों की नौकरी नहीं करना चाहते हैं? क्या आप अपना जीवन इस तरह से नहीं गुजारना चाहते हैं कि कोई आपको यह बताए कि आप कितना कमा सकते हैं या कब काम पर जा सकते हैं; या फिर कब छुट्टी पर जा सकते हैं, क्या आप स्वतंत्र होना चाहते हैं, क्या आप धनी होना चाहते हैं? यदि हाँ, तो यह सब आपको नौकरी में नहीं मिल सकता है। स्पष्ट है कि आप अपना 'स्वामी' स्वयं ही बनना चाहते हैं, तो आपको 'स्वामियों' से ही सलाह माँगनी पड़ेगी, उन्हीं के दृष्टिकोण को अपनाना पड़ेगा और 'स्वामी' वर्ग के विशिष्ट लोग वही हैं, जो धनी और दूसरों को विभिन्न प्रकार की 'सेवा' करने का मौका देकर स्वयं को और अधिक धनी बनाते हैं। याद रहे कि विश्व भर के व्यवसाय महाविद्यालय (बिजनेस स्कूल) भी आपको केवल व्यवसाय प्रशासन (बिजनेस एडमिनिस्ट्रेशन) या अन्य संबंधित विशेषज्ञताएँ तो प्रदान कर सकते हैं, लेकिन वे आपको व्यवसाय का 'स्वामी' (ओनर) या 'निवेशक' (इंवेस्टर) बनने की शिक्षा नहीं देते।

आप अपना 'स्वामी' स्वयं ही बनना चाहते हैं, तो आपको 'स्वामियों' से ही सलाह माँगनी पड़ेगी, उन्हीं के दृष्टिकोण को अपनाना पड़ेगा और 'स्वामी' वर्ग के विशिष्ट लोग वही हैं, जो धनी और दूसरों को विभिन्न प्रकार की 'सेवा' करने का मौका देकर स्वयं को और अधिक धनी बनाते हैं।

व्यवसाय से संबंधित सभी प्रकार की उपाधियाँ आपको व्यवसाय के स्वामियों की सेवाओं के अनुकूल या योग्य बनाती हैं। भले ही आप मुख्य कार्यकारी अधिकारी (सी.ई.ओ.) स्तर के पेशेवर क्यों न बन जाएँ, लेकिन आप स्वामी या निवेशक बनने की स्वतंत्रता का आनंद नहीं उठा सकते;

क्योंकि तब भी आप वेतनभोगी (सैलरीड) कर्मचारी ही होंगे। स्वामी या निवेशक वेतनभोगी नहीं होते हैं, बल्कि उन्हें अपने निवेश पर 'घाटा' उठाने के जोखिम के बदले में 'लाभांश' मिलता है और उस 'लाभांश' की कोई सीमा नहीं होती है, लेकिन स्वामियों या निवेशकों को लाभांश तब ही मिल पाता है, जब उनका निवेश लाभ कमा पाने की स्थिति में आता है, इससे पहले तो उन्हें 'घाटा' ही सहना पड़ता है। चूँकि पेशेवर कर्मचारियों के वेतन व्यवसाय की हानि से सुरक्षित रहते हैं, व्यवसाय के लाभ से उनका कोई लेना-देना नहीं होता। पेशेवरों को उनकी सेवाओं की कीमत मिलती है और वह कीमत भी व्यवसाय के स्वामियों या निवेशकों द्वारा निर्धारित की जाती है।

यह कहना अनुचित होगा कि वह प्रतिभाशाली व्यक्ति व महत्त्वपूर्ण आविष्कारक नहीं था, लेकिन क्या यह कहना सही नहीं होगा कि नए आविष्कारों से विश्व को महत्त्वपूर्ण संभावित लाभ पहुँचाने की तुलना में थॉमस एडीसन ने वित्त, व्यवसाय व व्यक्तिगत लाभ कमाने पर अपना अधिक ध्यान केंद्रित किया था? जी हाँ, थॉमस एडीसन को भले ही इतिहास में सबसे अधिक सृजनशील अन्वेषकों में से एक होने का श्रेय दिया जाता है, लेकिन सचाई यह भी है कि वह आविष्कारक से अधिक चतुर व्यापारी था।

एडीसन ही क्यों बना धनी व प्रसिद्ध?

क्या आपने थॉमस एडीसन के जीवन का अध्ययन किया है? आपमें से अधिकांश का उत्तर 'हाँ' में होगा, क्योंकि विद्यालय के विभिन्न पाठ्यक्रमों में थॉमस एडीसन के बारे में पढ़ाया जाता है। अगला प्रश्न यह हो कि आप थॉमस एडीसन को क्यों जानते हैं? तो आपमें से अधिकांश का उत्तर यही होगा कि वे महान् वैज्ञानिक थे, जिन्होंने 'बिजली बल्ब' का आविष्कार किया था। लेकिन यदि आपसे यह पूछा जाए कि थॉमस एडीसन कैसे धनी व प्रसिद्ध बना था? तो आपमें से अधिकांश बगलें झाँकने लगेंगे; क्योंकि आपको विद्यालय में इसके बारे में नहीं पढ़ाया गया है। आपको केवल

थॉमस एडीसन के वैज्ञानिक आविष्कारों के बारे में ही बताया गया है।

जी हाँ, थॉमस अल्वा एडीसन को कौन नहीं जानता? उन्हें न केवल सार्वकालिक सबसे महत्त्वपूर्ण आविष्कारकों में गिना जाता है, बल्कि रोचक तथ्य यह भी है कि वह संभवतः इतिहास के सबसे बड़े अन्वेषकों के बीच सबसे अधिक प्रसिद्ध भी हुआ। उसके नाम पर पंजीकृत 1093 एकस्वों (पेटेंट) को देखकर तो कोई भी आसानी से विश्वास कर सकता है कि वह महान् आविष्कारी प्रतिभा था, और थॉमस एडीसन को लोग ऐसा ही समझते-मानते भी आ रहे हैं। यह कहना अनुचित होगा कि वह प्रतिभाशाली व्यक्ति व महत्त्वपूर्ण आविष्कारक नहीं था, लेकिन क्या यह कहना सही नहीं होगा कि नए आविष्कारों से विश्व को महत्त्वपूर्ण संभावित लाभ पहुँचाने की तुलना में थॉमस एडीसन ने वित्त, व्यवसाय व व्यक्तिगत लाभ कमाने पर अपना अधिक ध्यान केंद्रित किया था? जी हाँ, थॉमस एडीसन को भले ही इतिहास में सबसे अधिक सृजनशील अन्वेषकों में से एक होने का श्रेय दिया जाता है, लेकिन सचाई यह भी है कि वह आविष्कारक से अधिक चतुर व्यापारी था। थोड़ी गहराई में जाएँ तो साफ होता है कि थॉमस एडीसन को कई ऐसे आविष्कारों का भी श्रेय दिया गया था, जिनकी विभिन्न प्रक्रियाओं में दूसरे अन्य आविष्कारकों ने भी महत्त्वपूर्ण योगदान किए थे।

हम यहाँ पर थॉमस एडीसन की गुमनाम वित्तीय व कारोबारी छवि की चर्चा करने जा रहे हैं, जिनके दम पर वह झटपट करोड़पति बन गया था। फिर आपके लिए यह फैसला कर पाना कठिन हो जाएगा कि थॉमस एडीसन महान् जन-उपयोगी आविष्कारक था, या कुशल प्रबंधक या फिर चतुर कारोबारी?

ए.डी.एच.सी. से पीड़ित बालक—थॉमस अल्वा एडीसन का जन्म 11 फरवरी, 1847 को मध्य-पश्चिम अमेरिका के ओहियो प्रांत के ग्रामीण क्षेत्र मिलान में एक मध्यमवर्गीय परिवार में हुआ था। उस समय मिलान गेहूँ का बड़ा नौवहन केंद्र (शिपिंग सेंटर) था। वह सात बच्चों में सबसे छोटा था। उसकी माँ नैन्सी विद्यालय में शिक्षिका थी और उसका पिता सैमुअल

एडीसन को स्थानीय विद्यालय में भरती कराया गया था, लेकिन ध्यान-घाटा अतिसक्रियता विकार (अटेंशन डेफिसिट हाइपर-एक्टिव डिसऑर्डर/ए.डी.एच.सी.) के चलते तीन महीने बाद ही विद्यालय से हटा लिया गया था। फिर घर में ही मुख्य रूप से माँ ने उसे शिक्षित किया था। 12 वर्ष की उम्र में उसकी सुनने की क्षमता भी खत्म हो गई थी, लेकिन उसने अपने पिता की पुस्तकों से भी बहुत कुछ सीखना जारी रखा था।

ओंटारियो (कनाडा) से निर्वासित कर दिया गया, जो पूर्व तेज–तर्रार राजनीतिज्ञ था, लेकिन रेलमार्ग द्वारा रास्ता काट देने के बाद जब वहाँ का कारोबार मंदा हो गया था, तब 1854 में एडीसन परिवार पोर्ट हूरों (मिशिगन) में स्थानांतरित हो गया था। सेंट क्लेयर नदी के किनारे स्थित हूरों झील के सबसे दक्षिण छोर पर बसे शहर पोर्ट हूरों को लंबे अरसे बाद 1938 में ब्लू वाटर ब्रिज के माध्यम से कनाडा में पॉइंट एडवर्ड (ओंटारियो) से जोड़ा गया था, लेकिन उस वक्त पोर्ट हूरों बहुत छोटा सा शहर था, जिससे होकर रेलमार्ग गुजरता था। एडीसन को स्थानीय विद्यालय में भरती कराया गया था, लेकिन ध्यान–घाटा अतिसक्रियता विकार (अटेंशन डेफिसिट हाइपर–एक्टिव डिसऑर्डर/ए.डी.एच.सी.) के चलते तीन महीने बाद ही विद्यालय से हटा लिया गया था। फिर घर में ही मुख्य रूप से माँ ने उसे शिक्षित किया था। 12 वर्ष की उम्र में उसकी सुनने की क्षमता भी खत्म हो गई थी, लेकिन उसने अपने पिता की पुस्तकों से भी बहुत कुछ सीखना जारी रखा था।

किशोर कारोबारी—थॉमस एडीसन बचपन से ही मेहनती स्वभाव का था। उसने 14 वर्ष की उम्र में ही पोर्ट हूरों से डेट्रॉइट के बीच रेलगाड़ी में अखबार, नमकीन, फल व सब्जियाँ बेचकर अपनी उद्यमशीलता का परिचय दे दिया था। कुछ समय बाद एडीसन की संभावनाशील उद्यमशीलता का नया नमूना सामने आया था। कुछ सहायकों की मदद से उसने 'ग्रैंड ट्रंक हेराल्ड' नामक अपना अखबार निकालना शुरू कर दिया था। एडीसन ने अखबार

के प्रसार को सुनिश्चित करने के लिए रेलगाड़ी में बिक्री का विशेष अधिकार भी हासिल किया था और जल्द ही 300 से अधिक अभिदाता (सब्सक्राइबर) भी बना लिये थे। इस बीच एक दिन अचानक उसने एक तीन वर्ष के बच्चे को रेलगाड़ी की चपेट में आने से बचा लिया था। उस बच्चे का पिता माउंट क्लेमेंस (मिशिगन) में रेलवे स्टेशन मास्टर था। वह एडीसन का इतना एहसानमंद हो गया था कि उसे तारयंत्र परिचालक (टेलीग्राफ ऑपरेटर) के रूप में प्रशिक्षित कर दिया था।

1866 में 19 साल की उम्र में एडीसन लुइसविल (केंटकी, अमेरिका) में वेस्टर्न यूनियन कंपनी के कर्मचारी के रूप में एसोसिएटेड प्रेस ब्यूरो में खबर तारयंत्र परिचालक का काम करने लगा था। एडीसन ने रात की पाली में काम का अनुरोध किया था, जिससे उसे अपने बचपन के दो पसंदीदा कार्यों—पढ़ने व प्रयोग करने के लिए बहुत समय मिल गया था।

तारयंत्र परिचालक—1862 में एडीसन ने ग्रैंड ट्रंक रेलवे में स्ट्रैटफोर्ड जंक्शन (ओंटारियो, कनाडा) में तारयंत्र परिचालक (टेलीग्राफ ऑपरेटर) की पहली नौकरी शुरू की थी। 1866 में 19 साल की उम्र में एडीसन लुइसविल (केंटकी, अमेरिका) में वेस्टर्न यूनियन कंपनी के कर्मचारी के रूप में एसोसिएटेड प्रेस ब्यूरो में खबर तारयंत्र परिचालक का काम करने लगा था। एडीसन ने रात की पाली में काम का अनुरोध किया था, जिससे उसे अपने बचपन के दो पसंदीदा कार्यों—पढ़ने व प्रयोग करने के लिए बहुत समय मिल गया था। आखिरकार प्रयोग करने के शौक के कारण एडीसन को नौकरी से हाथ धोना पड़ा था। 1967 में जब एक रात वह लेड-एसिड (सीसा-तेजाब) बैटरी पर प्रयोग कर रहा था तो तेजाब (सलफ्युरिक एसिड) गिर गया, जो उसके अधिकारी के कमरे तक फैल गया था। इसका नतीजा यह हुआ कि एडीसन को अगले ही दिन नौकरी से निकाल दिया गया था।

मतदान अभिलेखक का आविष्कार—उसके बाद, जब एडीसन अपने घर वापस लौटा था तो उसे पता चला कि उसकी माँ मानसिक रोगी हो चुकी

थी और उसके पिता काम से बाहर हो चुके थे। परिवार लगभग बेसहारा हो चुका था। एडीसन को अहसास हुआ कि उसे अपने भविष्य को नियंत्रित करने की जरूरत है। फिर एक दोस्त की सलाह पर उसने बोस्टन (मेसाचुसेट्स) में वेस्टर्न यूनियन कंपनी के लिए काम करना शुरू कर दिया। उस समय बोस्टन अमेरिका का वैज्ञानिक व सांस्कृतिक केंद्र था और एडीसन की प्रतिभा भी निखर कर सामने आई थी। इसी दौरान एडीसन ने मेसाचुसेट्स विधायिका के लिए विद्युत् मतदान अभिलेखक (इलेक्ट्रिक वोट रिकॉर्डर) का आविष्कार किया और उसका अमेरिकी-एकस्व (अमेरिकन पेटेंट) दाखिल किया था। 1 जून, 1869 को एडीसन को उसके पहले आविष्कार के लिए एकस्व प्रदान कर दिया गया था, लेकिन प्रायोगिक परीक्षण के दौरान विद्युत् मतदान अभिलेखक की धीमी गति को देखकर मेसाचुसेट्स विधायिका ने उसे खारिज कर दिया।

यह एक बड़ा झटका था, लेकिन इससे एडीसन का उत्साह कम नहीं हुआ, बल्कि इस घटना से एडीसन ने यह सीख ली थी कि अब उसे ज्यादा व्यावहारिक होकर ऐसा आविष्कार करना चाहिए, जिसकी आम जनता में भारी माँग हो।

40,000 डॉलर की शुरुआती पूँजी—इसी उधेड़बुन में वह 1869 में न्यूयॉर्क चला गया था और 'सैमुअल लॉस गोल्ड इंडिकेटर' कंपनी में काम करने लगा था। उसके तारयंत्र परिचालक साथी फ्रेंक्लिन एल. पोप ने उसे कंपनी के एक कमरे में सोने की अनुमति दे दी थी। उसी दौरान, जब एक दिन एडीसन ने खराब 'स्टॉक टिकर' (शेयर भाव की सूचना देनेवाला तारयंत्र) को चालू कर दिया तो वहाँ के प्रबंधक ने उसे 300 डॉलर प्रति माह के वेतन पर यंत्र मरम्मत

एक दिन एडीसन ने खराब 'स्टॉक टिकर' (शेयर भाव की सूचना देनेवाला तारयंत्र) को चालू कर दिया तो वहाँ के प्रबंधक ने उसे 300 डॉलर प्रति माह के वेतन पर यंत्र मरम्मत व रखरखाव का प्रभारी बना दिया था। इस तरह एडीसन गरीबी से बाहर आ गया और उसे अपने आविष्कार पर ज्यादा ध्यान केंद्रित करने का मौका मिल गया था।

व रखरखाव का प्रभारी बना दिया था। इस तरह एडीसन गरीबी से बाहर आ गया और उसे अपने आविष्कार पर ज्यादा ध्यान केंद्रित करने का मौका मिल गया था। जल्द ही, एडीसन ने 'यूनिवर्सल स्टॉक टिकर' विकसित कर लिया था, जिसके अधिकार के लिए 'सैमुअल लॉस गोल्ड इंडिकेटर' कंपनी उसे 40,000 डॉलर का भुगतान किया था। उस जमाने में यह बहुत बड़ी रकम थी। इस तरह सिर्फ 22 वर्ष की उम्र में थॉमस एडीसन अचानक धनी हो गया था।

1866 में 19 साल की उम्र में एडीसन लुइसविल (केंटकी, अमेरिका) में वेस्टर्न यूनियन कंपनी के कर्मचारी के रूप में एसोसिएटेड प्रेस ब्यूरो में खबर तारयंत्र परिचालक का काम करने लगा था। एडीसन ने रात की पाली में काम का अनुरोध किया था, जिससे उसे अपने बचपन के दो पसंदीदा कार्यों—पढ़ने व प्रयोग करने के लिए बहुत समय मिल गया था।

कुशल संगठनकारी उद्यमी—अपने पहले आविष्कार की असफलता से थॉमस एडीसन सचेत था। अब उसे समझ आ गई थी कि जन-उपयोगी समाधानों से ही उसे आर्थिक सफलता मिलेगी। वह अचानक मिली पूँजी को दैवीय मदद के रूप में देख रहा था। अब उसने अपनी स्वाभाविक उद्यमशीलता को नई ऊँचाइयों पर ले जाने की ठानी। उसने बिना किसी देरी के तत्काल अगला कदम बढ़ा दिया और 1870 में नेवार्क (न्यू जर्सी) में लघु प्रयोगशाला व विनिर्माण (मैन्युफैक्चरिंग) इकाई की स्थापना की। एडीसन बखूबी जानता था कि जन-उपयोगी समाधानों की खोज के लिए उसे एक अनुसंधान मंडली (रिसर्च टीम) बनानी होगी। इसके लिए उसने अपनी प्रयोगशाला में एक साथ कई मशीन कारीगरों की भरती की थी। इस तरह एडीसन ने अपने निर्देशन में एक साथ कई समाधानों पर काम शुरू कर दिया था। इस तरह, अनुसंधान में अपना पूरा समय खर्च करने की बजाय एडीसन ने एक कुशल संगठनकर्ता (ऑर्गेनाइजर) के रूप में अपना ध्यान नई कारोबारी संभावनाओं को खोजने पर केंद्रित किया।

एडीसन समूह ने वेस्टर्न यूनियन के लिए 'क्वाद्रुप्लेक्स टेलीग्राफ' विकसित किया था, जो एक ही समय में दो दिशाओं में दो संकेत भेजने में सक्षम था। रेलमार्ग दिग्गज जेसन 'जे' गोउल्ड को यह उपकरण इतना पसंद आया था कि उसने 1,00,000 डॉलर से अधिक नकद भुगतान सहित ब्रांड व शेयर के साथ एडीसन से वह आविष्कार खरीद लिया था।

इस बीच, एडीसन ने फ्रैंकलिन एल. पोप व जेम्स एश्ले के साथ मिलकर 'पोप, एडीसन एंड कंपनी' नामक एक संगठन बनाया था। इस समूह ने खुद को विद्युत् अभियंताओं (इलेक्ट्रिकल इंजीनियर) व विद्युत् उपकरण निर्माता (इलेक्ट्रिकल डिवाइस मैन्युफैक्चरर) के रूप में प्रचारित किया था। इस समूह का मुख्य लक्ष्य तारयंत्र कंपनियों से नए उपकरणों के विकास व विनिर्माण का ठेका हासिल करना था। यह समूह अपनी प्रयोगशाला में विकसित हो रहे शुरुआती समाधानों व खोजों को तारयंत्र कंपनियों के सामने प्रस्तुत करता था और सबसे अधिक बोली लगानेवाली कंपनी के साथ साझेदारी बनाकर उस परियोजना को आगे बढ़ाता था। चूँकि वेस्टर्न यूनियन टेलीग्राफ कंपनी इस उद्योग की सबसे बड़ी कंपनी थी, इसलिए वह एडीसन समूह द्वारा प्रस्तावित अधिकांश प्रस्तावों को सबसे ज्यादा बोली लगाकर झटक लेती थी, लेकिन एडीसन ने कंपनियों के बीच प्रतिस्पर्धी बोली का सिलसिला जारी रखा था। उदाहरण के लिए, एडीसन समूह ने वेस्टर्न यूनियन के लिए 'क्वाद्रुप्लेक्स टेलीग्राफ' विकसित किया था, जो एक ही समय में दो दिशाओं में दो संकेत भेजने में सक्षम था। रेलमार्ग दिग्गज जेसन 'जे' गोउल्ड को यह उपकरण इतना पसंद आया था कि उसने 1,00,000 डॉलर से अधिक नकद भुगतान सहित ब्रांड व शेयर के साथ एडीसन से वह आविष्कार खरीद लिया था। हालाँकि बाद में इस सौदे को लेकर वर्षों तक मुकदमेबाजी भी चलती रही थी, लेकिन एडीसन अपनी खोज के लिए मोटी कमाई करने में कामयाब रहा था।

एडीसन की वित्तीय सफलताओं का क्रम लगातार तेज हो चुका था। ऐसे

में वर्ष 1871 में, 24 वर्ष की उम्र में एडीसन ने अपने से काफी छोटी 16 वर्ष की कर्मचारी मैरी स्टिलवेल से शादी कर ली थी। सिर्फ 13 वर्षों के दांपत्य में एडीसन व मैरी के तीन बच्चे—मरिओं, थॉमस व विलियम हुए थे, जो बाद में आविष्कारक बने थे। 1884 में संदिग्ध ब्रेन ट्यूमर से मैरी की 29 वर्ष की आयु में मौत हो गई थी।

मेनलो पार्क का जादूगर—वैसे तो अपनी उद्यमशीलता के शुरुआती सात वर्षों में ही थॉमस एडीसन ने खुद को तारयंत्र उद्योग के प्रमुख आविष्कारक व सफल उद्यमी के रूप में स्थापित कर लिया था, लेकिन आम जनता में वह अभी भी गुमनाम ही था। इस बीच, 1876 में एडीसन ने मेनलो पार्क (न्यू जर्सी) में बड़ी औद्योगिक अनुसंधान सुविधा (इंडस्ट्रियल रिसर्च फेसिलिटी) का निर्माण किया था। यहाँ पर विभिन्न अनुसंधानों से संबंधित अलग-अलग प्रयोगशालाएँ व विनिर्माण इकाइयाँ स्थापित की गई थीं। साफ है, एडीसन ने अपने निर्देशन में शोध करनेवाले आविष्कारकों सहित अभियंताओं व कारीगरों की बड़ी फौज बना ली थी। असल में नई सुविधा में आने के बाद, वेस्टर्न यूनियन ने एडीसन को अलेक्जेंडर ग्राहम द्वारा आविष्कार किए गए दूरभाष (टेलीफोन) से प्रतिस्पर्धा के लिए संचार उपकरण (कम्युनिकेशन डिवाइस) विकसित करने के लिए प्रोत्साहित किया था, लेकिन एडीसन ने वैसा नहीं किया था।

हाँ, इसके बदले एडीसन ने 1977 में ध्वनि के यांत्रिक अभिलेखन (मेकैनिकल रिकॉर्डिंग) व पुनरुत्पादन (रिप्रोडक्शन)

एडीसन ने 1977 में ध्वनि के यांत्रिक अभिलेखन (मेकैनिकल रिकॉर्डिंग) व पुनरुत्पादन (रिप्रोडक्शन) के लिए शब्द-उच्चारण यंत्र (फोनोग्राफ) का आविष्कार जरूर कर लिया था। चूँकि आम जनता में ऐसे किसी यंत्र का आविष्कार होने की दूर-दूर तक कोई आशा नहीं थी, इसलिए फोनोग्राफ की तुलना 'जादुई यंत्र' से की जाने लगी थी और एडीसन को 'मेनलो पार्क का जादूगर' (विजार्ड ऑफ मेनलो पार्क/न्यू जर्सी) के रूप में जाना जाने लगा था।

के लिए शब्द-उच्चारण यंत्र (फोनोग्राफ) का आविष्कार जरूर कर लिया था। चूँकि आम जनता में ऐसे किसी यंत्र का आविष्कार होने की दूर-दूर तक कोई आशा नहीं थी, इसलिए फोनोग्राफ की तुलना 'जादुई यंत्र' से की जाने लगी थी और एडीसन को 'मेनलो पार्क का जादूगर' (विजार्ड ऑफ मेनलो पार्क/न्यू जर्सी) के रूप में जाना जाने लगा था। यह आविष्कार वाणिज्यिक रूप से बुरी तरह असफल साबित हुआ था और इसने अगले एक दशक में ही दम तोड़ दिया था, लेकिन इसकी बदौलत एडीसन विश्वस्तरीय प्रतिभाशाली आविष्कारक की पहचान कायम करने में सफल हो गया था।

एडीसन एल्यूमिनेटिंग कंपनी—1880 का दशक, थॉमस एडीसन के लिए काफी व्यस्तताओं का समय रहा। जनवरी, 1880 में बिजली बल्ब का एकस्व जारी किए जाने के बाद एडीसन ने एडीसन एल्यूमिनेटिंग कंपनी की स्थापना की थी, जिसका लक्ष्य विश्व भर के महानगरों में बिजली पहुँचाना व उन्हें रोशन करना था। जी हाँ, इस विश्वव्यापी सेवा देनेवाली कंपनी को विकसित कर एडीसन ने साबित किया था कि वह आविष्कारक से अधिक कुशल वित्त प्रबंधक, निवेशक व महत्त्वाकांक्षी उद्यमी था। ध्यान रहे कि एडीसन एल्यूमिनेटिंग कंपनी विश्व की पहली निवेशक स्वामित्व बिजली उपयोगिता (इन्वेस्टर-ओंड इलेक्ट्रिसिटी यूटिलिटी) थी, जो बाद में जनरल इलेक्ट्रिक कंपनी बन गई थी।

1881 में थॉमस एडीसन ने मेनलो पार्क छोड़कर लगातार उन नगरों का दौरा करना शुरू कर दिया, जहाँ बिजली प्रणालियाँ स्थापित हो रही थीं। 1882 में पर्ल स्ट्रीट स्थित बिजली उत्पादन केंद्र ने निचले मैनहट्टन (न्यूयॉर्क) के 59 ग्राहकों को 110 वोल्टेज की बिजली देना शुरू किया था। 1884 में मैरी के देहांत के दो वर्षों बाद 1886 में एडीसन ने अपने से 19 वर्ष छोटी मीना मिलर से शादी कर ली थी। फिर 1887 में एडीसन ने वेस्ट ऑरेंज (न्यू जर्सी) में एक औद्योगिक अनुसंधान प्रयोगशाला का निर्माण किया था, जो एडीसन एल्यूमिनेटिंग कंपनी की प्राथमिक प्रयोगशाला के रूप में काम करती थी। अब उसका अधिकांश समय वहीं पर प्रकाश प्रौद्योगिकी (लाइटिंग टेक्नोलॉजी)

व ऊर्जा प्रणालियों (पावर सिस्टम) के विकास की निगरानी में लगने लगा था। इस तरह एडीसन आविष्कारक से अधिक उद्योगपति व व्यवसाय प्रबंधक के रूप में काम करने लगा था। अब एडीसन के आविष्कारों की पूर्णताओं व भविष्य के विकास के अधिकांश कार्य विश्वविद्यालय से प्रशिक्षित गणितज्ञों व वैज्ञानिकों द्वारा किए जा रहे थे, लेकिन उनसे संबंधित एकस्व उसी के नाम से जारी हो रहा था।

एडीसन आविष्कारक से अधिक उद्योगपति व व्यवसाय प्रबंधक के रूप में काम करने लगा था। अब एडीसन के आविष्कारों की पूर्णताओं व भविष्य के विकास के अधिकांश कार्य विश्वविद्यालय से प्रशिक्षित गणितज्ञों व वैज्ञानिकों द्वारा किए जा रहे थे, लेकिन उनसे संबंधित एकस्व उसी के नाम से जारी हो रहा था।

विद्युत् धाराओं का युद्ध—इस बीच 1882 में थॉमस एडीसन ने फ्रांस में कॉन्टिनेंटल एडीसन कंपनी की स्थापना की थी, जहाँ पर विद्युत् उपकरणों की बनावट तैयार करने व सुधार के लिए निकोला टेस्ला नामक दूरदर्शी अभियंता को बहाल किया था। जून, 1984 में, टेस्ला न्यूयॉर्क सिटी में स्थानांतरित हो गया, जहाँ एडीसन ने उसे एडीसन मशीन वर्क्स में काम पर रखा था। वह जल्द ही जटिल समस्याओं के समाधान करने लगा था, लेकिन वादे के मुताबिक वेतन वृद्धि न किए जाने के कारण टेस्ला ने एडीसन की नौकरी छोड़ दी थी। एडीसन बिजली आपूर्ति व्यवस्था (इलेक्ट्रिसिटी सप्लाई सिस्टम) में एकदिश धारा (डायरेक्ट करंट/ डी.सी.) का पैरोकार था, जबकि टेस्ला प्रत्यावर्ती धारा (अल्टरनेटिंग करंट/ ए.सी.) को कम खर्चीला व बेहतर मानता था। एडीसन के साथ काम करते हुए भी टेस्ला इस मुद्दे पर बहस करता रहा था। नौकरी छोड़ने के कुछ समय बाद, 1986 में टेस्ला ने प्रतिस्पर्धी बिजली आपूर्ति कंपनी वेस्टिंगहाउस इलेक्ट्रिक कॉरपोरेशन के लिए काम करना शुरू कर दिया था। उसके बाद एडीसन व टेस्ला के बीच डी.सी. व ए.सी. के मुद्दे पर मतभेद व्यावसायिक युद्ध में बदल गया था। एडीसन की डी.सी. बिजली

1892 में निवेशकों के दबाव में जे.पी. मॉर्गन ने एडीसन जनरल इलेक्ट्रिक कंपनी का वेस्टिंग हाउस इलेक्ट्रिक कॉरपोरेशन में विलय का प्रस्ताव रखा था। इस विलय से एडीसन के नाम के बिना 'जनरल इलेक्ट्रिक कंपनी' का गठन हुआ था। नई कंपनी में वेस्टिंग हाउस के निदेशक मंडल के सदस्यों की संख्या अधिक थी और कंपनी का नियंत्रण उनके हाथों में चला गया था। इस तरह एडीसन को अपनी ही कंपनी से अपना नियंत्रण अधिकार छोड़ना पड़ा था।

आपूर्ति व्यवस्था का सबसे बड़ा दोष था कि वह सिर्फ ज्यादा ग्राहक घनत्ववाले क्षेत्रों के लिए ही उपयुक्त थी। यह व्यवस्था विद्युत् उत्पादन संयंत्र के सिर्फ एक मील के दायरे में आनेवाले ग्राहकों को ही बिजली की आपूर्ति कर पाती थी। ऐसे में छोटे नगर व ग्रामीण क्षेत्रों के लिए एडीसन शैली की बिजली आपूर्ति व्यवस्था का खर्च वहन करना संभव नहीं था। साफ है कि ए.सी. बिजली आपूर्ति व्यवस्थावाली कंपनियों ने एडीसन की कंपनी द्वारा छोड़ी जगहों को भरना शुरू कर दिया था।

थॉमस एडीसन ने डी.सी. की जबरदस्त पैरोकारी की थी और ए.सी. के नुकसानों के घातक नमूने भी पेश किए थे, लेकिन 1880 दशक के अंतिम वर्षों में एडीसन की कंपनी के मुकाबले प्रतिस्पर्धी ए.सी. समर्थक कंपनियों ने अधिक लाभ अर्जित करना शुरू कर दिया था। इस बीच बहुचर्चित वित्तपोषक व सौदेबाज जे.पी. मॉर्गन के दबाव में एडीसन ने अपनी विभिन्न कंपनियों के परिचालन को संगठित करने के लिए 24 अप्रैल, 1889 को 'एडीसन जनरल इलेक्ट्रिक कंपनी (न्यूयॉर्क) का गठन किया था। अंतत: 1892 में निवेशकों के दबाव में जे.पी. मॉर्गन ने एडीसन जनरल इलेक्ट्रिक कंपनी का वेस्टिंग हाउस इलेक्ट्रिक कॉरपोरेशन में विलय का प्रस्ताव रखा था। इस विलय से एडीसन के नाम के बिना 'जनरल इलेक्ट्रिक कंपनी' का गठन हुआ था। नई कंपनी में वेस्टिंग हाउस के निदेशक मंडल के सदस्यों की संख्या अधिक थी और कंपनी का नियंत्रण उनके हाथों

में चला गया था। इस तरह एडीसन को अपनी ही कंपनी से अपना नियंत्रण अधिकार छोड़ना पड़ा था। जनरल इलेक्ट्रिक ने ए.सी. विद्युत् आपूर्ति व्यवस्था को अपना लिया था और इस तरह 'विद्युत् धारा युद्ध' में थॉमस एडीसन को अपनी हार स्वीकार करनी पड़ी थी।

आविष्कारक एडीसन की वापसी—वेस्ट ऑरेंज की प्रयोगशाला बहुत बड़ी थी और वहाँ का काम एक निश्चित ढाँचे में चल रहा था। अब एडीसन को यह एहसास भी होने लगा था कि उसके अंदर का मूल आविष्कारक अपना काम नहीं कर पा रहा है। उसे लगा था कि वह मुट्ठी भर सहायकों के साथ अंतरंग व असंरचनात्मक वातावरण में सबसे अच्छा काम करता रहा था। इसलिए एडीसन ने अनौचारिक अनुसंधान की सुविधा भी बना ली थी और व्यक्तिगत अनुसंधानों में भी समय देना शुरू कर दिया था। इस बीच एडीसन ने तारयंत्र प्रणाली में इस्तेमाल के लिए क्षारीय भंडारण (एल्कलाइन स्टोरेज) बैटरी का विकास कर लिया था और दिसंबर, 1889 में इसके निर्माण व बिक्री के लिए निजी कारोबार के रूप में एडीसन मैन्युफैक्चरिंग का गठन किया था।

23 अप्रैल, 1896 को न्यूयॉर्क के कोस्टर एंड बिअल'स म्यूजिक हॉल में विश्व के पहले चलचित्र का प्रदर्शन कर थॉमस एडीसन चलत्रित को प्रक्षेपित करनेवाला पहला व्यक्ति बन गया था। वैसे एडीसन का फिल्म निर्माण गतिविधियों से कोई सीधा संबंध नहीं था, वह तो सिर्फ स्वामी की भूमिका में था। 1918 में जब स्टूडियो कारोबार को बंद किया गया, तब तक कुल 1200 फिल्मों का निर्माण किया था, जिनमें पूरी लंबाई के सिर्फ 54 कथाचित्र (फीचर फिल्म) थे। चलचित्र कैमरा सहित अन्य फिल्म निर्माण उपकरणों का एकस्व थॉमस एडीसन के नाम था।

इसी कंपनी के अंतर्गत, एडीसन ने चलचित्र (मोशन पिक्चर) कैमरा यानी किनेटोग्राफ विकसित कर लिया था, जिसके लिए 1891 में एकस्व भी जारी हो गया था। उसके बाद, फिल्म निर्माण

कंपनी 'एडीसन स्टूडियो' स्थापित की गई थी, जिसके अंतर्गत 1892–93 के बीच वेस्ट ऑरेंज (न्यू जर्सी) में पहले स्टूडियो, 1901 में मैनहट्टन (न्यूयॉर्क) स्टूडियो व 1907 में ब्रोंक्स (न्यूयॉर्क) स्टूडियो का निर्माण किया गया था। 23 अप्रैल, 1896 को न्यूयॉर्क के कोस्टर एवं बिअल'स म्यूजिक हॉल में विश्व के पहले चलचित्र का प्रदर्शन कर थॉमस एडीसन चलत्रित को प्रक्षेपित करनेवाला पहला व्यक्ति बन गया था। वैसे एडीसन का फिल्म निर्माण गतिविधियों से कोई सीधा संबंध नहीं था, वह तो सिर्फ स्वामी की भूमिका में था। 1918 में जब स्टूडियो कारोबार को बंद किया गया, तब तक कुल 1200 फिल्मों का निर्माण किया था, जिनमें पूरी लंबाई के सिर्फ 54 कथाचित्र (फीचर फिल्म) थे। चलचित्र कैमरा सहित अन्य फिल्म निर्माण उपकरणों का एकस्व थॉमस एडीसन के नाम था। इसलिए दिसंबर 1908 में सभी प्रमुख अमेरिकी फिल्म कंपनियों को साथ लेकर एडीसन ने मोशन पिक्चर पेटेंट कंपनी का गठन किया था, जिसमें अग्रणी फिल्म वितरक जॉर्ज क्लेइने व कच्ची फिल्म का सबसे बड़ा आपूर्तिकर्ता ईस्टमैन कोडक भी शामिल थे। इस कंपनी को 'एडीसन ट्रस्ट' के नाम से जाना जाता था।

1901 में जब थॉमस एडीसन सडबरी क्षेत्र (ओंटारियो, कनाडा) में आयोजित औद्योगिक प्रदर्शनी को देखने गया था तो उसे पता चला था कि वहाँ की खानों से बिजली उपकरणों के लिए उपयोगी निकल व कोबाल्ट भंडारों का खनन किया जा सकता था, लेकिन जब यह खनन परियोजना वाणिज्यिक तौर पर सफल नहीं हो सकी तो एडीसन ने उसे सीमेंट उत्पादन संयंत्र में बदल दिया। 19वीं सदी के पहले दशक में, जब मोटरवाहन उद्योग उभरने लगा था, तब एडीसन ने बिजली–चालित कारों के लिए उपयुक्त भंडारण बैटरी का विकास शुरू किया था, लेकिन जब बाद में पेट्रोल–चालित इंजन लोकप्रिय हुआ तो एडीसन ने हेनरी फोर्ड के मॉडल–टी कार के लिए 1912 में बैटरी विकसित की थी, जिसका दशकों तक उपयोग होता रहा था। याद रहे कि हेनरी फोर्ड एडीसन एल्युमिनेटिंग कंपनी में काम करते हुए मुख्य अभियंता बना था और फिर मोटरवाहन विकास को आगे बढ़ाया था। इस

बीच, प्रथम विश्वयुद्ध के दौरान अमेरिकी सरकार ने एडीसन को नौसेना परामर्श मंडल (नेवल कंसल्टिंग बोर्ड) का प्रमुख बनाया था और उसने कई परियोजनाओं में अहम योगदान किया था।

उद्यमशीलता का विराट् पुरुष—1920 के दशक के अंत में, जब थॉमस एडीसन की आयु 80 के आसपास पहुँचने लगी थी तो एकस्व दाखिल करने का सिलसिला बंद कर दिया था और अपना अधिकतर समय पत्नी के साथ फोर्ट मायर्स (फ्लोरिडा) स्थित सर्दियों के वातावरण में गुजारने लगा था। वहाँ एडीसन की हेनरी फोर्ड से गहरी मित्रता हो गई थी और वह उसके लिए अनेक परियोजनाओं पर काम करता रहा था। करीब 84 वर्ष की आयु में, 18 अक्तूबर, 1931 को एडीसन ने मधुमेह संबंधी जटिलताओं के कारण अपने लेवेलिन पार्क (वेस्ट ऑरेंज, न्यू जर्सी) स्थित निवास में अंतिम साँस ली थी। यह घर उसने अपनी दूसरी पत्नी के लिए शादी के उपहार के रूप में 1886 में खरीदा था, जिसके पीछे के भाग में उसे दफनाया गया था। विश्व सभ्यता के विकास में थॉमस एडीसन इतना महत्त्वपूर्ण व्यक्तित्व बन चुका था कि उसकी मृत्यु के बाद उसके सम्मान में समूचे विश्व-समुदाय ने अपनी रोशनी मंद कर ली थी। सचमुच, एडीसन का पूरा जीवन ही आविष्कारी व नवाचारी बिजलीघर था, लेकिन हम भूल जाते हैं कि वह वित्त, निवेश, संगठन निर्माण व उद्यमशीलता का भी विराट् पुरुष था।

जी हाँ, मृत्यु के समय थॉमस एडीसन की कुल संपत्ति का मूल्य करीब 1.20 करोड़ डॉलर था, जिसका मुद्रास्फीति समायोजित मूल्य अब 17 करोड़ डॉलर से अधिक होगा। अमेरिका के सकल घरेलू उत्पाद (जी.डी.पी.) में

विश्व सभ्यता के विकास में थॉमस एडीसन इतना महत्त्वपूर्ण व्यक्तित्व बन चुका था कि उसकी मृत्यु के बाद उसके सम्मान में समूचे विश्व-समुदाय ने अपनी रोशनी मंद कर ली थी। सचमुच, एडीसन का पूरा जीवन ही आविष्कारी व नवाचारी बिजलीघर था, लेकिन हम भूल जाते हैं कि वह वित्त, निवेश, संगठन निर्माण व उद्यमशीलता का भी विराट् पुरुष था।

दूसरे आविष्कारक यह नहीं जानते थे कि उनके आविष्कारों से 'धन' कैसे पैदा किया जा सकता था, लेकिन थॉमस एडीसन को यह सबकुछ पता था। इस तरह, एडीसन ने पहला 'उपयोगी' (यूजफुल) बिजली बल्ब बनाया था और वह यह भी जानता था कि उस 'बिजली बल्ब' को व्यवसाय में कैसे बदला जा सकता था।

एडीसन के योगदान का आकलन करें, तो वह अब अरबों डॉलर में होगा, लेकिन विडंबना यह है कि थॉमस एडीसन ने भी विश्व को धनी बनने का असल सूत्र नहीं बताया था, बल्कि यही नैतिक उपदेश देता रहा था, "सोना जूलियस सीजर की निशानी है, और ब्याज शैतान का एक आविष्कार है।"

अब आपको समझ आया कि थॉमस एडीसन क्यों धनी व प्रसिद्ध बना था? इसलिए नहीं कि उसने बिजली बल्ब का आविष्कार किया था, वास्तव में, एडीसन पहला व्यक्ति नहीं था, जिसने बिजली का बल्ब बनाया हो, लेकिन वह पहला व्यक्ति अवश्य था, जिसने बिजली बल्ब को पूर्णता के साथ बनाया था। अब प्रश्न तो यह हो सकता है कि फिर थॉमस एडीसन को ही बिजली बल्ब का आविष्कारक क्यों माना जाता है? यह भी सच है कि एडीसन के बिजली बल्ब से पहले भी कई बल्ब बनाए जा चुके थे, लेकिन उन सभी की समस्या यह थी कि वे व्यावहारिक (प्रैक्टिकल) नहीं थे; ये शुरुआती बल्ब लंबे समय तक जल नहीं पाते थे; साथ ही वे यह व्याख्या कर पाने में भी असफल रहे थे कि उनके द्वारा बनाए गए 'बिजली बल्ब' का कोई व्यावसायिक मूल्य (कमर्शियल वैल्यू) कैसे हो सकता था। व्यावसायिक मूल्य? जी हाँ, दूसरे आविष्कारक यह नहीं जानते थे कि उनके आविष्कारों से 'धन' कैसे पैदा किया जा सकता था, लेकिन थॉमस एडीसन को यह सबकुछ पता था। इस तरह, एडीसन ने पहला 'उपयोगी' (यूजफुल) बिजली बल्ब बनाया था और वह यह भी जानता था कि उस 'बिजली बल्ब' को व्यवसाय में कैसे बदला जा सकता था।

...तो यह थॉमस एडीसन की 'व्यावसायिक समझ' (बिजनेस सेंस) थी,

जिसने बिजली बल्ब सहित अन्य कई आविष्कारों को करोड़ों लोगों के लिए उपयोगी बनाया था। ऊपर हम पढ़ चुके हैं कि थॉमस एडीसन आविष्कारक से भी बहुत कुछ अधिक था। वह अपने समय का सबसे अच्छा तारयंत्र संचालक बन गया था, लेकिन उसके अंदर के उद्यमी ने उसे वहीं नहीं रुकने दिया था। वह युवावस्था में ही व्यवसाय का स्वामी बन गया था और यही कारण था कि धनी व प्रसिद्ध बन सका था और अधिक पढ़ाई करने की बजाय एडीसन ने वास्तविक जगत् में सफलता के लिए व्यावसायिक कुशलताएँ हासिल करने पर अपना सारा ध्यान केंद्रित किया था। तारयंत्र संचालक के रूप में एडीसन ने बहुत ही बारीकी से महसूस किया था कि आखिर किन चीजों ने तारयंत्र के आविष्कारक को उतना अधिक सफल बनाया था। उसने समझा था कि सफलता के लिए केवल आविष्कार ही काफी नहीं था, बल्कि उसके लिए पूरी व्यावसायिक प्रणाली (बिजनेस सिस्टम) विकसित की गई थी—तार, खंभे, कुशल लोग व पुनर्प्रसारण केंद्र (रिले स्टेशन) की प्रणाली और इस तरह युवावस्था में ही एडीसन ने प्रणाली की शक्ति (पावर ऑफ सिस्टम) को जान लिया था।

व्यावसायिक शिक्षा हासिल करनेवालों की सबसे बड़ी समस्या यह है कि वे केवल अपनी नौकरी के मूल्य को देखते हैं और वे ऐसा इसलिए करते हैं कि उन्हें ऐसा करने के लिए ही प्रशिक्षित किया जाता है। ऐसे लोग जंगल (व्यावसायिक जगत्) में घूमते-फिरते हुए भी केवल पेड़ (नौकरी) को ही देख पाते हैं, पूरा जंगल उनकी दृष्टि से ओझल ही रहता है।

जी हाँ, चूँकि वह स्वभाव से व्यवसायी था, इसलिए एडीसन यह महसूस कर पाने में सक्षम था कि सफलता के लिए 'प्रणाली' कितनी महत्त्वपूर्ण होती है, आविष्कार से भी कितनी अधिक महत्त्वपूर्ण। यही कारण था कि उसने आविष्कार के साथ-साथ उसकी व्यावसायिक प्रणाली से संबंधित कुशलताओं को भी सीखना शुरू कर दिया था।

ध्यान देने की बात यह है कि उच्च शिक्षा हासिल करने के लिए

तकनीकी शिक्षा केंद्रों में जानेवाले अधिकांश लोगों का पूरा ध्यान स्वयं को संबंधित 'व्यावसायिक प्रणाली' का कर्मचारी बनाने पर केंद्रित होता है और वे व्यावसायिक सफलता के व्यापक चित्र को देख पाने में असफल हो जाते हैं। व्यावसायिक शिक्षा हासिल करनेवालों की सबसे बड़ी समस्या यह है कि वे केवल अपनी नौकरी के मूल्य को देखते हैं और वे ऐसा इसलिए करते हैं कि उन्हें ऐसा करने के लिए ही प्रशिक्षित किया जाता है। ऐसे लोग जंगल (व्यावसायिक जगत्) में घूमते-फिरते हुए भी केवल पेड़ (नौकरी) को ही देख पाते हैं, पूरा जंगल उनकी दृष्टि से ओझल ही रहता है। अधिकांश लोग 'प्रणाली' का स्वामी बनने के बजाय उसके लिए 'काम' ही करते हैं, क्योंकि वे केवल आविष्कार या उत्पाद को ही देख पाते हैं, पूरी प्रणाली को नहीं; और यही कारण है कि अधिकांश लोग यह समझ पाने में असफल रहते हैं कि वास्तव में धनी को धनी 'क्या' बनाता है, लेकिन थॉमस एडीसन अधिकांश लोगों से अलग था, उसने आविष्कार की सफलता को उसकी व्यावसायिक प्रणाली में देखा था, और उसी दिशा में लगातार प्रयास करता रहा था; उसने बिजली बल्ब बनाने के साथ-साथ उसे उपयोगी बनाने के लिए पूरी विद्युत् प्रणाली विकसित की थी।

संयुक्त राज्य अमेरिका का व्यावसायिक इतिहास ऐसे एकाधिकारवादी पूँजीपतियों से भरा हुआ है, जिनकी तुलना 12वीं सदी में 'रॉबर बैरन' या 'लुटेरा दिग्गज' संबोधित किए जानेवाले उन सामंती अधिपतियों (फ्यूडल लॉर्ड) से की जाती है, जिन्होंने व्यापारी जहाजों को लूटकर या अवैध-अनैतिक व्यापारों से अपने भाग्यशाली साम्राज्यों का निर्माण किया था।

आखिर 'प्रणाली' क्या होती है? इसके लिए हम 'संजाल' (नेटवर्क) शब्द का भी उपयोग कर सकते हैं। कोई भी व्यावसायिक 'प्रणाली' वास्तव में एक विशेष 'संजाल' ही होती है, तो आप सचमुच यह सीखना चाहते हैं कि धनी कैसे बनें, तो आपको संजाल में पाई जानेवाली शक्ति अर्थात् संजाल-शक्ति (नेटवर्क पावर) को सीखना-समझना शुरू करना पड़ेगा। विश्व के धनी लोग

वास्तव में संजाल निर्माण ही करते हैं, बाकी दूसरे लोगों को काम ढूँढ़ने के लिए प्रशिक्षित किया जाता है। थॉमस एडीसन को यही रहस्य समझ आ गया था कि बिना विद्युत् संजाल (इलेक्ट्रिकल नेटवर्क) के लोगों के लिए बिजली बल्ब का कोई महत्त्व नहीं था, तो धनी कौन है? जो व्यावसायिक संजाल (बिजनेस नेटवर्क) का निर्माण करने और फिर उसका स्वामित्व रख पाने में सक्षम है, तो धनी बनने के लिए आपको क्या करना पड़ेगा? आपको भी व्यावसायिक संजाल का निर्माण करना होगा और स्वामी के रूप में उसे संचालित कर उसे सफल भी बनाना पड़ेगा।

वे कैसे बने विश्व के सबसे बड़े धनी?

वैसे तो धनी बनने के एक से अधिक रास्ते हैं, लेकिन विश्व इतिहास में जो लोग सबसे अधिक धनी हुए हैं, वे सभी हमेशा व्यावसायिक संजालों का ही निर्माण करते रहे हैं।

एकाधिकारवादी दिग्गज—संयुक्त राज्य अमेरिका का व्यावसायिक इतिहास ऐसे एकाधिकारवादी पूँजीपतियों से भरा हुआ है, जिनकी तुलना 12वीं सदी में 'रॉबर बैरन' या 'लुटेरा दिग्गज' संबोधित किए जानेवाले उन सामंती अधिपतियों (फ्यूडल लॉर्ड) से की जाती है, जिन्होंने व्यापारी जहाजों को लूटकर या अवैध-अनैतिक व्यापारों से अपने भाग्यशाली साम्राज्यों का निर्माण किया था। विश्वव्यापी आर्थिक महामंदी के दौरान 1934 में अमेरिका के राजनीतिक व आर्थिक टीकाकार मैथ्यू जोसेफसन ने 'रॉबर बैरन' नामक किताब लिखी थी, जो काफी चर्चित रही थी। उस किताब में जोसेफसन ने 28 पूँजीपतियों को शामिल किया था, जो थे— जॉन याकूब एस्टर (अचल संपत्ति व रोआँ/फर; न्यूयॉर्क), एंड्र्यू कार्नेगी (इस्पात; पिट्सबर्ग व न्यूयॉर्क), विलियम ए क्लार्क (ताँबा; बुट्टे, मोंटाना), जे. कुक (वित्त; फिलाडेल्फिया), चार्ल्स क्रोकर (रेलमार्ग; कैलिफोर्निया) डेनियल ड्रियू (वित्त; न्यूयॉर्क), जेम्स बुकानन ड्यूक (तंबाकू; डरहम, नॉर्थ कैरोलिना), फील्ड मार्शल (खुदरा; शिकागो), जेम्स फिस्क (वित्त; न्यूयॉर्क), हेनरी मॉरिसन फ्लैग्लर

टाइम.कॉम (15 जुलाई, 2015) के मुताबिक 1937 में मृत्यु के समय जब रॉकफेलर सीनियर की कुल संपत्ति 1.50 अरब डॉलर थी, जो अमेरिका के तत्कालीन सकल घरेलू उत्पाद (ग्रॉस डोमेस्टिक प्रोडक्ट/जी.डी.पी.) का लगभग 2 प्रतिशत थी, जो 2014 में 341 अरब डॉलर के बराबर है। इस तरह वह अमेरिका के इतिहास में सबसे अमीर व्यक्ति बन गया था और यह कीर्तिमान अभी भी कायम है।

(रेलमार्ग व तेल; न्यूयॉर्क व फ्लोरिडा), हेनरी क्ले फ्रिक (इस्पात; पिट्सबर्ग व न्यूयॉर्क), जॉन वार्न गेट्स (काँटेदार तार व तेल; टेक्सास), जे. गोल्ड (रेलमार्ग, न्यूयॉर्क), एडवर्ड हेनरी हैरीमन (रेलमार्ग; न्यूयॉर्क), चार्ल्स टी. हिन्डे (रेलमार्ग, जल परिवहन, जहाजरानी व होटल; इलिनोइस, मिसौरी, केंटकी व कैलिफोर्निया), मार्क हॉपकिंस (रेलमार्ग, कैलिफोर्निया), कॉलिस पॉटर हंटिंगटन (रेलमार्ग; कैलिफोर्निया), एंड्र्यू डब्ल्यू मेलॉन (वित्त व तेल; पिट्सबर्ग), जे.पी. मॉर्गन (वित्त व औद्योगिक समेकन; न्यूयॉर्क), जॉन क्लीवलैंड ओसगुड (कोयला खनन व लौह; कोलोराडो), हेनरी बी. प्लांट (रेलमार्ग; फ्लोरिडा), जॉन डी. रॉकफेलर (तेल; क्लीवलैंड व न्यूयॉर्क), चार्ल्स एम. श्वाब (इस्पात; पिट्सबर्ग व न्यूयॉर्क, यूसुफ सेलिगमैन (साहूकारी; न्यूयॉर्क), जॉन डी. स्प्रेकेल्स (जल परिवहन, रेलमार्ग व चीनी; कैलिफोर्निया), लेलैंड स्टैनफोर्ड (रेलमार्ग; कैलिफोर्निया), कॉर्नेलियस वेंडरबिल्ट (जल परिवहन व रेलमार्ग; न्यूयॉर्क) व चार्ल्स टायसन यर्केस (सड़क रेलमार्ग; शिकागो)।

लेकिन इन सभी में एक बात सामान्य थी कि वे संजाल-निर्माता स्वामी थे। यहाँ पर हम उपरोक्त सूची के सिर्फ दो ही ऐतिहासिक दिग्गजों—जॉन डी. रॉकफेलर व एंड्र्यू कार्नेगी के अलावा उनके ही नक्शेकदम पर चलनेवाले 20वीं सदी के हेनरी फोर्ड के बारे में भी चर्चा करेंगे।

जॉन डी. रॉकफेलर—स्टैंडर्ड ऑयल कंपनी के सह-संस्थापक जॉन डेविसन रॉकफेलर सीनियर ने अपने 19 वर्षों के पेशेवर जीवन में ही 1882

संयुक्त राज्य अमेरिका के 90 प्रतिशत तेल कारोबार को नियंत्रित कर लिया था। टाइम.कॉम (15 जुलाई, 2015) के मुताबिक 1937 में मृत्यु के समय जब रॉकफेलर सीनियर की कुल संपत्ति 1.50 अरब डॉलर थी, जो अमेरिका के तत्कालीन सकल घरेलू उत्पाद (ग्रॉस डोमेस्टिक प्रोडक्ट/जी.डी.पी.) का लगभग 2 प्रतिशत थी, जो 2014 में 341 अरब डॉलर के बराबर है। इस तरह वह अमेरिका के इतिहास में सबसे अमीर व्यक्ति बन गया था और यह कीर्तिमान अभी भी कायम है। हालाँकि रॉकफेलर ने झटपट तेल साम्राज्य स्थापित करने के लिए हर प्रकार के हथकंडे अपनाए थे, लेकिन उसने अपनी एकाधिकारवादी पूँजीपति की नकारात्मक छवि को सुधारने के लिए ईसाई नीति-शास्त्र से कड़ी मेहनत, बचत व धैर्य का उपदेश दिया था। वैसे रॉकफेलर सीनियर ने एंड्रयू कार्नेगी जैसे अन्य प्रमुख समकालीन उद्योगपतियों के साथ-साथ आधुनिक परोपकार की संरचना को भी परिभाषित किया था और खुद को महान् परोपकारी व समाजसेवी साबित करने में भी सफल रहा था।

एंड्रयू कार्नेगी—कार्यकुशलता से अटूट प्यार करनेवाले एंड्रयू कार्नेगी ने जब से इस्पात उद्योग में कदम रखा था, तभी से अपने कारखानों को तकनीकी रूप से उन्नत बनाने की कोशिशें शुरू कर दी थी। यही कारण था कि जल्द ही कार्नेगी स्टील समूचे इस्पात उद्योग के

19वीं सदी के अंत में एंड्रयू कार्नेगी 70 प्रतिशत अमेरिकी इस्पात उद्योग को नियंत्रित करने लगा था। अभी इस्पात उद्योग में आए उसे ढाई दशक ही हुए थे। उस समय के अधिकांश सफल उद्यमियों की तरह, एंड्रयू कार्नेगी भी कठिन परिश्रम व लगन की बदौलत एक निहायत गरीब पृष्ठभूमि से बाहर आया था, लेकिन बेहद कम समय में आश्चर्यजनक सफलता हासिल करने के लिए कार्नेगी ने क्या किया था? जी हाँ, अपनी अलौकिक व्यावसायिक सूझबूझ के अलावा कार्नेगी ने भी अपने कई समकालीन पूँजीपतियों की तरह सारे एकाधिकारवादी हथकंडे अपनाए थे।

लिए उदाहरण बन गई थी। रॉकफेलर की तरह कार्नेगी में भी उचित मौके को परखने और जोखिम आकलन की अलौकिक क्षमता थी। तभी तो उसने बाजार में मंदियों के दौरान बीमार इस्पात कारखानों को खरीदने का सिलसिला जारी रखा था और उन्हें अपनी प्रबंधन कुशलता से लाभकारी इकाइयों में बदल पाने में सक्षम हुआ था। जी हाँ, 19वीं सदी के अंत में एंड्रयू कार्नेगी 70 प्रतिशत अमेरिकी इस्पात उद्योग को नियंत्रित करने लगा था। अभी इस्पात उद्योग में आए उसे ढाई दशक ही हुए थे। उस समय के अधिकांश सफल उद्यमियों की तरह, एंड्रयू कार्नेगी भी कठिन परिश्रम व लगन की बदौलत एक निहायत गरीब पृष्ठभूमि से बाहर आया था, लेकिन बेहद कम समय में आश्चर्यजनक सफलता हासिल करने के लिए कार्नेगी ने क्या किया था? जी हाँ, अपनी अलौकिक व्यावसायिक सूझबूझ के अलावा कार्नेगी ने भी अपने कई समकालीन पूँजीपतियों की तरह सारे एकाधिकारवादी हथकंडे अपनाए थे। वह भी तेज-तर्रार व्यवसायी था, लेकिन जॉन डी. रॉकफेलर की तरह सार्वजनिक रूप से बदनाम होने से बच गया था।

हेनरी फोर्ड—फोर्ड मोटर कंपनी के संस्थापक हेनरी फोर्ड ने मोटरवाहन (ऑटोमोबाइल) या संयोजन श्रृंखला (असेंबली लाइन) का आविष्कार नहीं किया था। फोर्ड से बेहतर कई यांत्रिक अभियंता (मेकैनिकल इंजीनियर) परंपरागत कारीगरों के साथ मिलकर मोटरवाहन का निर्माण कर रहे थे। चूँकि उन मोटरवाहनों की लागत ज्यादा थी, इसलिए उनकी कीमतें ऊँची थी और वे सीमित ग्राहकों के बीच ही बिक पा रहे थे, लेकिन फोर्ड ने इस समस्या का समाधान बृहत् उत्पादन प्रणाली (मास प्रोडक्शन सिस्टम) विकसित कर निकाला था। इस तरीके से फोर्ड 'फोर्ड मॉडल टी' के रूप में ऐसा पहला मोटरवाहन विनिर्मित करने में सफल रहा था, जिसकी कीमत मध्यमवर्गीय अमेरिकियों की क्षमता के

फोर्ड ने 1909-20 के सिर्फ 11 वर्षों में वाहन उत्पादन की वार्षिक क्षमता को 18 हजार से बढ़ाकर 10 लाख कर लिया था और 1921 में, विश्व मोटरवाहन उत्पादन के 55 प्रतिशत पर उसका कब्जा हो गया था।

अनुकूल थी। इस तरह फोर्ड ने विलासिता मोटरवाहन (लक्जरी ऑटोमोबाइल) को व्यावहारिक वाहन (वर्किंग व्हीकल) में बदल दिया था।

निश्चित तौर पर 'फोर्ड मॉडल टी' 20वीं सदी में अमेरिकी परिवहन उद्योग में क्रांति लाने में सफल रहा था, लेकिन फोर्ड ने अपनी महत्त्वाकांक्षा को पूरा करने के लिए मोटरवाहन उद्योग में कारीगरी की कलात्मक परंपरा को ध्वस्त कर दिया था और कारीगरों को विशाल उत्पादन श्रृंखला में कभी भी हटाए जा सकनेवाले दिहाड़ी मजदूर में बदल दिया था। कहने को तो फोर्ड ने मजदूरों के वेतन भी बढ़ा दिए थे, लेकिन उसका असल इरादा मजदूर संगठनों को बेअसर कर उत्पादन को लगातार बढ़ाना और वाहन की कीमतों को घटाकर तेजी से बाजार विस्तार करना ही था। जी हाँ, इसी रणनीति से फोर्ड ने 1909-20 के सिर्फ 11 वर्षों में वाहन उत्पादन की वार्षिक क्षमता को 18 हजार से बढ़ाकर 10 लाख कर लिया था और 1921 में, विश्व मोटरवाहन उत्पादन के 55 प्रतिशत पर उसका कब्जा हो गया था।

हालाँकि फोर्ड यही दावा करता रहा था कि वह ऐसा उपभोक्ता व मोटरवाहन उद्योग के हित में कर रहा था, लेकिन इस दौरान फोर्ड मोटर कंपनी ने जबरदस्त लाभ अर्जित किया था और वह विश्व के सबसे बड़े धनवानों व प्रसिद्ध लोगों में शुमार हो गया था।

हालाँकि फोर्ड यही दावा करता रहा था कि वह ऐसा उपभोक्ता व मोटरवाहन उद्योग के हित में कर रहा था, लेकिन इस दौरान फोर्ड मोटर कंपनी ने जबरदस्त लाभ अर्जित किया था और वह विश्व के सबसे बड़े धनवानों व प्रसिद्ध लोगों में शुमार हो गया था। उसके बाद जब 1947 में, 83 वर्ष की आयु में हेनरी फोर्ड की मृत्यु हुई थी तो उसकी संपत्ति का मुद्रास्फीति समायोजित मूल्य 199 अरब डॉलर (रिचेस्ट.कॉम/2013) आँका गया था, लेकिन 1936 में स्थापित फोर्ड फाउंडेशन, जिसके पास 2014 में 12.40 अरब डॉलर की कुल संपत्ति थी, की बहुप्रचारित मानव कल्याणकारी गतिविधियों ने एकाधिकारवादी उद्योगपति हेनरी फोर्ड की सार्वजनिक छवि को

महान् समाजसेवी और औद्योगिक क्रांतिकारियों में बदल दिया। हेनरी फोर्ड को जॉन डी. रॉकफेलर या एंड्रयू कार्नेगी की तरह 'रॉबर बैरन' की सूची में नहीं डाला गया था, लेकिन उन्होंने भी अपने समकालीन पूँजीपतियों की तरह एकाधिकारवादी हथकंडों से सौभाग्य हासिल किया था।

वित्त व व्यवसाय के गुमनाम अग्रदूत—जॉन डी. रॉकफेलर, एंड्रयू कार्नेगी व हेनरी फोर्ड कारोबारी साम्राज्य निर्माता थे और उनकी विरासत आज भी कायम है, लेकिन अब हम उन अग्रदूतों की चर्चा कर रहे हैं, जिन्होंने वित्त व व्यवसाय के क्षेत्र में ऐसी नींवों की रचना की, जिन पर आगे आनेवाले लोगों ने अपने कारोबार खड़े किए थे।

इनमें रोआँ कारोबार के दिग्गज जोहान जेकब एस्टर, जन-उपयोगी आविष्कार-आधारित उद्योग के विकासकर्ता थॉमस एडीसन (जिनके बारे में हम ऊपर पढ़ चुके हैं) और आधुनिक विभागीय भंडार के जनक अलेक्जेंडर टर्नी स्टीवर्ट को शामिल किया जाता है। इन तीनों अग्रदूतों ने लगभग एक जैसी कारोबारी रणनीति अपनाई थी—पैमाना अर्थव्यवस्था (इकोनॉमी ऑफ स्केल) यानी बड़े पैमाने पर कारोबार; ऊर्ध्वाधर एकीकरण (वर्टीकल इंटीग्रेशन) यानी संपूर्ण आपूर्ति शृंखला पर स्वामित्व नियंत्रण और क्षैतिज एकीकरण (होरिजेंटल इंटीग्रेशन) यानी संपूर्ण उत्पादन शृंखला पर स्वामित्व नियंत्रण, विशेष रूप से एस्टर की सफलता अमेरिका में महत्त्वाकांक्षी आप्रवासियों की बाढ़-सी लाई थी, जिनकी उद्यमशीलता ने युवा राष्ट्र को वैश्विक वित्तीय दिग्गज बनाया था और अलेक्जेंडर टर्नी स्टीवर्ट ने जिस 'ग्राहक प्रथम' (कस्टमर फर्स्ट)

क्या आप अनुमान लगा सकते हैं कि जर्मनी के कसाई का बेटा अपने जीवनकाल में संयुक्त राज्य अमेरिका का सबसे धनी व्यक्ति बन सकता है? जी हाँ, जोहान जेकब एस्टर ने ऐसा ही कर दिखाया था। वह महज 16 वर्ष की आयु में अपने भाई के कसाईखाने में काम करने के लिए न्यूयॉर्क आया था और अगले 10 वर्षों में एक प्रमुख रोआँ व्यापारी के रूप में उभरकर सामने आया था।

व्यापारिक दृष्टिकोण को लागू किया था, वह कभी पुराना नहीं हुआ और आज भी खुदरा व अन्य सेवा उद्योग का मूलमंत्र बना हुआ है, लेकिन इन तीनों अग्रदूतों की विडंबना यह रही है, इनकी विरासत को सँभालने व आगे बढ़ानेवाला कोई नहीं था और वे गुमनाम हो गए।

जोहान जेकब एस्टर—क्या आप अनुमान लगा सकते हैं कि जर्मनी के कसाई का बेटा अपने जीवनकाल में संयुक्त राज्य अमेरिका का सबसे धनी व्यक्ति बन सकता है? जी हाँ, जोहान जेकब एस्टर ने ऐसा ही कर दिखाया था। वह महज 16 वर्ष की आयु में अपने भाई के कसाईखाने में काम करने के लिए न्यूयॉर्क आया था और अगले 10 वर्षों में एक प्रमुख रोआँ व्यापारी के रूप में उभरकर सामने आया था। तत्कालीन राजनीतिक परिस्थितियों के चलते एस्टर के आयात-निर्यात कारोबार को कई झटके लगे, लेकिन 1822 में 55 वर्ष की उम्र में वह विश्व का सबसे बड़ा रोआँ व्यापारी बन गया था। इस बीच, उसने अपना ध्यान न्यूयॉर्क सिटी के नजदीकी मैनहट्टन द्वीप की अचल संपत्तियों पर केंद्रित कर लिया था और 1948 में 84 वर्ष की आयु में अपनी मृत्यु के समय अमेरिका का सबसे धनी व्यक्ति बन चुका था। वह तब की मुद्रा के मुताबिक झटपट करोड़पति तो नहीं बन सका था, लेकिन आज के हिसाब से वह बहुत ही कम समय में अरबपति भी बन चुका था।

चूँकि उसने भी रोआँ कारोबार पर आधिपत्य जमा लिया था और उसके लिए राजनीतिक हथकंडों का इस्तेमाल भी किया था, इसलिए एस्टर को भी 'रोबर बैरन' की सूची में रखा जाता है। वह कोई सामंत नहीं था, वह तो मामूली कसाई का बेटा भर था, जिसने अपनी मेहनत, लगन व अद्भुत वित्तीय प्रतिभा से ऐतिहासिक समृद्धि हासिल की थी। हालाँकि जॉन डी. रॉकफेलर या एंड्रयू कार्नेगी से काफी पहले एस्टर अमेरिका का सबसे बड़ा धनी बन चुका था, लेकिन उसने उनकी तरह समाज-सेवा के माध्यम से अपनी व्यक्तिगत सार्वजनिक छवि को निखारने की कोशिश नहीं की थी। क्या इसलिए एस्टर गुमनाम नहीं है?

अलेक्जेंडर टर्नी स्टीवर्ट—आज विश्व भर में लगभग हर क्षेत्र में

पेशेवर जीवन के शिखर (1863) पर स्टीवर्ट को अपने विश्वव्यापी कारोबार से 18.43 लाख डॉलर की वार्षिक आमदनी हो रही थी। मृत्यु के समय (1876) में स्टीवर्ट की कुल संपत्ति कुल 5 करोड़ डॉलर थी, जिसका अमेरिका का सकल घरेलू उत्पाद संयोजित मूल्य करीब 90 अरब डॉलर (फॉर्च्यून/2007) के बराबर है।

विभागीय भंडार (डिपार्टमेंटल स्टोर) लोकप्रिय हो चुके हैं, लेकिन क्या आपको पता है कि इसकी शुरुआत कहाँ हुई थी और किसने की थी? शायद नहीं। जी हाँ, सितंबर, 1848 को न्यूयॉर्क के मैनहट्टन नगर केंद्र (280 ब्रॉडवे; चैम्बर्स स्ट्रीट) में महिला वस्त्रों को समर्पित विश्व का पहला विभागीय भंडार खुला था, जिसका नाम था 'ए.टी. स्टीवर्ट ड्राईगुड्स स्टोर'। चूँकि वह न्यूयॉर्क का पहला संगमरमर से बना सबसे भव्य वाणिज्यिक भवन था, इसलिए मूल नाम की बजाय 'मार्बल पैलेस' नाम से प्रसिद्ध हुआ था, लेकिन हम उसके निर्माता अलेक्जेंडर टर्नी स्टीवर्ट को भूल चुके हैं, जबकि वह कॉर्नेलियस वेंडरबिल्ट व जोहान जेकब एस्टर के बाद न्यूयॉर्क का तीसरा और सार्वकालिक अमेरिकियों में सातवाँ सबसे धनी था। पेशेवर जीवन के शिखर (1863) पर स्टीवर्ट को अपने विश्वव्यापी कारोबार से 18.43 लाख डॉलर की वार्षिक आमदनी हो रही थी। मृत्यु के समय (1876) में स्टीवर्ट की कुल संपत्ति कुल 5 करोड़ डॉलर थी, जिसका अमेरिका का सकल घरेलू उत्पाद संयोजित मूल्य करीब 90 अरब डॉलर (फॉर्च्यून/2007) के बराबर है।

स्टीवर्ट को हम इसलिए भी भूल चुके हैं कि वह 19वीं सदी का खुदरा कारोबारी था। इतना ही नहीं, उसके बाद उसके कारोबार व नाम को आगे बढ़ानेवाला भी कोई नहीं था, लेकिन वह न केवल कुशल व्यापारी व उद्यमी था, बल्कि अत्यंत प्रतिभाशाली दूरदर्शी भी था। उसने महसूस किया था कि जो महिलाएँ अभी भी मार्बल पैलेस में नहीं आ सकी हैं, वे भी संभवतः वहाँ से कपड़े खरीदना चाहती होंगी और स्टीवर्ट ने तत्काल 'डाक आदेश सेवा' (मेल ऑर्डर सर्विस) कारोबार शुरू कर दिया था, जिससे उसे करोड़ों कमाने का

मौका मिल गया था। स्टीवर्ट को जब लगा कि उसे अपने भंडारों में बेचे जानेवाले उच्च गुणवत्तापूर्ण वस्त्रों के निर्माण के लिए अपनी गाढ़ी कमाई से दूसरी कपड़ा मीलों को बेवजह ज्यादा भुगतान नहीं करना चाहिए, तो उसने स्वयं की मिलों की स्थापना कर हजारों लोगों के लिए रोजगार पैदा करने का फैसला कर लिया। इतना ही नहीं, जब स्टीवर्ट को लगा कि अपने साथ-साथ कर्मचारी परिवारों का जीवन-स्तर भी सुधारना चाहिए तो उसने लॉन्ग आइलैंड (न्यूयॉर्क) में किफायती आवासों का निर्माण भी किया था। स्टीवर्ट हमेशा बस कारोबारी साम्राज्य के निर्माण में नहीं, बल्कि रोजगार उपलब्ध करने में रुचि लेता लग रहा था।

व्यावसायिक कार्यकारियों के स्वप्न-नायक—अच्छे कारोबारी विचारों की कोई कमी नहीं है। बहुत लोगों के मन में क्रांतिकारी विचार आते हैं, लेकिन व्यक्तियों की अंतर्दृष्टियों को लाभदायी उद्यमों में बदलने का असल जादू तो उन विचारों के कार्यान्वयन (एक्जीक्यूशन) में होता है। मानव जाति के इतिहास में वही व्यक्ति-विशेष महान् उद्यमी बन पाया है, जिसमें अपनी अंतर्दृष्टि को नींव बनाकर उसके ऊपर कारोबारी महल खड़ा करने (संजाल बनाने) की क्षमता थी। महान् उद्यमशीलता के लिए व्यक्ति-विशेष में केवल रचनात्मकता व कल्पनाशीलता का होना काफी नहीं है, बल्कि उसके लिए प्रबंधकीय कौशल (मैनेजरियल स्किल) व वित्तीय कुशाग्रता (फाइनेंशियल अकुमन) का होना भी अनिवार्य है।

मानव जाति के इतिहास में वही व्यक्ति-विशेष महान् उद्यमी बन पाया है, जिसमें अपनी अंतर्दृष्टि को नींव बनाकर उसके ऊपर कारोबारी महल खड़ा करने (संजाल बनाने) की क्षमता थी। महान् उद्यमशीलता के लिए व्यक्ति-विशेष में केवल रचनात्मकता व कल्पनाशीलता का होना काफी नहीं है, बल्कि उसके लिए प्रबंधकीय कौशल (मैनेजरियल स्किल) व वित्तीय कुशाग्रता (फाइनेंशियल अकुमन) का होना भी अनिवार्य है।

वॉलमार्ट के संस्थापक सैम वॉल्टन तो नहीं रहे, लेकिन चार्ल्स श्वाब, बर्नी मार्कस व आर्थर ब्लैंक अभी भी हमारे बीच हैं। ये वे व्यक्ति-विशेष हैं, जिनमें महान् उद्यमी होने के सभी जरूरी गुण मौजूद थे। इन व्यक्तियों ने अपने विचारों को न केवल कार्यान्वित किया, बल्कि उन ऊँचाइयों पर पहुँचाया, जो हर कारोबारी कार्यकारियों का सपना होता है। तभी तो ये व्यावसायिक विभूतियाँ हमारे स्वप्न-नायक (ड्रीम हीरो/लीडर) बने हुए हैं। जी हाँ, इन महान् व्यक्तियों में सबसे बड़ी समान विशेषता यह है कि इनके कारोबारी विचार ग्राहक-केंद्रित (कस्टमर-सेंट्रिक) थे। इन लोगों का समूचा पेशेवर जीवन इस विचार के आसपास घूमता रहा था कि ग्राहकों को 'सबसे सस्ती, सबसे बेहतर, सबसे आसान' वस्तु या सेवा कैसे दी जाए? उनकी रचनात्मकता, कल्पनाशीलता, प्रबंधकीय कौशल व वित्तीय कुशाग्रता, सबकुछ सिर्फ एक बिंदु 'ग्राहक' पर केंद्रित रही थी। यही कारण था कि वे विश्वव्यापी ग्राहक समुदायों को आकर्षित करने में सफल रहे और अपने को धनी बनाने में भी।

12 वर्षों के बाद, जब 1992 में सैम की कैंसर से मृत्यु हुई, तब तक वॉलमार्ट का बिक्री राजस्व 50 अरब डॉलर हो चुका था और सैम की व्यक्तिगत संपत्ति का मूल्य 25 अरब डॉलर, लेकिन सबसे बड़ी बात यह है कि सैम ने अपनी कारोबार की ऐसी ठोस नींव रखी थी कि वॉलमार्ट का साम्राज्य समूचे विश्व में फैलता चला गया। इसलिए सैम वॉल्टन अभी भी कारोबारी-नायकों का प्रेरणा-पुरुष बना हुआ है।

सैम वॉल्टन—द्वितीय विश्व-युद्ध में सैन्य सेवा बाध्यता पूरी करने के बाद, जब सैम वॉल्टन वापस पारिवारिक जीवन में आया था, उसके पास अपनी बचत के केवल 5000 डॉलर ही थे। उसने ससुर से 20,000 डॉलर उधार लेकर फ्रेंचाइजी खुदरा भंडार से अपना कारोबारी जीवन शुरू किया था। तीन वर्षों में जब उसने 'बेन फ्रेंकलिन' भंडार का कायाकल्प (टर्नअराउंड) कर बिक्री राजस्व को 2.50 लाख डॉलर पर पहुँचाया तो अचल संपत्ति स्वामी ने पट्टे का नवीकरण नहीं

किया। सैम का कारोबारी सपना अचानक चूर-चूर होने की स्थिति में आ गया था, लेकिन उसने अपनी पत्नी व ससुर के सहयोग से अपने कारोबार को दुबारा खड़ा किया था, लेकिन उसे झटपट करोड़पति बनने का मौका तब मिला, जब उसने 1970 में वॉलमार्ट स्टोर्स को सार्वजनिक किया था।

अगले पाँच वर्षों में सैम का कारोबार 4.25 करोड़ डॉलर से बढ़कर 34 करोड़ डॉलर हो गया था। अगले 12 वर्षों के बाद जब सैम ने 1987 में वॉलमार्ट की रजत जयंती मनाई तो कंपनी का बिक्री के राजस्व 15.90 अरब डॉलर हो चुका था। अगले 12 वर्षों के बाद, जब 1992 में सैम की कैंसर से मृत्यु हुई, तब तक वॉलमार्ट का बिक्री राजस्व 50 अरब डॉलर हो चुका था और सैम की व्यक्तिगत संपत्ति का मूल्य 25 अरब डॉलर, लेकिन सबसे बड़ी बात यह है कि सैम ने अपनी कारोबार की ऐसी ठोस नींव रखी थी कि वॉलमार्ट का साम्राज्य समूचे विश्व में फैलता चला गया। इसलिए सैम वॉल्टन अभी भी कारोबारी-नायकों का प्रेरणा-पुरुष बना हुआ है।

चार्ल्स आर. श्वाब—चार्ल्स रॉबर्ट 'चक' श्वाब जूनियर ने मई, 1975 में संयुक्त राज्य अमेरिका का पहला छूट दलाली प्रतिष्ठान (डिस्काउंट ब्रोकरेज फर्म) शुरू किया था। उस समय, अमेरिकी प्रतिभूति व विनिमय आयोग (सिक्योरिटी एंड एक्सचेंज कमीशन/एस.ई.सी.) ने 'निश्चित दलाली' (फिक्स्ड ब्रोकरेज) की प्रथा को खारिज कर समझौता-आधारित दलाली (निगोशिएटेड ब्रोकरेज) की अनुमति दे दी थी। तब विश्व के सबसे बड़े पूँजी बाजार—वॉल स्ट्रीट के दिग्गज विशेषज्ञों ने जबरदस्त हाय-तौबा मचाई थी कि इससे दलाली का धंधा चौपट हो जाएगा। इसलिए अधिकांश दलाली प्रतिष्ठान पुरानी दरों पर ही कारोबार करने की कोशिशों में जुटे रह गए थे, लेकिन श्वाब ने समय की जरूरत को बारीकी से परख लिया था। उसने लगभग आधी दलाली पर उन व्यक्तिगत निवेशकों को आकर्षित करना शुरू किया था, जो ऊँची स्थिर दलाली के चलते अब तक पूँजी बाजार में आने से कतरा रहे थे। सभी यही ताने मार रहे थे कि श्वाब का उत्साह जल्द ही ठंडा पड़ जाएगा और वह अपनी दुकान समेटने के लिए मजबूर हो जाएगा।

2009 में श्वाब 4.70 अरब डॉलर की व्यक्तिगत संपत्ति के साथ अमेरिका का 50वाँ सबसे धनी व्यक्ति हो गया था, जो अगले छह वर्षों में 6.90 अरब डॉलर (नवंबर 2015) पर पहुँच गया। तब 78 वर्ष का होने के बावजूद श्वाब विश्व के असंख्य निवेशकों व वित्तीय कार्यकारी नायकों के दिलो-दिमाग पर राज कर रहा था, लेकिन जैसा कि अकसर अपना कारोबार शुरू करनेवाले हर किसी के साथ होता है, श्वाब ने कभी सपने में भी नहीं सोचा था कि वह इतना सफल हो जाएगा।

लेकिन अगले दो वर्षों में श्वाब 45,000 व्यक्तिगत निवेशकों को अपने पाले में ले आया, जो अगले पाँच वर्षों में (1982) 3.74 लाख हो गए। जी हाँ, अगले एक दशक के भीतर 2011 में विश्व भर में 300 कार्यालयों के जरिए श्वाब 79 लाख व्यक्तिगत निवेशकों की कुल 1640 अरब मूल्य की संपत्ति का संचालन कर रहा था। इस बीच, वित्त वर्ष 2014 में चार्ल्स श्वाब कॉरपोरेशन 9.96 अरब डॉलर के राजस्व पर 75 करोड़ डॉलर का शुद्ध लाभ अर्जित कर रहा था। इस बीच, 2008 में श्वाब अपनी कार्यकारी भूमिका छोड़कर सभापति (चेयरमैन) की मार्गदर्शक भूमिका में आ गया था, लेकिन प्रमुख शेयरधारक होने के नाते उसकी व्यक्तिगत संपत्ति का मूल्य लगातार बढ़ता रहा। 2009 में श्वाब 4.70 अरब डॉलर की व्यक्तिगत संपत्ति के साथ अमेरिका का 50वाँ सबसे धनी व्यक्ति हो गया था, जो अगले छह वर्षों में 6.90 अरब डॉलर (नवंबर 2015) पर पहुँच गया। तब 78 वर्ष का होने के बावजूद श्वाब विश्व के असंख्य निवेशकों व वित्तीय कार्यकारी नायकों के दिलो-दिमाग पर राज कर रहा था, लेकिन जैसा कि अकसर अपना कारोबार शुरू करनेवाले हर किसी के साथ होता है, श्वाब ने कभी सपने में भी नहीं सोचा था कि वह इतना सफल हो जाएगा। हाँ, उसने तो बस मौके की नजाकत को समझ लिया था और ग्राहकों की समस्या व हिचक को दूर करने की कोशिश शुरू की थी।

बर्नी मार्कस व आर्थर ब्लैंक—अचानक नौकरी से निकाल बाहर किए

जाने के बाद बर्नी मार्कस व आर्थर ब्लैंक की 'प्रबंधन जोड़ी' ने 1978 में 'होम डिपो' की स्थापना की थी, जो अब विश्व की सबसे बड़ी गृह-सुधार खुदरा शृंखला (होम इम्प्रूवमेंट रिटेल चेन) बन गई है। कैसे? जैसे कि सैम वॉल्टन व चार्ल्स श्वाब ने छूट (डिस्काउंट) का सहारा लेकर अपने-अपने कारोबार साम्राज्य का विस्तार किया था। हाँ, अंतर सिर्फ इतना है, सैम व चार्ल्स अपनी कोशिशों में अकेले थे, जबकि बर्नी मार्कस व आर्थर ब्लैंक ने एक साथ मिलकर कोशिशें की थीं। मार्कस व ब्लैंक दोनों ही खुदरा कारोबार के अनुभवी कार्यकारी थे, जो लॉस एंजेलिस (कैलिफोर्निया) स्थित गृह-सुधार खुदरा शृंखला 'हैंडी डान' के शीर्ष प्रबंधन दल में शामिल थे, लेकिन उससे पहले दोनों एक-दूसरे से अनजान थे, लेकिन वे जब से मिले, एक-दूसरे के पूरक बन गए। उन्होंने जो कुछ कर दिखाया, वह आज भी विश्व भर के कार्यकारी अधिकारियों के लिए जीता-जागता उदाहरण बना हुआ है।

कंप्यूटर व पूँजी बाजार के जादुई रास्ते—वैसे तो विभिन्न नवाचारों को उद्यम में बदलकर आज भी झटपट करोड़पति बनना संभव है, लेकिन 1970 के दशक में दो ऐसे प्रमुख जादुई कारोबारी रास्ते सबसे अधिक खबरों में रहे, जिसने वर्तमान युग में अनगिनत लोगों को आश्चर्यजनक तेजी के साथ धनी बनने के अवसर प्रदान किए। ये हैं कंप्यूटर उद्योग व पूँजी बाजार। जी हाँ, ये दोनों ही कारोबार आसान नहीं थे। इनमें काफी खतरा था, ऊँची चोटी पर चढ़नेवाली जबरदस्त फिसलन थी व समुद्री ज्वार-भाटे जैसे उतार-चढ़ाव वाले बड़े जोखिम थे। फिर भी लाखों-करोड़ों लोगों ने इन दोनों जादुई राहों पर

वैसे तो विभिन्न नवाचारों को उद्यम में बदलकर आज भी झटपट करोड़पति बनना संभव है, लेकिन 1970 के दशक में दो ऐसे प्रमुख जादुई कारोबारी रास्ते सबसे अधिक खबरों में रहे, जिसने वर्तमान युग में अनगिनत लोगों को आश्चर्यजनक तेजी के साथ धनी बनने के अवसर प्रदान किए। ये हैं कंप्यूटर उद्योग व पूँजी बाजार।

चलने की हिम्मत जुटाई थी। यों कहें कि लोग उन रास्तों के दीवाने बन गए। क्यों? क्योंकि उन रास्तों के सफल नतीजों ने बाकी सभी लोगों के करोड़पति बनने के सपनों को सातवें आसमान पर पहुँचा दिया था। इन दोनों उद्यमों के पुरस्कार ही इतने बड़े-बड़े थे कि जोखिम की किसे परवाह थी। ये दोनों मार्ग व्यक्ति-विशेष की महत्त्वाकांक्षाओं को 'संभोग' जैसी उत्तेजना दे रहे थे (और आज भी दे रहे हैं)। ये झटपट करोड़पति बनने के सबसे बेहतर रास्ते साबित हुए हैं।

इसका सबूत, यू.एस. वर्ल्ड न्यूज एंड वर्ल्ड रिपोर्ट (1969) में सामने आया था। उसके मुताबिक, 1962 से 1969 के बीच के सात वर्षों में, अमेरिका में दस लाख डॉलर से अधिक की हैसियतवाले लोगों, यानी भारतीय मुद्रा में करोड़पतियों की संख्या 67,000 से बढ़कर 2,00,000 यानी तीन गुना हो गई थी। दूसरे शब्दों में, उस वक्त 1000 में से 1 अमेरिकी नागरिक करोड़पति बन चुका था, यानी 300 परिवारों में से एक परिवार। इतने कम समय में ऊँचे कर व चौतरफा महँगाई के कारण लगातार बढ़ रही जीवनयापन की लागतों को भुगतने के बावजूद यदि अमेरिकी नागरिक इतनी तेजी से धनी हो रहे थे, तो इसका कारण यह नहीं था कि उन्हें अपनी नौकरियों में तरक्कियाँ मिल गई थीं। जी हाँ, उनके पास नकद संपत्ति नहीं थी। उनकी संपत्ति शेयर बाजार में पंजीकृत कंपनियों, विशेष रूप से कंप्यूटर व अचल संपत्ति कंपनियों के सामान्य शेयरों में लगी हुई थी। उनमें से अधिकांश ने अपना कारोबार शुरू किया था और कारोबारी अचल संपत्तियों में निवेश किया था। ध्यान रहे कि देश की

कंप्यूटर उद्योग व शेयर बाजार की जुगलबंदी ऐतिहासिक रही है, जिसने सबसे अधिक अरबपतियों को पैदा किया है। 1990 के दशक के अंतिम तीन वर्षों में सूचना प्रौद्योगिकी व इंटरनेट से जुड़ी कंपनियों की इतनी व्यापक संभावनाएँ जताई गईं कि उनके शेयर के भाव फूलने लगे। जब यह बुलबुला फूटा था और शेयर बाजार ध्वस्त हुआ था तो रातोरात मालामाल हुई अधिकांश कंपनियाँ दिवालिया हो गईं या फिर बिक गईं।

समृद्धि के सामान्य शेयरों व अचल संपत्तियों के मूल्य आगे ही बढ़ते हैं। इतना ही नहीं, इनके मूल्य मुद्रास्फीति बढ़ने के साथ भी बढ़ते हैं।

कंप्यूटर उद्योग व शेयर बाजार की जुगलबंदी ऐतिहासिक रही है, जिसने सबसे अधिक अरबपतियों को पैदा किया है। 1990 के दशक के अंतिम तीन वर्षों में सूचना प्रौद्योगिकी व इंटरनेट से जुड़ी कंपनियों की इतनी व्यापक संभावनाएँ जताई गईं कि उनके शेयर के भाव फूलने लगे। जब यह बुलबुला फूटा था और शेयर बाजार ध्वस्त हुआ था तो रातोरात मालामाल हुई अधिकांश कंपनियाँ दिवालिया हो गईं या फिर बिक गईं। केवल तीन वर्षों में मार्च, 2000 से अक्तूबर, 2002 के बीच अमेरिकी शेयर बाजारों में 5000 अरब डॉलर का बाजार पूँजीकरण खत्म हो गया था, लेकिन जो कंपनियाँ शेयर बाजार के ज्वार-भाटे को झेलने में कामयाब रहीं या फिर जिनके कारोबार ठोस धरातल पर थे, उन्हें फिर से मालामाल होने का मौका मिला। इसके लिए नीचे दिए गए 'प्रौद्योगिकी के अरबपति' सूची पर नजर डालना ही काफी है।

ध्यान रहे, कंप्यूटर सॉफ्टवेयर के जरिए विश्व के सबसे धनवान बने बिल गेट्स ने क्या किया। उसने अपने दोस्त पॉल एलन की सॉफ्टवेयर प्रतिभा को भुनाया। जब स्टीव जॉब्स ने क्रांतिकारी व्यक्तिगत कंप्यूटर मैकिनटोश की रचना की तो गेट्स को उसके नजदीक जाने का मौका मिला और उसने जॉब्स की भलमनसाहत का फायदा उठाया। मैकिनटोश की परिचालन प्रणाली में मामूली हेरफेर कर 'विंडोज' को बाजार में उतारा और फिर पीछे मुड़कर नहीं देखा। इस बीच जॉब्स

स्टीव जॉब्स की सफलता से बिल गेट्स के सॉफ्टवेयर साम्राज्य को कोई फर्क नहीं पड़ा था; क्योंकि दोनों के बाजार खंड अलग-अलग थे, लेकिन बिल गेट्स के एकाधिकारवाद को असल चुनौती दी गूगल के दो युवाओं—लैरी पेज व सर्गेइ ब्रिन ने। ये दोनों छात्र-जीवन में बिल गेट्स व माइक्रोसॉफ्ट की बाजार रणनीति से इतने परेशान रहे थे कि उन्होंने गूगल को ग्राहक-केंद्रित कारोबार के रूप में विकसित किया।

अपनी ही कंपनी से निकाल बाहर किए जाने के बाद एक बार फिर से उठने की तैयारियों में जुटा रहा और बिल गेट्स एकाधिकारवादी व्यापर रणनीति को अपनाकर मालामाल हो गया। आखिरकार, बिल गेट्स की महत्त्वाकांक्षा को लगाम देने के लिए अमेरिकी न्याय विभाग को सामने आना पड़ा और उसके खिलाफ बहुचर्चित 'अविश्वास मुकदमा' चलाया गया। जब जॉब्स की कमान में फिर से एप्पल आया तो उसने बिल गेट्स से शुरुआती सहयोग लिया और फिर क्रांतिकारी नवाचारों की बदौलत एप्पल सहित खुद को कंप्यूटर उद्योग की किंवदंती बना लिया। बिल गेट्स सबसे धनी जरूर बना रहा और अपनी छवि को सुधारने के लिए अरबों डॉलर समाजसेवा में झोंके, लेकिन स्टीव जॉब्स की विश्वव्यापी प्रतिष्ठा उसके लिए चुनौती बनी रही।

जी हाँ, स्टीव जॉब्स की सफलता से बिल गेट्स के सॉफ्टवेयर साम्राज्य को कोई फर्क नहीं पड़ा था; क्योंकि दोनों के बाजार खंड अलग-अलग थे, लेकिन बिल गेट्स के एकाधिकारवाद को असल चुनौती दी गूगल के दो युवाओं—लैरी पेज व सर्गेइ ब्रिन ने। ये दोनों छात्र-जीवन में बिल गेट्स व माइक्रोसॉफ्ट की बाजार रणनीति से इतने परेशान रहे थे कि उन्होंने गूगल को ग्राहक-केंद्रित कारोबार के रूप में विकसित किया। बिल गेट्स मदमस्त हाथी चाल में चलता रहा था, लेकिन जब गेट्स की आँख खुली, तब तक बहुत देर हो चुकी थी। गूगल ने इंटरनेट बाजार को इस तरह चाकचौबंद कर लिया था कि गेट्स पूँछ पटकता रह गया, लेकिन गूगल का बाल बाँका नहीं कर सका। गेट्स को अब भी घमंड था कि उसके पास 'विंडोज' परिचालन प्रणाली थी और कंप्यूटर से बाजार को नियंत्रित कर सकता था, लेकिन जब गूगल ने क्रोम ब्राउजर के जरिए माइक्रोसॉफ्ट के एकाधिकार को

जॉब्स ने आईफोन के लिए 'गूगल मैप्स' व कुछ अन्य विशेष सॉफ्टवेयर के विकास का काम भी अपने उन चेलों को दिया, लेकिन उन्हें यह समझते देर नहीं लगी थी कि आईफोन के बाजार में आते ही, इंटरनेट-खोज उस पर तेजी से स्थानांतरित हो जाएगी, जोकि उसकी असल रोजी-रोटी थी।

चुनौती दी तो गेट्स के होश ठिकाने आए थे।

ध्यान रहे कि गूगल के ये दोनों महारथी स्टीव जॉब्स को अपना गुरु जैसा मानते रहे थे और जॉब्स उन्हें चेले से ज्यादा न समझता था, लेकिन जॉब्स को जब पता चला कि चेला असल में 'गुरु' था, तब तक देर हो चुकी थी। जॉब्स 'आईफोन' के जरिए जिस स्मार्टफोन क्रांति की तैयारी कर रहा था, वह असल में समूचे इंटरनेट कारोबार को घेरने का इंतजाम था। पेज व ब्रिन दोनों स्टीव जॉब्स के आस-पड़ोस में ही रहते थे और उनकी नियमित रूप से मुलाकात भी होती रहती थी। जॉब्स ने आईफोन के लिए 'गूगल मैप्स' व कुछ अन्य विशेष सॉफ्टवेयर के विकास का काम भी अपने उन चेलों को दिया, लेकिन उन्हें यह समझते देर नहीं लगी थी कि आईफोन के बाजार में आते ही, इंटरनेट-खोज उस पर तेजी से स्थानांतरित हो जाएगी, जोकि उसकी असल रोजी-रोटी थी। स्टीव जॉब्स भी अपनी रचनात्मक क्रांति के नशे में बौरा रहा था, लेकिन जब उसका नशा टूटा, तब तक 'गूगल के लड़के' मुफ्त मोबाइल परिचालन प्रणाली मंच 'एंड्रॉयड' को ठोस रूप दे चुके थे। सचाई तो यह थी कि पेज व ब्रिन ने अपनी रोजी-रोटी बचाने के लिए यह किया था, लेकिन जॉब्स ने इसे विश्वासघात माना और चेलों को सबक सिखाने की ठानी। तब तक, जॉब्स अपने कैंसर से परेशान हो चुका था और वह गूगल का बाल भी बाँका करने में कामयाब न हो सका। जी हाँ, 'गूगल के लड़कों' ने अपनी जान बचाने के लिए 'एंड्रॉयड' को विकसित न किया होता तो विश्व में कोई दूसरा स्मार्टफोन नहीं होता और इस बाजार पर एप्पल आईफोन का एकाधिकार बन जाता।

लेकिन बिल गेट्स व स्टीव जॉब्स जैसे महारथियों को परेशान करनेवाले पेज व ब्रिन को पटकनी दी मार्क जुकरबर्ग ने फेसबुक के जरिए। आपको याद होगा 'ऑरकुट', जिसका शुभारंभ गूगल ने किया था। तब फेसबुक कहीं भी नहीं था, लेकिन गूगल के लड़के इंटरनेट-खोज की अपनी बादशाहत को कायम रखने में इतने व्यस्त थे कि उन्हें पता ही नहीं चला कि फेसबुक ने कैसे ऑरकुट को निगल लिया। गूगल ने 'गूगल+' से फेसबुक को घेरने

कंप्यूटर व सूचना प्रौद्योगिकी उद्योग ने इन महारथियों के अलावा सैकड़ों को झटपट अरबपति व लाखों को झटपट करोड़पति बनने का मौका दिया, लेकिन इन सभी धनियों में भी एक बात सामान्य रही कि उन्होंने अपने लिए विशेष प्रकार के व्यापारिक संजाल का निर्माण किया था।

की काफी कोशिशें कीं, लेकिन तब तक काफी देर हो चुकी थी। अंततः गूगल को इंटरनेट बाजार के सबसे संभावनाशील 'सामाजिक संजालीकरण' (सोशल नेटवर्किंग) बाजार-खंड से हाथ धोने पड़े। फेसबुक के लिए ट्विटर चुनौती बन सकता था, लेकिन मार्क जुकरबर्ग सावधान था। उसने व्हाट्स एप्प को अपने कब्जे में ले लिया और फेसबुक को अपने बाजार खंड का सम्राट् बना लिया।

कंप्यूटर व सूचना प्रौद्योगिकी उद्योग ने इन महारथियों के अलावा सैकड़ों को झटपट अरबपति व लाखों को झटपट करोड़पति बनने का मौका दिया, लेकिन इन सभी धनियों में भी एक बात सामान्य रही कि उन्होंने अपने लिए विशेष प्रकार के व्यापारिक संजाल का निर्माण किया था।

धनी ही और अधिक धनी क्यों बनते हैं ?

यह कहावत बहुत ही लोकप्रिय है कि 'पंखवाली चिड़िया झुंड में रहती हैं'। लेकिन यह कहावत केवल पक्षियों पर ही लागू नहीं होती, बल्कि यह सभी वर्ग के लोगों—धनी, मध्यमवर्गीय व गरीब के लिए भी सच ही है। जी हाँ, एक जैसी सोच के लोग ही साथ रहते हैं। दूसरे शब्दों में, धनी लोग दूसरे धनी लोगों के साथ संजाल का निर्माण करते हैं; मध्यमवर्ग के लोग दूसरे मध्यमवर्गियों के साथ और गरीब वर्ग के लोग दूसरे गरीबों के साथ ही मेलजोल बढ़ाते हैं, तो बिल्कुल स्पष्ट है कि यदि आप धनी बनना चाहते हैं, तो आपको भी उन्हीं लोगों के साथ संजाल बनाने की आवश्यकता होगी, जो धनी हैं और जो आपको धनी बनने में मदद कर सकते हैं।

याद रहे कि ऐसे बहुत से लोग हैं, जिनमें धनी बनने की क्षमता रहती है, लेकिन वे अधिकांश समय ऐसे लोगों के साथ मेलजोल बढ़ाते रहते हैं, जो उन्हें आर्थिक रूप से पीछे धकेलते हैं। हम इस पुस्तक में संजाल विपणन (नेटवर्क मार्केटिंग) व्यवसाय के बारे में विस्तार से चर्चा करनेवाले हैं। यह ऐसा व्यवसाय है, जहाँ लोग आपको और धनी बनने में मदद करते हैं। अब आप अपने आपसे यह प्रश्न करना चाहेंगे, 'मैं जिस कंपनी के लिए काम कर रहा हूँ या जिन लोगों के साथ मैं अपना समय बिताता हूँ, क्या वह कंपनी या लोग मुझे और अधिक धनी बनने में मदद कर रहे हैं या फिर वह कंपनी या लोग मुझे मेहनती कर्मचारी के रूप में बनाए रखने में अधिक रुचि ले रहे हैं?' जब तक यह प्रश्न आपके मस्तिष्क में नहीं उठता है, तब तक आपको धनी बनने का क्रांतिकारी पथ दिखाई नहीं देगा और उस पर आगे बढ़ने का विचार ही नहीं आएगा। दूसरों के लिए नौकरी करनेवालों को इस प्रश्न का उत्तर यही मिलेगा कि उनकी कंपनी व लोग उन्हें मेहनती कर्मचारी बनाए रखने में अधिक रुचि ले रहे हैं; क्योंकि वे आपको अपनी कमाई का साधन बनाए रखना चाहते हैं।

याद रहे कि ऐसे बहुत से लोग हैं, जिनमें धनी बनने की क्षमता रहती है, लेकिन वे अधिकांश समय ऐसे लोगों के साथ मेलजोल बढ़ाते रहते हैं, जो उन्हें आर्थिक रूप से पीछे धकेलते हैं। हम इस पुस्तक में संजाल विपणन (नेटवर्क मार्केटिंग) व्यवसाय के बारे में विस्तार से चर्चा करनेवाले हैं। यह ऐसा व्यवसाय है, जहाँ लोग आपको और धनी बनने में मदद करते हैं।

अब यह आप पर निर्भर है कि आप क्या करना चाहते हैं? क्या आप स्वयं को दूसरों की कमाई का साधन बनाए रखना चाहते हैं और उस सेवा के बदले आपके हिस्से में जो कुछ भी आता है, उससे संतुष्ट हैं? कोई भी दूसरों का साधन नहीं बना रहना चाहता या फिर उसे जो सेवा का फल मिल रहा है, उससे संतुष्ट नहीं रह सकता। फिर भी अधिकांश लोग दूसरों की नौकरी क्यों करते? क्योंकि वे दूसरे स्वामियों पर निर्भर बने रहने में ही

आप किसी भी धनी व्यक्ति से मिलें, आपको पता चलेगा कि वे किशोरावस्था से ही धन कमाने के लिए कुछ-न-कुछ करते रहे थे। आप हैरान होंगे कि सभी धनी लोगों ने पेशेवर जीवन में प्रवेश करने से पहले ही स्वयं को आर्थिक रूप से स्वतंत्र बनाने के लिए वैसे ही लोगों के साथ मेलजोल बढ़ाना शुरू कर दिया था। ऐसे लोगों को बहुत अच्छी तरह से यह बात समझ में आने लगती है कि यदि उन्हें धनी बनना है, अर्थात् स्वयं को आर्थिक रूप से स्वतंत्र बनाना है, तो इस काम में उसकी मदद केवल वे लोग ही कर सकते हैं, जो स्वयं धनी हैं।

स्वयं को सुरक्षित समझते हैं। ऐसे औसत लोग वास्तव में धनी बनने को इच्छुक नहीं होते; क्योंकि उन्हें स्वयं का स्वामी बनना अधिक जोखिमपूर्ण लगता है और जो लोग सचमुच में स्वयं को धनी बनाना चाहते हैं, वे सबसे पहले 'दूसरों पर निर्भरता' को समाप्त करते हैं और बिना डरे स्वामी बनने के क्रांतिकारी पथ पर आगे बढ़ते हैं।

आप किसी भी धनी व्यक्ति से मिलें, आपको पता चलेगा कि वे किशोरावस्था से ही धन कमाने के लिए कुछ-न-कुछ करते रहे थे। आप हैरान होंगे कि सभी धनी लोगों ने पेशेवर जीवन में प्रवेश करने से पहले ही स्वयं को आर्थिक रूप से स्वतंत्र बनाने के लिए वैसे ही लोगों के साथ मेलजोल बढ़ाना शुरू कर दिया था। ऐसे लोगों को बहुत अच्छी तरह से यह बात समझ में आने लगती है कि यदि उन्हें धनी बनना है, अर्थात् स्वयं को आर्थिक रूप से स्वतंत्र बनाना है, तो इस काम में उसकी मदद केवल वे लोग ही कर सकते हैं, जो स्वयं धनी हैं। यही कारण है कि विश्व के अधिकांश लोगों का ध्यान सामान्य शिक्षा से उचट जाता है। वे लोग अपने अधिकांश साथियों की तरह परीक्षा में अधिकांश अंक लाने पर अपना ध्यान केंद्रित नहीं कर पाते। वे ऐसे लोगों के साथ मेलजोल बढ़ाते हैं, जो उनकी ही तरह धनी बनने के इच्छुक होते हैं। आर्थिक स्वतंत्रता हासिल करने के इच्छुक लोगों के लिए इस रास्ते पर आगे बढ़ना आसान नहीं होता; क्योंकि उसके अधिकांश साथी बिल्कुल अलग रास्ते पर चल रहे

होते हैं। अधिकांश माता-पिता भी अपने बच्चों को अच्छी नौकरी के लिए अच्छे अंक लाने के लिए ही प्रोत्साहित करते हैं। इसलिए धनी बनने के इच्छुक लोगों को समान विचार के लोगों का संजाल बनाने में काफी परिश्रम करना पड़ता है, लेकिन यदि आप धनी बनना चाहते हैं तो ऐसा तो करना ही पड़ेगा।

यदि आप किसी व्यावसायिक शिक्षा केंद्र से व्यवसाय प्रशासन निष्णात (मास्टर्स ऑफ बिजनेस एडमिनिस्ट्रेशन/एम.बी.ए.) की उपाधि हासिल करते हैं, तो भी आपको किसी धनी व्यवसायी का कर्मचारी बनने के लिए ही प्रशिक्षित किया जाता है। यदि आप किसी धनी व्यवसायी के उच्च वेतनप्राप्त कर्मचारी बनने की बजाय धनी बनना चाहते हैं, तो आपको ऐसे शिक्षा केंद्र में जाना होगा, जो आपको उद्यमी (इंटरप्रेन्योर) बनना सिखाए।

…और, संजाल विपणन (नेटवर्क मार्केटिंग) क्षेत्र की, कंपनियाँ आपको अपने ही जैसे धनी बनने के इच्छुक लोगों का संजाल बनाने का मौका दे सकती हैं। यहाँ पर आप किसी व्यावसायिक संजाल के स्वामी या स्वामियों के लिए नहीं, बल्कि स्वयं को धनी बनाने के लिए काम करते हैं और वहाँ काम करनेवाले लोग आपको धनी बनने में इसलिए मदद करते हैं; क्योंकि आपके धनी बनने से उन्हें और भी अधिक धनी बनने का मौका मिलता है और फिर आप भी दूसरों को धनी बनने में मदद करते हैं, क्योंकि उससे आपको भी और अधिक धनी बनने का मौका मिलता है, लेकिन लोगों को अपने व्यवसाय के लिए अपने संजाल का निर्माण करने की शक्ति समझाने के लिए पढ़ाना आसान काम नहीं है; और यह काम आसान नहीं है, तो इसका सबसे बड़ा कारण यह है कि अधिकांश लोगों को निष्ठावान व मेहनती कर्मचारी बनना पढ़ाया गया है, न कि अपने संजाल का निर्माण करनेवाले व्यवसाय-स्वामी बनना।

यदि आप किसी व्यावसायिक शिक्षा केंद्र से व्यवसाय प्रशासन निष्णात (मास्टर्स ऑफ बिजनेस एडमिनिस्ट्रेशन/एम.बी.ए.) की उपाधि हासिल

करते हैं, तो भी आपको किसी धनी व्यवसायी का कर्मचारी बनने के लिए ही प्रशिक्षित किया जाता है। यदि आप किसी धनी व्यवसायी के उच्च वेतनप्राप्त कर्मचारी बनने की बजाय धनी बनना चाहते हैं, तो आपको ऐसे शिक्षा केंद्र में जाना होगा, जो आपको उद्यमी (इंटरप्रेन्योर) बनना सिखाए, लेकिन सबसे बड़ी समस्या यह है कि अधिकांश व्यावसायिक शिक्षा केंद्र ऐसे हैं, जो सबसे होशियार बच्चों को दाखिल करते हैं और उन्हें धनी लोगों के लिए व्यावसायिक कार्यकारी (बिजनेस एक्जीक्यूटिव) बनाते हैं, न कि कर्मचारियों के कार्यकारी/अधिकारी। यदि आप एनरान या वर्ल्डकॉम घोटाले के बारे में पढ़ें तो आपको पता चलेगा, घोटाले में लिप्त कार्यकारी अधिकारी विश्व के प्रसिद्ध व्यावसायिक शिक्षा केंद्रों से एम.बी.ए. की उपाधि हासिल करनेवाले लोग थे, लेकिन वे केवल अपने हितों के बारे में सोचनेवाले आरोपी पाए गए थे, न कि उन निवेशकों व अधीनस्थ कर्मचारियों के बारे में, जिन्होंने अपना धन व अपनी जिंदगियाँ उनके भरोसे पर छोड़ रखी थी। कई उच्च शिक्षाप्राप्त व उच्च वेतनप्राप्त कार्यकारी अधिकारियों ने अपने कर्मचारियों को तब और अधिक शेयर खरीदने के लिए प्रोत्साहित किया था, जब वे अपने पहले के शेयर को बेच रहे थे। हालाँकि एनरान या वर्ल्डकॉम के घोटाले अत्यंत गंभीर मामले हैं, लेकिन निगमित जगत् व शेयर बाजारों में इस प्रकार स्वार्थपूर्ण व्यापार व्यवहार (सेल्फिश बिजनेस बिहेवियर) हर समय देखने को मिल सकते हैं।

ये कंपनियाँ यह व्यवसाय मूल्य सिखाती हैं कि धनी बनने का सर्वोत्तम रास्ता स्वयं को व दूसरे लोगों को व्यवसाय-स्वामी बनना पढ़ाना है, न कि धनी लोगों के लिए काम करनेवाला निष्ठावान-मेहनती कर्मचारी बनाना।

ऐसे स्वार्थपूर्ण व्यावसायिक वातावरण में, यदि हम संजाल विपणन (नेटवर्क मार्केटिंग) व्यवसाय की व्यावहारिक कार्यशैली का विश्लेषण करें तो पता चलता है कि ये सचमुच में जनसाधारण के 'व्यावसायिक शिक्षा केंद्र' हैं। ये बड़े व्यावसायिक शिक्षा केंद्रों की तरह सबसे होशियार बच्चों को

दाखिल कर उन्हें धनी लोगों के लिए काम करना नहीं सिखाते। सावधान! हम यहाँ पर 'संजाल विपणन' के नाम पर ठगी करनेवाली कंपनियों के बारे में नहीं, बल्कि इस व्यावसायिक सिद्धांत पर काम करनेवाली प्रतिष्ठित बहुराष्ट्रीय कंपनियों के सामान्य व्यापार-व्यवहार की चर्चा कर रहे हैं। व्यवसाय के हर क्षेत्र में ठगी करनेवाले लोगों की कमी नहीं है और संजाल विपणन व्यवसाय का क्षेत्र भी इससे अछूता नहीं है। जी हाँ, कई संजाल विपणन कंपनियाँ वास्तव में 'व्यावसायिक शिक्षा केंद्र' के रूप में काम करती हैं, जो ऐसे व्यवसाय मूल्य (बिजनेस वैल्यू) सिखाती हैं, जो पारंपरिक व्यवसाय-महाविद्यालयों में नहीं सिखाया जाता। ये कंपनियाँ यह व्यवसाय मूल्य सिखाती हैं कि धनी बनने का सर्वोत्तम रास्ता स्वयं को व दूसरे लोगों को व्यवसाय-स्वामी बनना पढ़ाना है, न कि धनी लोगों के लिए काम करनेवाला निष्ठावान-मेहनती कर्मचारी बनाना।

□

2

धनी बनने के अनेक रास्ते

क्या आपने अपने महाविद्यालय प्राध्यापक से कभी यह प्रश्न पूछा है, 'क्या आप मुझे धनी बनना पढ़ा सकते हैं?' पूछकर देखिए, आपको लगभग एक-जैसा उत्तर मिलेगा, 'नहीं। मेरा काम तुम्हें स्नातक बनने में मदद करना है, ताकि तुम अच्छी नौकरी खोज सको।' आप अपने प्राध्यापक से अगला प्रश्न करें, 'लेकिन यदि मैं नौकरी करना नहीं चाहता हूँ, तो, यदि मैं धनी बनना चाहता हूँ, तो?' अब आपसे उत्तर के बदले में एक-जैसा प्रश्न पूछा जा सकता है, 'तुम धनी क्यों बनना चाहते हो?' आपका स्वाभाविक उत्तर हो सकता है, 'क्योंकि मैं स्वतंत्र होना चाहता हूँ। मैं वास्तव में जो कुछ भी करना चाहता हूँ, उसके लिए अपने पास धन व समय चाहता हूँ। मैं अपने जीवन का अधिकांश कर्मचारी के रूप में नहीं बिताना चाहता। मैं नहीं चाहता कि मेरे जीवन के सपनों को कोई और परिभाषित करे और मेरा सीमित वेतन मेरे सपनों की उड़ान को रोके।' अब आप अपने प्राध्यापक से यह अपेक्षा न करें कि वे आपको उत्साहित करनेवाले उत्तर देंगे। अधिकांश प्राध्यापक आपको समझाने की कोशिश करेंगे, 'यह

हमें धनी बनने के लिए औपचारिक शिक्षा की आवश्यकता नहीं होती है। ध्यान रहे कि जीवन में आर्थिक सफलता के लिए आपको तीन प्रकार की शिक्षाओं की आवश्यकता होगी—पाठशाला संबंधी (स्कॉलैस्टिक), पेशा/व्यवसाय संबंधी (प्रोफेशनल) व वित्त संबंधी (फाइनेंशियल) शिक्षा।

बेवकूफी है। तुम निष्क्रिय धनी के जीवन के बारे में सपना देख रहे हो। यदि तुम अच्छे अंक लाकर ऊँची कमाईवाली नौकरी नहीं ढूँढ़ सके, तो तुम धनी नहीं बन सकोगे। अब तुम आसमानी सपनों से धरती पर उतरो, अपनी पढ़ाई पर ध्यान लगाओ, ताकि परीक्षा में अच्छे अंक ला सको।'

जी हाँ, हमारे शिक्षा केंद्रों में पढ़ानेवाले प्राध्यापक भी वेतनभोगी ही होते हैं। इसलिए वे आपको जो सिखाते हैं, वह भी आपको वेतनभोगी बनाने के लिए ही होता है, लेकिन इसका अर्थ यह नहीं है कि हमें धनी बनने के लिए औपचारिक शिक्षा की आवश्यकता नहीं होती है। ध्यान रहे कि जीवन में आर्थिक सफलता के लिए आपको तीन प्रकार की शिक्षाओं की आवश्यकता होगी— पाठशाला संबंधी (स्कॉलैस्टिक), पेशा/व्यवसाय संबंधी (प्रोफेशनल) व वित्त संबंधी (फाइनेंशियल) शिक्षा। सामान्य पाठशाला संबंधी औपचारिक शिक्षा हमें पढ़ना, लिखना व गणना करना सिखाती है। विशेष रूप से आज के आधुनिक युग में, यह बहुत ही महत्त्वपूर्ण व आवश्यक शिक्षा है। हो सकता है कि आप इस स्तर की शिक्षा में बहुत ही अच्छा करें, लेकिन यह आधारभूत शिक्षा (बेसिक एजुकेशन) है, जो आपको दूसरे प्रकार की शिक्षा ग्रहण करने का आधार प्रदान करती है।

वित्तीय शिक्षा का मूल उद्देश्य आपको यह सिखाना है कि 'धन आपके लिए काम करे' न कि 'आप धन के लिए काम करें।' तो आपका शिक्षा केंद्र आपको क्या सिखाता है? यदि आप सचमुच में धनी बनना चाहते हैं, अपने जीवन में आर्थिक सफलता चाहते हैं, तो आपके लिए यह सीखना अनिवार्य है कि धन आपके लिए कैसे काम करे और यह शिक्षा आपको स्वाध्याय (सेल्फ स्टडी) या फिर धनी व्यक्ति-विशेषों के मार्गदर्शन में लगातार कठिन अभ्यास से ही हासिल हो सकती है।

पेशेवर या व्यवसाय संबंधी शिक्षा आपको यह सिखाती है कि आप धन कैसे कमा सकते हैं, लेकिन यदि आप पाठशाला संबंधी शिक्षा में अच्छे अंक नहीं ला पाते हैं, तो आप चिकित्सक (डॉक्टर), अभियंता (इंजीनियर),

अधिवक्ता (लॉयर), अधिकार प्राप्त लेखापाल (चार्टर्ड अकाउंटेंट) या अन्य प्रथम श्रेणी की पेशेवर शिक्षा ग्रहण नहीं कर सकते, क्योंकि इनसे संबंधित शिक्षा संस्थानों में प्रवेश ही नहीं मिल सकेगा। फिर आपके लिए द्वितीय श्रेणी की सहायक पेशाओं से संबंधी व्यावसायिक शिक्षण संस्थाओं में दाखिल होकर विशेष प्रकार की कुशलताएँ हासिल कर सकने का विकल्प बचेगा, लेकिन सहायक वर्ग की कुशलताएँ हासिल करनेवालों को अधिक आसानी से नौकरी मिल जाती है, क्योंकि इनकी सहायता के बिना प्रथम श्रेणी के अधिकारी वर्ग और व्यवसाय स्वामियों के लिए धन कमा पाना मुश्किल होता है।

लेकिन जीवन में आर्थिक सफलता प्राप्त करने के लिए सबसे अहम शिक्षा है—वित्तीय शिक्षा (फाइनेंशियल एजुकेशन), लेकिन वाणिज्य (कॉमर्स) व वित्त (फाइनेंस) संबंधी अधिकांश व्यावसायिक शिक्षा केंद्र भी आपको 'अपने लिए धन कमाना' नहीं, बल्कि 'दूसरों के लिए धन कमाना' ही सिखाते हैं। वैसे वास्तव में वित्तीय शिक्षा का मूल उद्देश्य आपको यह सिखाना है कि 'धन आपके लिए काम करे' न कि 'आप धन के लिए काम करें।' तो आपका शिक्षा केंद्र आपको क्या सिखाता है? यदि आप सचमुच में धनी बनना चाहते हैं, अपने जीवन में आर्थिक सफलता चाहते हैं, तो आपके लिए यह सीखना अनिवार्य है कि धन आपके लिए कैसे काम करे और यह शिक्षा आपको स्वाध्याय (सेल्फ स्टडी) या फिर धनी व्यक्ति-विशेषों के मार्गदर्शन में लगातार कठिन अभ्यास से ही हासिल हो सकती है।

अमेरिकी पूँजीवाद पर आधारित व्यावसायिक शिक्षा पद्धति समूचे विश्व को वित्तीय आपदा (फाइनेंशियल डिजास्टर) की तरफ तेजी से धकेलती जा रही है। विश्व अर्थव्यवस्था की डाँवाँडोल स्थिति छात्रों को यथार्थवादी वित्तीय शिक्षा प्रणाली (रीयलिस्टिक फाइनेंशियल एजुकेशन प्रणाली) प्रदान करने की अनिवार्यता को ही रेखांकित करती है, लेकिन इस संबंध में की जा रही कोशिशें अपर्याप्त हैं और अंधानुकरण का दौर जारी है। इस तथ्य की गंभीरता को समझने के लिए पूँजीवादी अर्थव्यवस्था व कार्य-संस्कृति की चुनौतियों को ठीक प्रकार से समझना बहुत आवश्यक है।

पूँजीवादी कार्य-संस्कृति की चुनौतियाँ

पूँजीवादी अर्थव्यवस्था यानी लाभ के उद्देश्य से निजी क्षेत्र द्वारा नियंत्रित-संचालित अर्थव्यवस्था ने अमेरिका की अगुआई में पश्चिमी राष्ट्रों को उन्नति के शिखर पर पहुँचाया था। 18वीं सदी के अंत से 20वीं सदी के शुरुआती 50 वर्षों में, अमेरिकी पूँजीवाद ने धुआँधार सफलता दर्ज की थी। वर्ष 1945 में अंतरराष्ट्रीय मुद्रा कोष (आई.एम.एफ.) की स्थापना ने पूँजीवाद-आधारित वैश्वीकरण (ग्लोबलाइजेशन) की प्रक्रिया को तेज किया था और विश्व की अधिकांश अर्थव्यवस्थाएँ उसके दायरे में आती चली गई थीं।

मार्च, 1985 में सोवियत संघ समाजवादी गणराज्य (यूनियन ऑफ सोवियत सोशलिस्ट रिपब्लिक्स/यू.एस.एस.आर.) के अध्यक्ष बनने के बाद मिखाइल गोर्बाचेव ने गंभीर आर्थिक संकट से उबरने के लिए समाजवादी अर्थव्यवस्था (सोशलिस्ट इकोनॉमी) को पूँजीवाद प्रेरित बाजार अर्थव्यवस्था (मार्केट इकोनॉमी) में लाने के लिए पेरेस्त्रोइका (पुनर्गठन) व ग्लासनोस्त (खुलापन) की नीति को लागू करना शुरू कर दिया और 26 दिसंबर, 1991 को सोवियत संघ का विघटन हो गया। इस बीच, पूर्वी व पश्चिमी जर्मनी के बीच 1961 में खड़ी की गई फासीवाद विरोधी सुरक्षा दीवार 'बर्लिन वॉल' को 9 नवंबर, 1989 को गिराने का कार्य शुरू हो चुका था। सोवियत संघ के कमजोर पड़ जाने से भारत में भुगतान संतुलन (बैलेंस ऑफ पेमेंट) की स्थिति गंभीर हो जाने के कारण भारत सरकार अंतरराष्ट्रीय मुद्रा कोष की शरण में चले जाने को मजबूर

> **सोवियत संघ के कमजोर पड़ जाने से भारत में भुगतान संतुलन (बैलेंस ऑफ पेमेंट) की स्थिति गंभीर हो जाने के कारण भारत सरकार अंतरराष्ट्रीय मुद्रा कोष की शरण में चले जाने को मजबूर हो गई थी। फिर 24 जुलाई, 1991 को नरसिंह राव के नेतृत्ववाली भारत सरकार के वित्तमंत्री डॉ. मनमोहन सिंह ने अपने बजट भाषण में भारतीय अर्थव्यवस्था के उदारीकरण की प्रक्रिया शुरू करने की घोषणा की।**

हो गई थी। फिर 24 जुलाई, 1991 को नरसिंह राव के नेतृत्ववाली भारत सरकार के वित्तमंत्री डॉ. मनमोहन सिंह ने अपने बजट भाषण में भारतीय अर्थव्यवस्था के उदारीकरण की प्रक्रिया शुरू करने की घोषणा की।

लेकिन आर्थिक शीत-युद्ध में सोवियत संघ में विफल होने के बाद अमेरिका विश्व महाशक्ति बनकर उभरा था। फिर अमेरिकी पूँजीवाद अपने मूल सिद्धांतों से भटकना शुरू हो गया। अमेरिकी समाज में सामूहिकता की भावना कमजोर पड़ने लगी थी और व्यक्तिवाद हावी होने लगा था। व्यक्तिगत उपलब्धियों ने मानवीय मूल्यों से समझौता करना शुरू कर दिया था। फिर सरकार व निजी क्षेत्र के बीच साँठगाँठ से लाभ कमाने का दौर शुरू हुआ था, जो 'घोर पूँजीवाद' (क्रोनी कैपिटलिज्म) के रूप में विश्व-अर्थव्यवस्था के साथ-साथ कार्यस्थलों में आपसी विश्वास की भावना को कमजोर करता चला गया। घोर पूँजीवाद से उपजी मतिहीनता की चुनौतियाँ गंभीर हैं।

अमेरिका की 'महानतम' पीढ़ी—असल में यह प्रथम विश्वयुद्ध (28 जुलाई, 1914 से 11 नवंबर, 1918) का कालखंड था, जब अमेरिका में पहली बार उपभोक्ता समाज की जड़ें मजबूत हुई थीं। इस दौरान, पहली बार अमेरिकी नागरिकों को यूरोपीय नागरिकों की तुलना में अधिक धनी होने का अवसर मिला था और धन के साथ मौज-मस्ती भी आई थी। व्यय योग्य आय (डिस्पोजेबल इनकम) बढ़ने के कारण वे सभी प्रकार की विलासिताएँ व जीवन की गुणवत्ता को बढ़ानेवाली नई प्रौद्योगिकियों को खरीदने में सक्षम हो गए थे। 1920 के दशक में ही विद्युत् प्रशीतक (इलेक्ट्रिक रेफ्रिजरेटर), दूरभाष (टेलीफोन), मोटरवाहन, आकाशवाणी (रेडियो), चलचित्र (मूवी) आदि बाजार में प्रस्तुत हुए थे और देखते-देखते उन सभी की लोकप्रियता तेजी से परवान चढ़ती चली गई। 2 नवंबर, 1920 को संयुक्त राज्य अमेरिका के पिट्सबर्ग (पेनसिलवेनिया) में पहले व्यावसायिक आकाशवाणी केंद्र (कमर्शियल रेडियो स्टेशन) 'केडीकेए' का प्रसारण शुरू हुआ था, लेकिन अगले तीन वर्षों में समूचे अमेरिका में व्यावसायिक आकाशवाणी केंद्रों की संख्या 500 से भी अधिक हो गई थी और दशक के अंत तक 1.20 करोड़ से

अधिक अमेरिकी परिवारों में आकाशवाणी यंत्र (रेडियो सेट) पहुँच गए थे।

इस तरह, अमेरिका में नए राष्ट्रीय जन-संचार माध्यम का उदय हुआ था, जिसने समाचारों के साथ-साथ विज्ञापनों के राष्ट्रीय प्रसारण का अवसर भी प्रदान किया था। ऐसा इससे पहले संभव नहीं था। इसके साथ ही समूचे अमेरिका में खुदरा शृंखला भंडारों (रिटेल चेन स्टोर) का संजाल स्थापित होने लगा था। एक तरफ, राष्ट्रीय विज्ञापनों ने एक ही प्रकार की वस्तुओं के प्रति समूचे देश के उपभोक्ताओं को जागरूक बनाना शुरू कर दिया था, तो दूसरी तरफ खुदरा शृंखला भंडारों के माध्यम से उन वस्तुओं की उपलब्धता भी सुनिश्चित होने लगी थी। इस बीच, चलचित्रों का निर्माण तेज हुआ था और सिनेमा घरों की संख्या भी तेजी से बढ़ी थी। समाचार-पत्रों के साथ-साथ आकाशवाणी केंद्रों ने भी चलचित्र सितारों व खेल-नायकों की विलासितापूर्ण जिंदगियों को प्रचारित करना शुरू कर दिया था। इस तरह, आम अमेरिकी नागरिकों में उनकी तरह आकर्षक जीवन जीने के सपने पलने लगे थे। लोगों में खुद को प्रसिद्ध करने और समाज में उच्च स्थिति प्राप्त करने की चाहत बढ़ी थी।

नई प्रौद्योगिकियों व आधुनिक सुविधाओं ने अन्य उपभोक्ता उद्योगों के फलने-फूलने का रास्ता साफ किया था। इस तरह अमेरिका में उपभोक्तावाद नागरिकों के सिर चढ़कर बोलने लगा था और यूरोपीय देशों सहित विश्व भर में अमेरिकी उपभोक्तावाद उच्च जीवनशैली का पैमाना बनता चला गया था,

नई प्रौद्योगिकियों व आधुनिक सुविधाओं ने अन्य उपभोक्ता उद्योगों के फलने-फूलने का रास्ता साफ किया था। इस तरह अमेरिका में उपभोक्तावाद नागरिकों के सिर चढ़कर बोलने लगा था और यूरोपीय देशों सहित विश्व भर में अमेरिकी उपभोक्तावाद उच्च जीवनशैली का पैमाना बनता चला गया था, मानो वैज्ञानिक उपलब्धियों ने मनुष्य के हाथों में देवताओं की तरह भोग-विलासपूर्ण जीवन जीने का अभूतपूर्व अवसर दे दिया था।

मानो वैज्ञानिक उपलब्धियों ने मनुष्य के हाथों में देवताओं की तरह भोग-विलासपूर्ण जीवन जीने का अभूतपूर्व अवसर दे दिया था।

लेकिन जब-जब मनुष्य प्रकृति के नियमों से खिलवाड़ शुरू कर देता है, तब-तब प्रकृति उसे ठीक करने की कोशिश करती है। प्रकृति में सबकुछ संतुलन में रहता है, मानो असंतुलन से प्रकृति घृणा करती है। इसलिए किसी भी प्रकार की अधिकता हमेशा बढ़ी हुई नहीं रह सकती। इस तरह, कभी न खत्म होने जैसे दिखनेवाले उपभोक्तावाद को 29 अक्तूबर, 1929 को तब करारा झटका लगा था, जब अमेरिकी पूँजी बाजार अचानक धड़ाम हो गया था। विश्व इतिहास में इस दिन को 'काला मंगलवार' कहा जाता है, जब विश्वव्यापी आर्थिक महामंदी (द ग्रेट डिप्रेशन) का दौर शुरू हुआ था। पूँजी बाजार का मूल्य 90 प्रतिशत गिर गया था और अमेरिका की एक-चौथाई आबादी अचानक बेरोजगार होकर सड़कों पर आ गई थी। विश्व के अन्य हिस्सों का हाल और भी बुरा होता चला गया था।

जिन बच्चों का जन्म 1920 के दशक के दौरान हुआ था, वे अभी इतने बड़े नहीं हुए थे कि अपने माता-पिताओं की तरह उपभोक्तावाद का आनंद ले पाते। अब महामंदी की चपेट में आने के कारण इन बच्चों को अमेरिकी इतिहास के सबसे अधिक तपस्यापूर्ण अवधियों में एक में बड़ा होना पड़ा था। संसाधनों के अभाव में इस पीढ़ी ने एक साथ मिलकर काम करना और जरूरतें पूरी करने के लिए एक-दूसरे की मदद करना सीखा था। अपने माता-पिताओं की तरह इस पीढ़ी के पास बरबाद करने व अधिकताओं के विकल्प ही नहीं थे। 1942 में जब महामंदी खत्म होने लगी थी, तब तक

द्वितीय विश्वयुद्ध आज की सैनिक कारग़वाइयों की तरह नहीं था, जिसे दूरदर्शन माध्यम या कंप्यूटर पटल पर देखा जा सके। वह ऐसा युद्ध था, जिसने अमेरिका सहित विश्व के अधिकांश राष्ट्रों के आम जनजीवन को प्रभावित किया था। द्वितीय विश्वयुद्ध के दौरान सैन्य व संबंधित सेवाएँ देने के लिए अमेरिका के करीब 2.40 करोड़ लोगों को स्थानांतरित होना पड़ा था।

एक दशक से अधिक समय गुजर चुका था। इस तरह अमेरिका की नई पीढ़ी इतिहास की सबसे कठिन आर्थिक परिस्थितियों से गुजरती हुई, जब युवावस्था में पहुँची, तब तक द्वितीय विश्वयुद्ध (1 सितंबर, 1939 से 2 सितंबर, 1945) शुरू हो चुका था। फिर 7 दिसंबर, 1941 को पर्ल हार्बर (हवाई क्षेत्र) स्थित अमेरिकी नौसेना अड्डे पर जापानी आक्रमण के बाद अमेरिका को भी द्वितीय विश्वयुद्ध में शामिल होना पड़ा था और महामंदी के दौर में जवान हुई समूची नई पीढ़ी को युद्ध में कूदना पड़ा था।

द्वितीय विश्वयुद्ध में कूदते समय अमेरिका की जनसंख्या 13.30 लाख थी, जिसमें से 1.60 करोड़ युवा जनसंख्या को सीधे युद्ध-स्थलों के लिए कूच करना पड़ा था। यह जनसंख्या का 12 प्रतिशत था, जबकि आज करीब 32.5 करोड़ (नवंबर 2016) है, जिनमें 1 प्रतिशत से भी कम सैनिक सेवाओं में हैं। द्वितीय विश्वयुद्ध आज की सैनिक काररवाइयों की तरह नहीं था, जिसे दूरदर्शन माध्यम या कंप्यूटर पटल पर देखा जा सके। वह ऐसा युद्ध था, जिसने अमेरिका सहित विश्व के अधिकांश राष्ट्रों के आम जनजीवन को प्रभावित किया था। द्वितीय विश्वयुद्ध के दौरान सैन्य व संबंधित सेवाएँ देने के लिए अमेरिका के करीब 2.40 करोड़ लोगों को स्थानांतरित होना पड़ा था। लाखों महिलाओं, अफ्रीकी अमेरिकियों व लातीनी अमेरिकियों को कार्यबल में शामिल होने का अभूतपूर्व मौका मिला था। जो शारीरिक रूप से युद्ध में शामिल हुए थे, उनमें से सक्षम लोगों ने युद्ध ब्रांड खरीदकर खुद को युद्ध का हिस्सा बनाया था और जो लोग युद्ध ब्रांड खरीदने में सक्षम नहीं थे, उन्होंने बगीचे लगाकर, फल व सब्जियाँ उगाकर रसद-सीमाओं के बोझ को कम करने में योगदान किया था। अमेरिकी इतिहास में इस पीढ़ी को 'महानतम पीढ़ी' का दरजा दिया जाता है। इसका प्रमुख कारण यह है कि यह पीढ़ी अधिकताओं व उपभोक्तावाद से नहीं, बल्कि कठिनाई व सेवा से परिभाषित होती है।

यह वह समय नहीं था, जब युद्ध के औचित्य पर बहस हो सकती थी, बल्कि समूचा अमेरिका ही उसमें शामिल हो गया था। 'लाइफ' पत्रिका के नवंबर 1942 अंक में प्रकाशित सर्वेक्षण के मुताबिक 90 प्रतिशत जनसंख्या

द्वितीय विश्वयुद्ध के साथ ही विश्वव्यापी आर्थिक महामंदी छँट चुकी थी और अमेरिकी अर्थव्यवस्था एक बार फिर अपने उफान की तरफ बढ़ने लगी थी। नई प्रौद्योगिकियों के कारण युद्ध का सबसे अधिक लाभ अमेरिका को ही मिला था और वह विश्व महाशक्ति के रूप में अपना दबदबा कायम करने लगा था। महामंदी के दौर में पली-बढ़ी और युद्ध में भाग लेने के बाद आम जीवन में लौटकर आई नई पीढ़ी अपनी जवानी व व्यक्तिगत उपलब्धि को हासिल करने के लिए काम पर जुट गई थी।

चाहती थी कि अमेरिका विश्वयुद्ध में बना रहे। यही वह जनसंख्या थी, जो युद्ध के बाद भी सैन्य प्रशिक्षण को अनिवार्य बनाए रखने के पक्ष में थी। कुल मिलाकर समूचा अमेरिका व्यक्तिगत महत्त्वाकांक्षा को त्यागकर राष्ट्र–सेवा के लिए तत्पर था। कमोबेश विश्वयुद्ध में शामिल होनेवाले सभी देशों के नागरिकों में यही राष्ट्र–भावना अपने चरम पर थी। लगभग प्रत्येक नागरिक व्यक्तिगत स्वार्थों को त्यागकर अपनी क्षमता के अनुसार किसी–न–किसी रूप में दूसरों की मदद के लिए तत्पर था। व्यक्तिवाद खत्म हो गया था और सामूहिकता एक बार फिर से पाषाणकालीन मानवीय सहजता प्राप्त कर रही थी।

द्वितीय विश्वयुद्ध के साथ ही विश्वव्यापी आर्थिक महामंदी छँट चुकी थी और अमेरिकी अर्थव्यवस्था एक बार फिर अपने उफान की तरफ बढ़ने लगी थी। नई प्रौद्योगिकियों के कारण युद्ध का सबसे अधिक लाभ अमेरिका को ही मिला था और वह विश्व महाशक्ति के रूप में अपना दबदबा कायम करने लगा था। महामंदी के दौर में पली–बढ़ी और युद्ध में भाग लेने के बाद आम जीवन में लौटकर आई नई पीढ़ी अपनी जवानी व व्यक्तिगत उपलब्धि को हासिल करने के लिए काम पर जुट गई थी। सैन्य सेवाओं से लौटी यह पीढ़ी कार्य को ठीक प्रकार से संपन्न करने के लिए कड़ी मेहनत की महत्ता, आपसी सहयोग की आवश्यकता व निष्ठा के मूल्य को बहुत अच्छी तरह समझती थी। इसलिए उस पीढ़ी ने जिन संगठनों व व्यावसायिक प्रतिष्ठानों का

संचालन किया था, उनमें सहज मानवीय मूल्यों के संरक्षण को प्राथमिकता मिली थी। यही कारण था कि 1950 के दशक तक, अमेरिका सहित दुनिया भर के कार्यस्थलों में मानवीय सुरक्षा-चक्र इतना मजबूत था कि नौकरी का मतलब अपना पूरा जीवन एक ही कंपनी की सेवा करना होता था। कंपनियाँ भी यही कोशिश करती थी कि उसके कर्मचारी भी सारा जीवन उसी की सेवा में गुजारें। लंबे पेशेवर सेवा जीवन के बाद जब कोई सेवानिवृत्त होता था, तब समूची कंपनी उसका कृतज्ञता ज्ञापन करती थी, लेकिन यह दौर ज्यादा लंबा नहीं टिक सका था।

व्यक्तिवादी 'बेबी बूमर' पीढ़ी की महत्त्वाकांक्षा—द्वितीय विश्वयुद्ध से वापस लौटी अमेरिकी पीढ़ी ने कड़ी मेहनत, सहयोग व निष्ठा के साथ काम करने के साथ अपने खोए समय के आनंद को वापस लाने की भी बेहिसाब कोशिशें की थीं। युद्ध से लौटने के तत्काल बाद लगभग सभी ने शादी की थी। इसका नतीजा यह निकला था कि सिर्फ नौ महीने बाद ही अमेरिकी जन्म वृद्धि दर में आकस्मिक उछाल आया था, जिस अभूतपूर्व परिघटना को 'बेबी बूम' और इस पीढ़ी को 'बेबी बूमर' कहा जाता है। वर्ष 1940 में अमेरिका में 26 लाख बच्चे पैदा हुए थे, जबकि 1946 में यह संख्या अचानक 34 लाख हो गई थी। वर्ष 1964 को बेबी बूमर पीढ़ी का अंत माना जाता है, जब 18 वर्षों बाद अमेरिका में पहली बार 40 लाख से कम बच्चे पैदा हुए थे। इस बीच अमेरिका में जन्म वृद्धि दर लगभग 40 प्रतिशत रही थी और 'बेबी बूमर' पीढ़ी ने अमेरिकी जनसंख्या के कुल 7.60 करोड़ बच्चों का योगदान किया था। अगले 20 वर्षों (1964 से 1984) के बीच जन्म वृद्धि दर 25 प्रतिशत से भी नीचे चली गई थी।

इस 'बेबी बूमर' पीढ़ी को अपने माता-पिताओं की तरह महामंदी व युद्ध की कठिनाइयाँ नहीं झेलनी पड़ी थीं, क्योंकि द्वितीय विश्वयुद्ध के बाद अमेरिकी अर्थव्यवस्था स्थायी चाल से आगे बढ़ रही थी। देश के सकल घरेलू उत्पाद (ग्रॉस डोमेस्टिक प्रोडक्ट/जी.डी.पी.) के साथ नागरिकों की आय भी लगातार बढ़ रही थी। विडंबना यह थी कि जिन माता-पिताओं ने बेहद

अमेरिका की जिस महान् पीढ़ी ने कड़ी मेहनत, सहयोग व निष्ठा के साथ राष्ट्र के पुनर्निर्माण के लिए त्यागपूर्ण जीवन जिया था, उसी ने अपनी नई पीढ़ी को अनजाने में 'खुद के लिए जीने' की राह पर आगे बढ़ा दिया था। बेबी बूमर पीढ़ी को सबकुछ उपहार में मिला था। उनके माता-पिताओं से सबसे बड़ी गलती यह हुई थी कि उन्होंने नई पीढ़ी को अपनी कठिनाइयों के बारे में बताने की जरूरत नहीं महसूस की।

अभाव के दिन देखे थे, वे अपने पुराने दुःखों को भुलाने के लिए अपने बच्चों को जरूरत से ज्यादा सुख-सुविधाएँ देने की कोशिशें कर रहे थे। नतीजा उल्टा निकला था। अमेरिका की जिस महान् पीढ़ी ने कड़ी मेहनत, सहयोग व निष्ठा के साथ राष्ट्र के पुनर्निर्माण के लिए त्यागपूर्ण जीवन जिया था, उसी ने अपनी नई पीढ़ी को अनजाने में 'खुद के लिए जीने' की राह पर आगे बढ़ा दिया था। बेबी बूमर पीढ़ी को सबकुछ उपहार में मिला था। उनके माता-पिताओं से सबसे बड़ी गलती यह हुई थी कि उन्होंने नई पीढ़ी को अपनी कठिनाइयों के बारे में बताने की जरूरत नहीं महसूस की। इस तरह अपनी सामूहिक जीवन-पद्धति (कलेक्टिव वे ऑफ लाइफ) यानी समष्टिवाद (कलेक्टिविज्म) की रक्षा के लिए लड़नेवाला अमेरिका, व्यक्तिगत जीवन-पद्धति (इंडिविजुअल वे ऑफ लाइफ) यानी व्यक्तिवाद (इंडिविजुअलिज्म) की रक्षा के लिए लड़नेवाले देश में बदल गया था।

नव धनाढ्य माता-पिता के लाड़-प्यार में पलती 'बेबी बूमर' पीढ़ी का पहला समूह 1960 के दशक में किशोरावस्था में आया था। इस नवकिशोर समूह ने अपने माता-पिता की कड़ी मेहनत, सहयोग व निष्ठा की जीवन-शैली के खिलाफ विद्रोही रुख अपनाना शुरू कर दिया था। उनके जीवन का लक्ष्य अपने माता-पिता की तरह सेवाभाव के साथ नौकरी करते हुए एक-दूसरे की देखभाल करनेवाला सामुदायिक जीवन जीना नहीं था। उन्होंने भौतिक संपत्ति अर्जित करने पर ध्यान केंद्रित करनेवाले अपने माता-पिता

के शांत उपनगरीय (सब-अर्बन) जीवन को खारिज कर दिया था। वे उपनगरों में सामुदायिक भावना के साथ संयुक्त परिवार (ज्वॉइंट फैमिली) में जीवन जीने की धारणा को 'अच्छा जीवन' मानने को तैयार नहीं थे, बल्कि उन्हें व्यक्तिवाद, उन्मुक्त प्रेम (फ्री लव) व आत्मपूजा (सेल्फ-वरशिप) पसंद आने लगी थी।

नई पीढ़ी द्वारा पुरानी पीढ़ी की जीवन-शैली को खारिज करने के पीछे कुछ ठोस कारण भी थे। यह ठीक है कि अमेरिकी इतिहास में महानतम मानी जानेवाली पीढ़ी ने द्वितीय विश्वयुद्ध के माध्यम से दुनिया को नाजीवाद के अत्याचार से बचाने के लिए जीवन दाँव पर लगाए थे, लेकिन वह खुद को नस्लवाद (रेसिज्म) व असमानता (इनइक्वलिटी) की समस्याओं से निकाल पाने में सफल नहीं हो सकी थी। ध्यान रहे कि 4 जुलाई, 1976 को जब अमेरिकी स्वतंत्रता की घोषणा की गई थी, तब लोकतंत्र, अधिकार, स्वतंत्रता, अवसर व समानता के आदर्शों को राष्ट्रीय लोकाचार घोषित किया गया था, जिन्हें 'अमेरिका का महान् स्वप्न' (द ग्रेट अमेरिकन ड्रीम) कहा जाता है, लेकिन महामंदी व द्वितीय विश्वयुद्ध से जूझकर अमेरिका का नव-निर्माण करनेवाली 'महानतम पीढ़ी' के शासनकाल में 'अमेरिकी स्वप्न' को प्रतिबिंबित करनेवाला सामाजिक सद्‌भाव (सोशल हारमनी) केवल श्वेत अमेरिकियों (व्हाइट अमेरिकन), ईसाइयों व पुरुष वर्ग तक ही सीमित

4 जुलाई, 1976 को जब अमेरिकी स्वतंत्रता की घोषणा की गई थी, तब लोकतंत्र, अधिकार, स्वतंत्रता, अवसर व समानता के आदर्शों को राष्ट्रीय लोकाचार घोषित किया गया था, जिन्हें 'अमेरिका का महान् स्वप्न' (द ग्रेट अमेरिकन ड्रीम) कहा जाता है, लेकिन महामंदी व द्वितीय विश्वयुद्ध से जूझकर अमेरिका का नव-निर्माण करनेवाली 'महानतम पीढ़ी' के शासनकाल में 'अमेरिकी स्वप्न' को प्रतिबिंबित करनेवाला सामाजिक सद्‌भाव (सोशल हारमनी) केवल श्वेत अमेरिकियों (व्हाइट अमेरिकन), ईसाइयों व पुरुष वर्ग तक ही सीमित था।

था। उस समय तक भी अमेरिकी महिलाओं को सार्वजनिक जीवन के लिए अयोग्य ही माना जा रहा था।

2 जुलाई, 1964 को नागरिक अधिकार अधिनियम (सिविल राइट्स एक्ट) पारित होने से पहले तक अफ्रीकी अमेरिकियों यानी अश्वेत अमेरिकियों (ब्लैक अमेरिकन) को पूर्ण नागरिकता (फुल सिटीजनशिप) नहीं प्रदान की जा सकी थी। जी हाँ, द्वितीय विश्वयुद्ध खत्म होने के करीब 20 वर्षों बाद भी जब संयुक्त राज्य कांग्रेस ने यह अधिनियम पारित किया था, तब करीब 30 प्रतिशत सीनेट सदस्यों ने इसके खिलाफ मतदान किया था।

तो यह 'बेबी बूमर' पीढ़ी ही थी, जिसने अमेरिका की तथाकथित 'महानतम पीढ़ी' यानी अपने माता-पिता के खिलाफ विद्रोह कर दिया था, जो हानिकारक व अन्यायपूर्ण यथास्थिति को बनाए रखने पर आमादा थे। यह भी 'बेबी बूमर' पीढ़ी ही थी, जिसने महिलाओं को बेहतर वेतन दिए जाने की आवाज बुलंद की थी। यह पीढ़ी अपने माता-पिता की तथाकथित 'महानता' और समाज में प्रचलित अन्याय को आँख मूँदकर स्वीकार करने को तैयार नहीं थी। रोचक तथ्य यह है कि यह 'बेबी बूमर' पीढ़ी संख्या के मामले में अपनी पिछली पीढ़ी से काफी बड़ी थी, इसलिए अपनी चलाने में सफल हो गई थी। यहाँ तक तो सबकुछ ठीक-ठाक ही चल रहा था, लेकिन जब भारी बहुमतवाली यह पीढ़ी परिपक्व हुई तो उसने अपनी धारा बदल ली और वहीं से आधुनिक युग की समस्याएँ शुरू हो गईं। इस पीढ़ी की कार्यशैली बिल्कुल अलग थी। उन्होंने

1970 के दशक में बेबी बूमर पीढ़ी उच्च शिक्षा प्राप्त करने के बाद अमेरिकी कार्य-क्षेत्रों में प्रवेश कर रही थी। जनवरी, 1969 में, जब रिचर्ड निक्सन ने अमेरिका के 37वें राष्ट्रपति का पदभार ग्रहण किया, तब वियतनाम में प्रत्येक सप्ताह 300 अमेरिकी सैनिकों की मौत हो रही थी। अमेरिका में वियतनाम युद्ध अलोकप्रिय हो चुका था और इसके खिलाफ महाविद्यालयों में पढ़ रही बेबी बूमर पीढ़ी का लगातार विरोध प्रदर्शन हिंसक होता जा रहा था।

अपने माता-पिताओं से उलट बहुत अधिक स्वार्थपूर्ण तरीके से काम करना शुरू किया था। चूँकि वे लगातार बढ़ रही संपत्ति व समृद्धि में पलते-बढ़ते आ रहे थे, इसलिए यही उनकी दुनिया बन गई थी और वे व्यक्तिगत उपलब्धियों व विलासितापूर्ण जीवन को सुरक्षित करने के रास्ते पर आगे बढ़ने लगे थे।

1970 के दशक में बेबी बूमर पीढ़ी उच्च शिक्षा प्राप्त करने के बाद अमेरिकी कार्य-क्षेत्रों में प्रवेश कर रही थी। जनवरी, 1969 में, जब रिचर्ड निक्सन ने अमेरिका के 37वें राष्ट्रपति का पदभार ग्रहण किया, तब वियतनाम में प्रत्येक सप्ताह 300 अमेरिकी सैनिकों की मौत हो रही थी। अमेरिका में वियतनाम युद्ध अलोकप्रिय हो चुका था और इसके खिलाफ महाविद्यालयों में पढ़ रही बेबी बूमर पीढ़ी का लगातार विरोध प्रदर्शन हिंसक होता जा रहा था। 1968 के राष्ट्रपति चुनाव प्रचार के दौरान निक्सन ने वियतनाम युद्ध को समाप्त करने व सम्मानपूर्वक शांति बहाल करने का वादा कर इस पीढ़ी की भावनाओं को सहलाया था। उस समय मुद्रास्फीति की दर 4.7 प्रतिशत हो गई थी, जो कोरियाई युद्ध (25 जून, 1950 से 27 जुलाई, 1953) के बाद से लेकर अब तक के उच्चतम स्तर पर थी। 1964-65 में राष्ट्रपति लिंडन बी. जॉनसन (डेमोक्रेटिक पार्टी) द्वारा गरीबी व नस्लीय अन्याय के उन्मूलन के मुख्य लक्ष्य के साथ शुरू की गई 'महान् समाज' (ग्रेट सोसाइटी) की घरेलू योजना के साथ-साथ वियतनाम युद्ध की लागत के कारण 1968 में अमेरिका का बजट घाटा 124 अरब डॉलर के चिंताजनक स्तर पर पहुँच चुका था। वैसे तो बेरोजगारी की दर अभी भी कम थी, लेकिन ब्याज दर 20वीं शताब्दी के उच्चतम स्तर 8.25 प्रतिशत (9 जून, 1969) पर पहुँच गई थी।

इसलिए निक्सन ने 1969 में राजस्व को बढ़ाकर 15.3 अरब डॉलर का अधिशेष (सरप्लस) बजट प्रस्तुत किया था और वियतनाम युद्ध खत्म करने की दिशा में कोशिशें शुरू की थीं। चूँकि निक्सन अपने चुनावी वादों को रातोरात पूरा नहीं कर सकता था, इसलिए 1970 के दशक में अमेरिकी अर्थव्यवस्था का संघर्ष जारी रहा था। इसका नतीजा यह हुआ था कि मध्यावधि चुनावों में रिपब्लिकन पार्टी का प्रदर्शन धीमा रहा था और निक्सन

के समूचे राष्ट्रपति कार्यकाल में अमेरिकी कांग्रेस के दोनों सदनों पर डेमोक्रेटिक पार्टी का नियंत्रण बना रहा। वैसे तो, 17 जून, 1972 को ही 'वाशिंगटन टाइम्स' ने वाटरगेट परिसर (फॉगी बॉटम, वाशिंगटन डी.सी.) घोटाला में निक्सन-प्रशासन संलिप्तता को उजागर कर दिया था, लेकिन उस आलेख को पक्षपातपूर्ण व भ्रामक बताते हुए निक्सन ने राजनीतिक साजिश के रूप में इस घोटाले को दबा देने में तात्कालिक सफलता हासिल कर ली थी। फिर 7 नवंबर, 1972 को निक्सन ने अमेरिकी इतिहास में सबसे भारी बहुमत से राष्ट्रपति चुनाव जीत लिया। 15 जनवरी, 1973 को निक्सन ने वियतनाम-युद्ध में अमेरिकी भागीदारी को खत्म करने व अमेरिकी युद्धबंदियों को वापस लाने की घोषणा की थी, लेकिन अक्तूबर, 1973 में 'अरब तेल प्रतिबंध' में निक्सन प्रशासन की भागीदारी उजागर होने के साथ-साथ वाटरगेट घोटाले के नए खुलासे सामने आने लगे थे। अंततः महाभियोग से बचने के लिए 9 अगस्त, 1974 को निक्सन को त्याग-पत्र सौंपना पड़ा था।

7 नवंबर, 1972 को निक्सन ने अमेरिकी इतिहास में सबसे भारी बहुमत से राष्ट्रपति चुनाव जीत लिया। 15 जनवरी, 1973 को निक्सन ने वियतनाम-युद्ध में अमेरिकी भागीदारी को खत्म करने व अमेरिकी युद्धबंदियों को वापस लाने की घोषणा की थी, लेकिन अक्तूबर, 1973 में 'अरब तेल प्रतिबंध' में निक्सन प्रशासन की भागीदारी उजागर होने के साथ-साथ वाटरगेट घोटाले के नए खुलासे सामने आने लगे थे। अंततः महाभियोग से बचने के लिए 9 अगस्त, 1974 को निक्सन को त्याग-पत्र सौंपना पड़ा था।

इस तरह रिचर्ड निक्सन ने अपने कारनामों के माध्यम से भविष्य का स्पष्ट संकेत दे दिया था कि बेबी बूमर पीढ़ी अपनी व्यक्तिवादी व स्वार्थपूर्ण कार्यशैली से किस प्रकार की विपदाएँ लानेवाली थी। निक्सन की स्वयं की स्वार्थी महत्त्वाकांक्षाओं ने अमेरिकी प्रशासन के उन फैसलों को संचालित किया था, जो सबसे अधिक अनैतिक व गैरकानूनी थे। अपने माता-पिता

15 वर्षों में अमेरिकी संपत्ति में 68 प्रतिशत का भारी उछाल आया था और अमेरिका व्यक्ति-विशेष व देश, दोनों रूपों में लगातार धनी और अधिक धनी होता चला गया था, लेकिन इस अवधि में सबसे अधिक चौंकानेवाला तथ्य यह था कि औसत अमेरिकियों की तुलना में सबसे अधिक धनी अमेरिकियों की संपत्तियाँ असंगत वृद्धि दर के साथ बढ़ती जा रही थीं।

की रूढ़िवादी सोच के खिलाफ विद्रोह करनेवाली बेबी बूमर पीढ़ी की इन शुरुआती धारणाओं को और भी पक्का बना दिया था, 'सरकार पर भरोसा नहीं किया जा सकता', 'हमें अपने बारे में सोचना होगा' और 'हमें काम करने के तरीके को बदलने की जरूरत है।' इस तरह, बेबी बूमर पीढ़ी का पारंपरिक 'अमेरिकी स्वप्न' से मोहभंग हो गया था। वह आत्मानुभूति (सेल्फ रियलाइजेशन) की दार्शनिक आकांक्षाओं को पूरा करने में जुट गई थी, जो तेजी से 'हिप्पी संस्कृति' में बदल गई थी, लेकिन जब यह पीढ़ी थोड़ी और परिपक्व होकर कार्यबल का हिस्सा बनी थी, तो उसने अमेरिकी अर्थव्यवस्था में स्वार्थ व कुटिलता का योगदान किया था। चूँकि पिछली पीढ़ी की तुलना में इस पीढ़ी की संख्या बहुत अधिक थी, इसलिए पुराने मूल्य तेजी से गायब हो गए और कार्यस्थलों में आंतरिक प्रतिस्पर्धा व कुटिल राजनीति हावी होने लगी थी। फिर 1970 के दशक के अंत में इस पीढ़ी ने व्यापार संचालन में संरक्षणवादी आर्थिक सिद्धांतों (प्रोटेक्शनिस्ट इकोनॉमिक थ्योरी) को भी लागू करना शुरू किया था। कुल मिलाकर, अमेरिका की बेबी बूमर पीढ़ी अपनी बढ़ती हुई संपत्ति को दूसरों से साझा करने या राष्ट्रहित के समर्थन के लिए उपयोग करने की बजाय उसे हर प्रकार से सुरक्षित करने में जुट गई थी। इससे पहली की अमेरिकी पीढ़ियाँ 'दूसरों की सेवा' को अपनी राष्ट्रीय पहचान का हिस्सा मानने में गर्व का अनुभव करती थी, लेकिन बेबी बूमर पीढ़ी ने धीरे-धीरे 'स्वयं की सेवा' को अमेरिका की राष्ट्रीय प्राथमिकता बना लिया था।

इस दौरान, अमेरिका की घरेलू समृद्धि तेजी से आसमान छूती चली गई

थी। 1965 में अमेरिका का प्रति व्यक्ति सकल घरेलू उत्पाद (पर कैपिटा जी.डी.पी.) 3870 डॉलर था, जो 1970 में 5246 डॉलर व 1980 में 12,507 डॉलर के स्तरों पर पहुँच गया था। इस तरह 15 वर्षों में अमेरिकी संपत्ति में 68 प्रतिशत का भारी उछाल आया था और अमेरिका व्यक्ति-विशेष व देश, दोनों रूपों में लगातार धनी और अधिक धनी होता चला गया था, लेकिन इस अवधि में सबसे अधिक चौंकानेवाला तथ्य यह था कि औसत अमेरिकियों की तुलना में सबसे अधिक धनी अमेरिकियों की संपत्तियाँ असंगत वृद्धि दर के साथ बढ़ती जा रही थीं। इसका अर्थ यह नहीं है कि सबसे गरीब अमेरिकियों की संपत्तियों में किसी प्रकार की गिरावट आई थी, बल्कि सभी आय वर्ग के लोगों की संपत्तियाँ पहले की तुलना में बढ़ी थीं। इस तरह बेबी बूमर पीढ़ी के साथ अमेरिका 'सामूहिक पूँजीवाद' से 'व्यक्तिगत पूँजीवाद' की तरफ तेजी से कदम बढ़ा रहा था।

1980 के दशक में डिस्पोजेबल कैमरा, डिस्पोजेबल कॉण्टेक्ट लेंस जैसी वस्तुओं के आविष्कार होने लगे थे। इस प्रकार, प्रयोज्यता (डिस्पोजेबलिटी) अमेरिका की व्यक्तिवादी बेबी बूमर पीढ़ी की अधिकताओं का ही एक और लक्षण था। वास्तव में यह उपभोक्तावादी पीढ़ी ऐसी और अधिक वस्तुओं की खोज में थी, जिसे उपयोग करने के बाद फेंका जा सके और इसी क्रम में बेबी बूमर पीढ़ी 'मनुष्य' को भी प्रयोज्य वस्तुओं की सूची शामिल करने की दिशा में आगे बढ़ रही थी।

'सामूहिक छँटनी' की लगातार बढ़ती स्वीकार्यता—अर्थव्यवस्था व व्यक्तिगत संपत्तियों में तेज उछाल के साथ अमेरिका व्यापक आर्थिक संभावनाओं वाले 1980 के दशक में पहुँच रहा था। अब देश के सामने 1920 के दशक की तरह विश्वयुद्ध की चुनौतियाँ नहीं थीं। अब अमेरिका अपनी बेबी बूमर पीढ़ी द्वारा अर्जित धन को सुरक्षित करने के लिए नए आर्थिक सिद्धांतों को स्थापित करने की कोशिशें कर रहा था। 1920 के दशक की ही तरह एक बार फिर से अमेरिका भारी व्यय-योग्य आय के साथ

उपभोक्तावाद को नई ऊँचाइयों पर ले जाने में जुट गया था। जिस प्रकार 1920 के दशक में रेडियो, मोटरवाहन, रेफ्रीजरेटर आदि अमेरिकी जनता के लिए परम आवश्यक वस्तुएँ थीं, उसी प्रकार अब नई कंप्यूटर प्रौद्योगिकियाँ उनकी आवश्यक आवश्यकता बन रही थीं। आई.बी.एम. पी.सी., एम.एस. डॉस, एप्पल मैकिनटोश व माइक्रोसॉफ्ट विंडोज के आविष्कारों ने व्यक्तिगत कंप्यूटर यानी पर्सनल कंप्यूटर (पी.सी.) की चाहत को बढ़ावा दे रखा था।

इसके साथ ही बेबी बूमर पीढ़ी अपेक्षाकृत कम टिकाऊ व प्रयोज्य वस्तुओं (डिस्पोजेबल आइटम) के प्रति ज्यादा सहज होने लगी थी। इसलिए 1980 के दशक में डिस्पोजेबल कैमरा, डिस्पोजेबल कॉण्टेक्ट लेंस जैसी वस्तुओं के आविष्कार होने लगे थे। इस प्रकार, प्रयोज्यता (डिस्पोजेबलिटी) अमेरिका की व्यक्तिवादी बेबी बूमर पीढ़ी की अधिकताओं का ही एक और लक्षण था। वास्तव में यह उपभोक्तावादी पीढ़ी ऐसी और अधिक वस्तुओं की खोज में थी, जिसे उपयोग करने के बाद फेंका जा सके और इसी क्रम में बेबी बूमर पीढ़ी 'मनुष्य' को भी प्रयोज्य वस्तुओं की सूची शामिल करने की दिशा में आगे बढ़ रही थी।

इस तरह 5 अगस्त, 1981 को अमेरिका ने अपने कारोबारी सिद्धांतों में आधिकारिक रूप से 'सामूहिक छँटनी' (मास लेऑफ) को भी स्वीकार्य व्यवहार की सूची में शामिल कर लिया था, जब राष्ट्रपति रोनाल्ड रीगन ने एक साथ हड़ताल पर जानेवाले सभी 11,359 हवाई यातायात नियंत्रकों (एयर ट्रैफिक कंट्रोलर) को नौकरी से बाहर निकालने का आदेश जारी करने का दुस्साहस किया था। अमेरिका के संघीय विमानन प्रशासन (फेडरल एविएशन एडमिनिस्ट्रेशन/एफ.ए.ए.) के ये कर्मचारी वेतन बढ़ाने की माँग को लेकर 'व्यावसायिक हवाई यातायात नियंत्रक संगठन' (प्रोफेशनल एयर ट्रैफिक कंट्रोलर्स ऑर्गेनाइजेशन/पैटको) के नेतृत्व में हड़ताल पर चले गए थे। इतना ही नहीं, रीगन ने इन सभी कर्मचारियों पर भविष्य में भी एफ.एफ.ए. के लिए काम करने पर प्रतिबंध लगा दिया था और यह प्रतिबंध 1993 तक लागू रहा था, जब राष्ट्रपति बिल क्लिंटन ने उसे हटा दिया था। याद

1931 में अमेरिकी लेखक व इतिहासकार जेम्स एडम्स ने 'अमेरिकी स्वप्न' को परिभाषित करते हुए लिखा था, 'सामाजिक वर्ग या जन्म की परिस्थितियों की परवाह किए बिना हरेक की क्षमता या उपलब्धि के अनुसार हरेक के लिए अवसर के साथ जीवन बेहतर, अधिक समृद्ध व अधिक पूर्ण होना चाहिए।'

रहे कि प्रतिबंधित किए गए उन हवाई यातायात नियंत्रकों में अधिकांश युद्धों में भाग लेनेवाले अनुभवी सैनिक या नागरिक सेवाओं के पूर्व अधिकारी थे, जो मध्यमवर्गीय आय अर्जित करने के लिए लगातार कठिन परिश्रम करते आ रहे थे। चूँकि एफ.ए.ए. के अलावा किन्हीं अन्य उद्योगों में उनकी पेशेवर कुशलताओं को स्थानांतरित नहीं किया जा सकता था, इसलिए वे बेरोजगारी की हालत में गरीबी की जिंदगी अपनाने को मजबूर हो गए थे।

याद रहे कि 1931 में अमेरिकी लेखक व इतिहासकार जेम्स एडम्स ने 'अमेरिकी स्वप्न' को परिभाषित करते हुए लिखा था, 'सामाजिक वर्ग या जन्म की परिस्थितियों की परवाह किए बिना हरेक की क्षमता या उपलब्धि के अनुसार हरेक के लिए अवसर के साथ जीवन बेहतर, अधिक समृद्ध व अधिक पूर्ण होना चाहिए।' लेकिन रीगन के उस फैसले के साथ अमेरिका की बेबी बूमर पीढ़ी ने प्रयोज्यता (डिंस्पोजेबलिटी) को राष्ट्रीय प्राथमिकता के रूप से अपनाना शुरू कर दिया था, भले ही वह मनुष्य ही क्यों न हो। इस तरह सामूहिक छँटनी के बारे में मुख्य कार्यकारी अधिकारियों की अंतरात्मा में अब तक बची रह गई नैतिक हिचकिचाहट भी एक झटके में दूर हो गई थी।

वैसे तो 1980 के दशक से पहले भी थोड़ी-बहुत छँटनियाँ होती रही थीं, लेकिन उन्हें अंतिम विकल्प के रूप में उपयोग में लाया जाता रहा था, लेकिन अब अमेरिकी पूँजीवाद चरम उपभोक्तावाद के युग में प्रवेश कर रहा था। अब प्रतिभा संपन्नता का महत्त्व भी कम होता जा रहा था। चाहे किसी ने अपने संगठन के लिए कितना भी कठिन परिश्रम क्यों न किया हो, चाहे उसने संगठन के लिए कितना भी त्याग क्यों न किया हो, चाहे

उसने संगठन की सफलता में कितना भी योगदान क्यों न किया हो, लेकिन अब यह सबकुछ नौकरी के स्थायित्व (जॉब स्टेबिलिटी) का पैमाना नहीं रहा। चालू वर्ष के खाते को संतुलित करने में मदद के लिए अब किसी की भी छँटनी की जा सकती थी। आर्थिक सिद्धांत के रूप में 'धन की सुरक्षा' ने 'लोगों की सुरक्षा' का स्थान ले लिया। ऐसी परिस्थितियों में कोई कैसे अपने कार्यस्थल में खुद को सुरक्षित समझ सकता था? और जब कंपनियों के नेतृत्वकर्ता अपने कर्मचारियों के प्रति प्रतिबद्ध नहीं रहे, तो कोई कैसे अपनी नौकरी के प्रति प्रतिबद्ध रह सकता था?

मनुष्य को असुरक्षित व अकेला बनानेवाली सामाजिक-आर्थिक-राजनीतिक नेतृत्व की यह नई अवधारणा संयुक्त परिवार के सदियों पुराने अति-संवेदनशील ताने-बाने को तोड़ देने के लिए काफी थी। आधुनिक नेतृत्व की ऐसी पुनर्परिभाषा ही हमारे पारिवारिक संबंधों के साथ-साथ कंपनियों में हमारे सामूहिक कार्य-संबंधों पर भी तबाही मचाने लगी थी।

इस तरह अपने समूह की सुरक्षा के लिए अपने जीवन को भी दाँव पर लगा देनेवाला पाषाणकाल से सुस्थापित नेतृत्व-सिद्धांत का मूलाधार ही खिसकने लगा था और 50 हजार वर्षों की महान् सुरक्षित यात्रा पूरी करने के बाद, पहली बार मनुष्य अपने आदिम सुरक्षा-चक्र के बाहर स्वयं को 'अकेला' महसूस करने के लिए मजबूर कर दिया गया था। मनुष्य को असुरक्षित व अकेला बनानेवाली सामाजिक-आर्थिक-राजनीतिक नेतृत्व की यह नई अवधारणा संयुक्त परिवार के सदियों पुराने अति-संवेदनशील ताने-बाने को तोड़ देने के लिए काफी थी। आधुनिक नेतृत्व की ऐसी पुनर्परिभाषा ही हमारे पारिवारिक संबंधों के साथ-साथ कंपनियों में हमारे सामूहिक कार्य-संबंधों पर भी तबाही मचाने लगी थी।

और 1980 के दशक के शुरुआती वर्षों से ही सार्वजनिक संस्थानों व उद्योगों ने इस नए आर्थिक दृष्टिकोण के आगे घुटने टेकने शुरू कर दिए थे। चाहे वह उपभोक्ता सामग्री उद्योग (कंजूमर प्रोडक्ट्स इंडस्ट्री) हो या

जो लोग कुछ नया करने, प्रगति करने व प्रतिस्पर्धी को हराने की महान् अमेरिकी क्षमता में बड़ी भूमिका निभानेवाले थे, उन्हें बेबी बूमर पीढ़ी के नेतृत्वकर्ता सबसे बहुमूल्य परिसंपत्ति के रूप में देखने को तैयार नहीं थे। स्पष्ट है कि ये नेतृत्वकर्ता मुक्त बाजार अर्थव्यवस्था की मूल भावना और मनुष्य की अनंत संभावनाओं के साथ खिलवाड़ करने पर तुल गए थे।

खाद्य उद्योग (फूड इंडस्ट्री), जन-संचार माध्यम (मीडिया) हो या पूँजी बाजार (कैपिटल मार्केट),. या फिर अमेरिकी संसद् ने भी कम-अधिक मात्रा में अपनी अधिक स्वार्थी प्राथमिकताओं के पक्ष में अपने उन ग्राहकों/लोगों को ही त्याग दिया था, जिनकी सेवा के लिए उनका अस्तित्व कायम था। अधिकार व जिम्मेदारी के शीर्ष पदों पर बैठे नेतृत्वकर्ताओं ने स्वार्थी इरादों को पूरा करने के लिए बाहरी तत्त्वों को अधिक तत्परता के साथ अपने फैसलों व काररवाइयों को प्रभावित करने का मौका देना शुरू कर दिया था। अब नेतृत्वकर्ताओं की प्राथमिकता सूची में अपने लोगों की सेवा व उनके हितों की सुरक्षा दूसरे स्थान पर खिसक गई थी और निजी लाभ पहले स्थान पर आ गया था। दूरगामी सोच ने नजदीकी सोच को रास्ता दे दिया था; स्वार्थपूर्ण इरादों ने नि:स्वार्थी उद्देश्यों का स्थान छीन लिया था और विशेष रूप से राजनीतिक व सामाजिक क्षेत्रों के नेतृत्वकर्ताओं ने यह सबकुछ लोकतांत्रिक ढाँचे में रहते हुए और आम लोगों (मतदाताओं) की सेवा की आड़ में करना शुरू कर दिया था। इस तरह अमेरिका का महान् पूँजीवाद अब 'घोर पूँजीवाद' में बदलने लगा था।

बेबी बूमर पीढ़ी के इन नए नेतृत्वकर्ताओं की स्वार्थी प्राथमिकताओं ने पारिवारिक-सामाजिक-आर्थिक ढाँचे में भरोसे व सहयोग की नींव को ही हिला दिया था। ऊपरी तौर यह मुक्त बाजार अर्थव्यवस्था (फ्री मार्केट इकोनॉमी) सीमित करने की कोशिश नजर आ रही थी, लेकिन यह वास्तव में जीवित-जाग्रत् मनुष्य को भुलाने की कोशिश थी। जो लोग कुछ नया करने, प्रगति करने व प्रतिस्पर्धी को हराने की महान् अमेरिकी क्षमता में बड़ी भूमिका

निभानेवाले थे, उन्हें बेबी बूमर पीढ़ी के नेतृत्वकर्ता सबसे बहुमूल्य परिसंपत्ति के रूप में देखने को तैयार नहीं थे। स्पष्ट है कि ये नेतृत्वकर्ता मुक्त बाजार अर्थव्यवस्था की मूल भावना और मनुष्य की अनंत संभावनाओं के साथ खिलवाड़ करने पर तुल गए थे। आखिर उन नेतृत्वकर्ताओं को यह क्यों नहीं समझ आ रहा था कि ग्राहकों को बेहतर उत्पाद, सेवा व अनुभव दिए बिना कोई कंपनी कैसे अपना बाजार-विस्तार कर सकती थी और कैसे बाजार-प्रतिस्पर्धा को हरा सकती थी ?

स्वार्थी नेतृत्व व अमानवीकरण के नतीजे—रोचक तथ्य यह है कि अमेरिका की बेबी बूमर पीढ़ी ने जब से व्यापार व राजनीति को संचालित करना शुरू किया है, तब से अब तक अमेरिका सहित विश्व अर्थव्यवस्था को तीन बड़े आर्थिक संकटों का सामना करना पड़ा है।

काला सोमवार—वर्ष 1929 में 24 से 29 अक्तूबर के बीच आई गिरावट के बाद, विश्व महामंदी का दौर शुरू हुआ था, जिसने अगले करीब 15 वर्षों तक विश्व अर्थव्यवस्था को अपनी गिरफ्त में रखा था। उसके लंबे अरसे बाद विश्व पूँजी बाजार में सबसे बड़ी गिरावट 19 अक्तूबर, 1987 को आई थी। इस दिवस को वित्तीय इतिहास में 'ब्लैक मंडे' (काला सोमवार) नाम से जाना जाता है। विश्वव्यापी पूँजी बाजारों में आई यह गिरावट हांगकांग में शुरू हुई थी, जो पश्चिम में यूरोप की ओर फैलती गई थी, जिसने संयुक्त राज्य अमेरिका के बाद अन्य बाजारों को भी अपनी चपेट में ले लिया था। उस दिन अमेरिकी शेयर

वास्तव में कंप्यूटर प्रौद्योगिकी की उपलब्धता बढ़ने के कारण, विशेष रूप से न्यूयॉर्क स्थित विश्व के सबसे बड़े पूँजी बाजार 'वॉल स्ट्रीट' के वित्तीय प्रतिष्ठानों में 'प्रोग्राम ट्रेडिंग' का चलन तेजी से बढ़ा था। हांगकांग की गिरावट के बाद, इन प्रतिष्ठानों में कई ने आँख मूँदकर शेयरों की बिक्री शुरू कर दी थी। ज्यों-ज्यों गिरावट बढ़ने लगी थी, इन प्रतिष्ठानों की बिक्री की मात्रा भी बढ़ती गई थी और यह सबकुछ तात्कालिक लाभ की रणनीति के तहत किया गया था।

बाजार सूचकांक 'डॉव जोंस इंडस्ट्रियल एवरेज' 22.61 प्रतिशत (508 अंक) गिरकर 1738 पर आ गया था। इस गिरावट का मुख्य कारण 'प्रोग्राम ट्रेडिंग' (कार्यक्रम व्यापार) था। विभिन्न बाजारों में कीमतों के अंतर का लाभ उठाने के लिए कंप्यूटर प्रोग्राम के उपयोग से अलग-अलग कंपनियों के शेयरों व संबंधित वायदा अनुबंधों की एक साथ की जानेवाली खरीद-बिक्री को 'प्रोग्राम ट्रेडिंग' कहा जाता है।

वास्तव में कंप्यूटर प्रौद्योगिकी की उपलब्धता बढ़ने के कारण, विशेष रूप से न्यूयॉर्क स्थित विश्व के सबसे बड़े पूँजी बाजार 'वॉल स्ट्रीट' के वित्तीय प्रतिष्ठानों में 'प्रोग्राम ट्रेडिंग' का चलन तेजी से बढ़ा था। हांगकांग की गिरावट के बाद, इन प्रतिष्ठानों में कई ने आँख मूँदकर शेयरों की बिक्री शुरू कर दी थी। ज्यों-ज्यों गिरावट बढ़ने लगी थी, इन प्रतिष्ठानों की बिक्री की मात्रा भी बढ़ती गई थी और यह सबकुछ तात्कालिक लाभ की रणनीति के तहत किया गया था। इस घटना की गहन जाँच-पड़ताल के बाद शेयर बाजार के नियामकों ने व्यापार समाशोधन आदिलेख (ट्रेड क्लीयरिंग प्रोटोकॉल) में व्यापक बदलाव किए थे, जिससे 'प्रोग्राम ट्रेडिंग' को बहुत हद तक नियंत्रित करना संभव हो गया था, लेकिन 'प्रोग्राम ट्रेडिंग' के माध्यम से तात्कालिक लाभ कमाने की प्रवृत्ति आज भी कायम है। हाँ, यह पहले की तुलना में काफी जटिल जरूर हो गई है।

पाँच वर्षों से कम समय में नैस्डेक कंपोजिट इंडेक्स के बाजार मूल्य में 682 प्रतिशत की बढ़त दर्ज की गई थी। इसके बाद, 'डॉटकॉम बुलबुला' के फटने का क्रम शुरू हो गया था, जो 23 सितंबर, 2002 को 1184.93 के न्यूनतम स्तर पर पहुँचने के बाद ही थमा था।

डॉटकॉम बुलबुला—1989 में इंटरनेट के आविष्कार के बाद भविष्य की व्यापक संभावनाओं को देखते हुए सूचना एवं संचार प्रौद्योगिकी (इनफॉर्मेशन एंड कम्युनिकेशंस टेक्नोलॉजी/आई.सी.टी.) क्षेत्र में उद्यम पूँजी (वेंचर कैपिटल) का भारी निवेश किया जाने लगा था। शुरुआती सफलताओं के बाद ब्याजमुक्त पूँजी के लिए, आई.सी.टी. कंपनियाँ सार्वजनिक

होने लगी थीं। इसके चलते 1990 के दशक के मध्य के बाद अमेरिकी पूजी बाजार में अभूतपूर्व तेजी का दौर शुरू को गया था, जिसे 'डॉटकॉम बुलबुला' कहा जाता है।

30 जनवरी, 1995 को दुनिया के दूसरे (न्यूयॉर्क स्टॉक एक्सचेंज के बाद) सबसे बड़े शेयर बाजार नैस्डेक स्टॉक एक्सचेंज का सूचकांक 'नैस्डेक कंपोजिट इंडेक्स' 751.49 अंकों के स्तर से ऊपर की ओर चढ़ना शुरू हो गया था। 1971 में शुरू हुए इस सूचकांक ने 17 जुलाई, 1995 को पहली बार 1000 अंकों की सीमा को पार किया था। फिर धीरे-धीरे लगातार ऊपर चढ़ता हुआ यह 1998 में 2000 अंकों तक पहुँच गया था। 1999 के अंतिम महीनों में नैस्डेक कंपोजिट इंडेक्स में अचानक भारी तेजी आई थी और वर्ष के अंत में यह 4069.31 अंकों पर पहुँचकर बंद हुआ था। अंततः 10 मार्च, 2000 को यह बुलबुला 5132.52 की ऐतिहासिक ऊँचाई पर पहुँचने के बाद 5048.52 पर बंद हुआ था।

इस तरह पाँच वर्षों से कम समय में नैस्डेक कंपोजिट इंडेक्स के बाजार मूल्य में 682 प्रतिशत की बढ़त दर्ज की गई थी। इसके बाद, 'डॉटकॉम बुलबुला' के फटने का क्रम शुरू हो गया था, जो 23 सितंबर, 2002 को 1184.93 के न्यूनतम स्तर पर पहुँचने के बाद ही थमा था। इस तरह करीब ढाई वर्षों में नैस्डेक कंपोजिट इंडेक्स का बाजार मूल्य कुल करीब 5000 अरब डॉलर के भारी नुकसान के साथ 6700 अरब डॉलर की उच्चतम स्तर से 1600 अरब डॉलर के न्यूनतम स्तर आ गया था।

आवास बुलबुला—डॉटकॉम बुलबुला की मार झेलने के बाद अमेरिकी पूँजी बाजार के नेतृत्व में विश्व अर्थव्यवस्था में मजबूत सुधार की दिशा में आगे बढ़ ही रहा था कि 9 अक्तूबर, 2007 को 'आवास बुलबुला' (हाउसिंग बबल) फटने लगा था और विश्वव्यापी आर्थिक संकट का दौर शुरू हो गया था, लेकिन 14 सितंबर, 2008 को 600 अरब डॉलर मूल्य की परिसंपत्तिवाले अमेरिका के चौथे सबसे बड़े निवेश बैंक (गोल्डमैन सैक्स, मॉर्गन स्टेनली व मेरिल लिंच के पीछे) लेहमन ब्रदर्स के दिवालिया हो जाने की घोषणा के बाद

विश्वव्यापी आर्थिक संकट तेजी से गंभीर होने लगा था।

वैसे तो अमेरिका में 1997 के बाद से ही घरों की कीमतें बढ़नी शुरू हो गई थीं, लेकिन डॉटकॉम बुलबुले के उबरने के बाद 2004 में उनकी कीमतों में तेज उछाल का दौर शुरू हो गया था। ऐसे में अधिकांश अमेरिकी परिवारों ने सस्ती ब्याज दरों पर मूल्य वृद्धि के द्वारा सुरक्षित दूसरी गिरवी (सेकंड मॉर्गेज) के माध्यम से पहले से बड़ा घर या दूसरा घर खरीदना शुरू कर दिया था। इतना ही नहीं, अमेरिकी नागरिकों में उधार लेकर खर्च करने की आदत भी खतरनाक स्तर पर पहुँच रही थी। इस तरह अमेरिका में वार्षिक व्यय-योग्य व्यक्तिगत आय (डिस्पोजेबल पर्सनल इनकम) की तुलना में घरेलू ऋण का स्तर तेजी से बढ़ रहा था। वर्ष 1974 में अमेरिका में कुल घरेलू ऋण 705 अरब डॉलर (व्यय-योग्य व्यक्तिगत आय का 60 प्रतिशत) था, जो 2000 के अंत में 7400 अरब डॉलर और अंततः 2008 के मध्य में 14500 अरब डॉलर (व्यय-योग्य व्यक्तिगत आय का 134 प्रतिशत) के स्तर पर पहुँच गया था।

ऐसे में अमेरिकी शेयर बाजारों में 9 अक्तूबर, 2007 को गिरावट का जो सिलसिला शुरू हुआ था, वह लगातार 17 महीनों तक जारी रहने के बाद 9 मार्च, 2009 को थमा। इस बीच, 'नैस्डेक कंपोजिट इंडेक्स' में 1542.97 अंकों (54.9 प्रतिशत), 'स्टैंडर्ड एंड पुअर्स 500' में 888.62 अंकों (56.8 प्रतिशत)

महामंदी के बाद और 1987 के पहले शेयर बाजार में कोई गिरावट नहीं आई थी। 1920 के दशक में अंधाधुंध व्यक्तिगत व्यय और कंपनियों के अधिमूल्यन (ओवरवैल्यूएशन) के कारण शेयर बाजार गिरा था, जिसके बाद महामंदी आई थी। स्पष्ट है कि जब-जब मनुष्य प्रजाति संसाधनों को साझा करने व सहयोग से समूह में रहने की अपनी मूल भावनाओं से दूर हटती है तो मनुष्य समाज में असंतुलन की स्थिति पैदा होती है और यदि मनुष्य खुद ही उस असंतुलन को दूर करने में असफल रहता है तो प्रकृति का कानून उसे संतुलित करता है।

व 'डॉव जोंस इंडस्ट्रियल एवरेज' में 7657.49 (54.1 प्रतिशत) की गिरावट दर्ज की गई थी और इसके साथ-साथ विश्व भर में शेयर बाजारों में गिरावट का सिलसिला जारी रहा था। यह विश्वव्यापी आर्थिक संकट कितना गहरा था, इसका अनुमान इसी तथ्य से लगाया जा सकता है कि सात वर्षों बाद 2016 के अंत तक भी अर्थव्यवस्था पटरी पर नहीं लौट पा रही थी।

महामंदी के बाद और 1987 के पहले शेयर बाजार में कोई गिरावट नहीं आई थी। 1920 के दशक में अंधाधुंध व्यक्तिगत व्यय और कंपनियों के अधिमूल्यन (ओवरवैल्यूएशन) के कारण शेयर बाजार गिरा था, जिसके बाद महामंदी आई थी। स्पष्ट है कि जब-जब मनुष्य प्रजाति संसाधनों को साझा करने व सहयोग से समूह में रहने की अपनी मूल भावनाओं से दूर हटती है तो मनुष्य समाज में असंतुलन की स्थिति पैदा होती है और यदि मनुष्य खुद ही उस असंतुलन को दूर करने में असफल रहता है तो प्रकृति का कानून उसे संतुलित करता है।

यहाँ पर विचारणीय तथ्य यह है कि पाषाणकालीन युग में जब मनुष्य प्रजाति के पास सीमित संसाधन थे और जीवन के खतरे बहुत अधिक थे, तब उसमें साझा करने व सहयोग करने का स्वाभाविक झुकाव था, लेकिन जब संसाधनों की बहुतायत हुई और जीवन के बाहरी खतरे नगण्य रह गए, तो मनुष्य की प्राथमिकताएँ क्यों बदल गईं? इसका सीधा उत्तर यही है कि जब हमारे पास कम होता है, तो हम अपनी चीजों को साझा करने के लिए ज्यादा खुले होते हैं, क्योंकि ऐसी स्थिति में एक-दूसरे पर हमारी निर्भरता अधिक

अमेरिका में बेबी बूमर पीढ़ी के साथ भी यही कुछ हुआ था। अपनी व्यक्तिवादी महत्त्वाकांक्षाओं की पूर्ति के लिए इस पीढ़ी के नेतृत्वकर्ताओं ने कार्यस्थलों में आंतरिक प्रतिस्पर्धा को बढ़ानेवाला माहौल बनाया था। इसके चलते एक-दूसरे पर भरोसा व सहयोग करने की मनुष्य की स्वाभाविक सामूहिक कार्यभावना कमजोर पड़ने लगी। ऐसे में, हमारे समाज व व्यवसायों के लिए नए मूल्यों व मानदंडों की स्थापना हुई थी।

होती है। विडंबना यही है कि जब हमारी पास अधिक होने लगता है, तो हमारी सुरक्षा दीवारें भी ऊँची होने लगती हैं, हमारी सुरक्षा व्यवस्थाएँ अधिक परिष्कृत होने लगती हैं। वास्तव में, हम लोगों को दूर रखना चाहते हैं; क्योंकि हम उनसे अपना कुछ भी साझा नहीं करना चाहते। ऐसे में, एक तरफ हमारी अधिक अर्जित करने की इच्छा बढ़ने लगती है, तो दूसरी तरफ आम लोगों से हमारा शारीरिक संपर्क घटने लगता है। ये दोनों स्थितियाँ एक साथ मिलकर हमें जीवन की वास्तविकताओं के प्रति अंधा बनाने लगती थी और हमारी मानवीय भावनाएँ कमजोर पड़ने लगती थीं।

अमेरिका में बेबी बूमर पीढ़ी के साथ भी यही कुछ हुआ था। अपनी व्यक्तिवादी महत्त्वाकांक्षाओं की पूर्ति के लिए इस पीढ़ी के नेतृत्वकर्ताओं ने कार्यस्थलों में आंतरिक प्रतिस्पर्धा को बढ़ानेवाला माहौल बनाया था। इसके चलते एक–दूसरे पर भरोसा व सहयोग करने की मनुष्य की स्वाभाविक सामूहिक कार्यभावना कमजोर पड़ने लगी। ऐसे में, हमारे समाज व व्यवसायों के लिए नए मूल्यों व मानदंडों की स्थापना हुई थी। वास्तव में, यह व्यक्तिगत उपलब्धियों को पुरस्कृत करनेवाली रसायन डोपामाइन से संचालित कार्य–प्रदर्शन प्रणाली थी। इस कार्य–प्रणाली ने मनुष्य में स्वार्थी व निःस्वार्थी रसायनों के प्राकृतिक संतुलन को बिगाड़ दिया था। लोगों में डोपामाइन की मात्रा बढ़ने लगी थी, जबकि एक साथ मिलकर काम करने की प्रेरणा के लिए जिम्मेदार रसायन सेरोटोनिन और भरोसे व निष्ठा के संबंधों के लिए जिम्मेदार रसायन ऑक्सीटोसिन के स्राव घटने लगे थे।

बेबी बूमर पीढ़ी के प्रभाव के साथ लगातार बढ़ता गया यह रासायनिक असंतुलन ही शेयर बाजारों में गिरावट का कारण बना था। इसी रासायनिक असंतुलन ने अमेरिका की निगमित कार्य–संस्कृति का अमानवीकरण (डीह्यूमनाइजेशन) कर दिया था। इसने एनरॉन, वर्ल्डकॉम, लेहमन ब्रदर्स जैसे विशालकाय व्यावसायिक संगठनों के स्थायित्व को मर्मांतक चोट पहुँचाई थी और वे दिवालिया हो गए थे। विडंबना यह है कि बेबी बूमर पीढ़ी ने जाने–अनजाने अमेरिका के साथ–साथ विश्व की कार्य–संस्कृतियों को

भी असंतुलित कर दिया था और यह असंतुलन इतना अधिक बढ़ गया था कि कई वर्षों की लगातार कोशिशों के बाद भी दुनिया भर की सरकारें 2007-2008 के वित्तीय संकट से उबर नहीं पा रही हैं।

यदि आप धनी बनना चाहते हैं, तो आपको धनी बनने का वह तरीका खोजना होगा, जो आपके लिए कारगर हो। इसका अर्थ यह भी हुआ कि यदि आप धनी बनना चाहते हैं, तो आप दूसरों की आँख मूँदकर निकल नहीं सकते। इसका अर्थ यह भी नहीं है कि आप दूसरों की सफलताओं से प्रेरणा न लें। आपको सफलता के जो भी उदाहरण मिलें, सभी से प्रेरणा लेनी चाहिए, लेकिन आपको सफलता तभी हासिल हो सकती है, जब आप अपने लिए अपना तरीका ढूँढ़ने में सफल होंगे।

एक नहीं, कई तरीके हैं धनी बनने के

अमेरिकी पूँजीवाद पर बेबी बूमर पीढ़ी के प्रभाव ने समूचे विश्व को धनी बनने की अंधी दौड़ में शामिल कर लिया। चूँकि अधिकांश लोगों ने यथार्थवादी वित्तीय शिक्षा हासिल नहीं की थी, इसलिए वे व्यवसाय-संजाल (बिजनेस नेटवर्क) बनाने की बजाय, झटपट धनी बनने के लिए कई प्रकार के रोचक तरीके अपनाने लगे।

उदाहरण के लिए, विश्व भर में ऐसे करोड़ों लोग हैं, जो धनी बनने की कोशिशों में लॉटरी खेल रहे हैं। हाँ, इसके ठीक उलट, ऐसे लोगों की संख्या भी बहुत अधिक है, जो धनी बनने के लिए कड़ी मेहनत व बचत का तरीका अपना रहे हैं और इन दोनों ही तरीकों से वास्तव में 'कुछ' लोग धनी बन पाने में सफल हो रहे हैं। इस तरह, यदि आप धनी बनना चाहते हैं, तो आपको धनी बनने का वह तरीका खोजना होगा, जो आपके लिए कारगर हो। इसका अर्थ यह भी हुआ कि यदि आप धनी बनना चाहते हैं, तो आप दूसरों की आँख मूँदकर निकल नहीं सकते। इसका अर्थ यह भी नहीं है कि आप दूसरों की सफलताओं से प्रेरणा न लें। आपको सफलता के जो भी उदाहरण मिलें, सभी से प्रेरणा लेनी चाहिए, लेकिन आपको सफलता तभी हासिल हो सकती है,

जब आप अपने लिए अपना तरीका ढूँढ़ने में सफल होंगे।

- आपको भले ही हँसी आए, लेकिन यह सच्चाई है कि धनी बनने के लिए धनी व्यक्ति-विशेष से शादी करने का तरीका विश्व भर में प्रचलित है, लेकिन यह आवश्यक नहीं है कि आपको भी किसी धनी से शादी करने का अवसर मिले और यदि मिल भी जाए तो आप ऐसा करना चाहेंगे?
- आप धूर्त बनकर भी धनी बन सकते हैं, लेकिन धूर्त बनने में सबसे बड़ी समस्या यह है कि आपको दूसरे धूर्तों का साथी-सहयोगी बनना पड़ेगा। याद रहे कि किसी भी व्यवसाय का मूल आधार भरोसा (ट्रस्ट) होता है। ऐसे में, यदि आप धूर्त बनकर धनी बनना चाहते हैं, तो दूसरे धूर्तों पर भरोसा कैसे कर सकेंगे? यदि आप ईमानदार हैं और व्यवसाय में आपसे अनजाने में कोई गलती हो भी जाती है, तो अधिकांश लोग आपके साथ सहानुभूतिपूर्ण व्यवहार करेंगे और वे आपको अपनी गलती सुधारने का दूसरा अवसर भी देंगे। इतना ही नहीं, यदि आप अपनी ईमानदार गलतियों से सीखते हैं, तो आप पहले से और अधिक अच्छे व्यवसायी के रूप में विकसित हो सकेंगे, लेकिन यदि आप धूर्त हैं और किसी प्रकार की कोई गलती करते हैं, तो फिर जेल का दरवाजा आपका इंतजार करेगा या आपके साझीदार आपको अपने योग्य तरीके से दंडित करेंगे।
- आप लोभी या लालची बनकर भी धनी बन सकते हैं और समूचा विश्व इस रास्ते में धनी बननेवालों से भरा हुआ है, लेकिन सभी प्रकार से धनी लोगों में 'लोभी धनी' को सबसे अधिक घृणा की दृष्टि से देखा जाता है। वर्ष 2000 में, डॉटकॉम बुलबुला फूटने का क्रम शुरू होने के बाद से विश्व भर में अपने वित्तीय अभिलेखों (फाइनेंशियल रिकॉर्ड्स) को तोड़-मरोड़कर प्रस्तुत करनेवाली कंपनियों, अपने निवेशकों से झूठ बोलनेवाले मुख्य कार्यकारी अधिकारियों, गैर-कानूनी तरीकों से शेयर बेचनेवाले कंपनी के अंदर के लोगों, अपने कर्मचारियों को शेयर खरीदने

के लिए उकसानेवाले अधिकारियों के बारे में रोचक कहानियाँ उभर कर सामने आती रही थीं। महीनों तक एनरॉन वर्ल्डकॉम व ऑर्थर एंडरसन के नेतृत्वकर्ताओं सहित वॉल स्ट्रीट के विश्लेषकों से संबंधित चौंकानेवाली खबरें आती रही थीं कि उन लोगों ने किस तरह निवेशकों से झूठ बोला था, उन्हें धोखा दिया था और किस तरह चोरियाँ की थीं। इन लालची धनी लोगों में कुछ इतने अधिक लालची थे कि वे कानून तोड़कर धूर्त बन गए थे। इस तरह 21वीं सदी के शुरुआती वर्षों में विश्व को लोभ, भ्रष्टाचार व नैतिक मार्गदर्शन की कमी के कुछ सबसे घटिया उदाहरण देखने को मिले थे। इससे पहली बार यह भी साबित हुआ था कि सभी धूर्त नकाब पहनकर बैंक लूटने या नशीली दवाओं का ही कारोबार नहीं करते, बल्कि निगमित क्षेत्रों में ऐसे लोगों की संख्या कम नहीं है।

21वीं सदी के शुरुआती वर्षों में विश्व को लोभ, भ्रष्टाचार व नैतिक मार्गदर्शन की कमी के कुछ सबसे घटिया उदाहरण देखने को मिले थे। इससे पहली बार यह भी साबित हुआ था कि सभी धूर्त नकाब पहनकर बैंक लूटने या नशीली दवाओं का ही कारोबार नहीं करते, बल्कि निगमित क्षेत्रों में ऐसे लोगों की संख्या कम नहीं है।

- तुच्छ या सस्ते तरीके से भी धनी बना जा सकता है। आश्चर्यचकित होने की आवश्यकता नहीं है कि विश्व में घटिया जीवन शैली अपनाकर धनी बनने की कोशिश करनेवालों की संख्या बहुत अधिक है। हाँ, हम कह सकते हैं कि कंजूसी कर अर्थात् अपने साधनों से भी नीचे रहकर धनी बनना सबसे प्रचलित तरीका है। ये ऐसे धनी लोग हैं, जो अपने धन को केवल जमा रखने में आनंद लेते हैं। इस श्रेणी के धनी कभी भी न तो अपने लिए और न ही दूसरों के लिए अपनी पूँजी का उपयोग कर साधनों का विस्तार करते हैं। परिणाम यह होता है कि ऐसे लोग

अपने जीवन में अपने धन का भी आनंद नहीं उठा पाते और उनका स्वयं का जीवन कंजूसी में ही बीत जाता है। हममें से सभी ने ऐसे धनी लोगों की कहानियाँ खूब पढ़ी हैं, जिन्होंने अपना जीवन एक-एक पैसा जोड़ने और अपने पास धन का अंबार लगाने में बिता दिया। हालाँकि उनके पास इतना धन था कि वे स्वयं भी अच्छा जीवन जी सकते थे, लेकिन वे सचमुच में गरीब लोगों की तरह जीवन जीते रहे थे। याद रहे कि यदि आपके पास बहुत धन है, फिर भी आप गरीबों की तरह ही जीवन जीते हैं, तो आपका वह धन किसी काम का नहीं है। ऐसे कंजूस धनियों के बच्चे अपने पिता के मरने की प्रतीक्षा भर करते रहते हैं और उसके बाद बहुत ही कम समय में उसे उड़ा देते हैं। अंततः कंजूसी से जमा किया धन तो खत्म हो ही जाता है, लेकिन इसका कोई लाभ न तो धन कमानेवाले को मिल पाता है और न ही उसकी अगली पीढ़ी को। जी हाँ, ऐसे कंजूस लोग वास्तव में 'धन के स्वामी' नहीं होते, बल्कि 'धन उनका स्वामी' होता है, तो धनी होने का असल अर्थ तो 'धन का स्वामी' बनना ही सीखना होता है, न कि धन को अपना स्वामी बनाना।

• कड़ी मेहनत से भी धनी बना जा सकता है, लेकिन कठिन परिश्रम कर धन कमानेवाले लोगों की सबसे बड़ी समस्या यह होती है कि उन्हें अपने धन व अपने जीवन का आनंद उठाने में बहुत कष्ट होता है। वास्तव में, कठिन परिश्रम करनेवाले लोग केवल कठिन परिश्रम ही करना जानते हैं, लेकिन उन्हें धन का सदुपयोग कर अपने जीवन को आनंदमय बनाना नहीं आता। सच यह भी है कि जो लोग धन के लिए कठिन शारीरिक श्रम करते हैं, वे बहुधा गलत प्रकार की आमदनी के लिए कठिन परिश्रम करते हैं। रोचक तथ्य यह है कि कठिन शारीरिक परिश्रम से होनेवाली आमदनी पर अन्य सभी प्रकार की आमदनियों की तुलना में सबसे अधिक कर (टैक्स) देना पड़ता है। इसका अर्थ यह हुआ कि जो लोग कठिन परिश्रम कर गलत प्रकार की आमदनी अर्जित करते हैं, उन्हें बहुधा केवल अधिक और अधिक कर चुकाने के

लिए कड़ी मेहनत करनी पड़ती है। ध्यान दें तो पता चलेगा कि अधिक और अधिक कर-भुगतान के लिए कठिन परिश्रम करना धन कमाने का बुद्धिमान तरीका नहीं है। हम आगे गलत आमदनी (बैड इनकम) व अच्छी आमदनी (गुड इनकम) के बारे में विस्तार से पढ़नेवाले हैं। याद रहे कि जो लोग आमदनी के लिए नौकरी करते हैं, उन्हें अन्य प्रकार की आमदनियों की तुलना में सबसे अधिक कर-भुगतान करना पड़ता है। जी हाँ, यह सच है कि जिन लोगों को सबसे कम भुगतान हासिल करने का अवसर मिलता है, बहुधा उनसे सबसे अधिक कर वसूल किया जाता है।

- आप असाधारण प्रतिभा से भी धनी बन सकते हैं। हो सकता है कि आप वर्षों की मेहनत व लगन से टाइगर वुड जैसे गोल्फ खिलाड़ी या सचिन तेंदुलकर जैसे क्रिकेट खिलाड़ी बनकर धनी बन जाएँ, लेकिन असाधारण प्रतिभा का होना ही आपको धनी बनाने की प्रत्याभूति (गारंटी) नहीं दे सकता। विश्व में ऐसे प्रतिभाशाली लोगों की कमी नहीं है, जो कभी भी धनी नहीं बन सके। आप बॉलीवुड या हॉलीवुड में जाकर बहुत आसानी से इस सच्चाई को महसूस कर सकते हैं। वहाँ पर आपको एक से बढ़कर एक सुंदर, प्रतिभाशाली अभिनेता-अभिनेत्रियाँ मिल सकते हैं, जिन्हें कभी भी धनी बनने के अवसर नहीं मिलते और वे अधिकांश लोगों की तुलना में कम

शोधों से यह भी पता चलता है कि लॉटरी या अन्य प्रकार के जुए से धनी बननेवाले अधिकांश भाग्यशाली लोग अपना सबकुछ लुटा बैठते हैं। जी हाँ, ऐसे भाग्यशाली लोगों को अचानक उतना धन मिल जाता है, जितना वे अपने पाँच जीवन में भी नहीं कमा सकते थे, फिर भी वे उस धन को पाँच वर्षों से अधिक समय तक बनाए नहीं रख पाते। स्पष्ट है, जीवन में एक या दो बार भाग्यशाली साबित हो पाना ही हमेशा धनी बने रहने के लिए पर्याप्त नहीं है।

आमदनी पर जीवन बिता देते हैं। जी हाँ, आँकड़े प्रमाणित करते हैं कि 65 प्रतिशत से अधिक खिलाड़ी उच्च आमदनीवाले पाँच वर्षों के पेशेवर जीवन के बाद अच्छी आमदनी के लिए तरसने लगते हैं। याद रहे कि धनी बनने के लिए केवल ईश्वर द्वारा प्रदान किए गए मस्तिष्क, प्रतिभा व सुंदर शरीर से ही बात नहीं बनती है, इसके लिए बहुत कुछ और योग्यताएँ भी हासिल करनी पड़ती हैं।

- आप भाग्यशाली होकर भी धनी बन सकते हैं। जिस प्रकार कंजूसी से धन अर्जित करने का तरीका विश्व भर में सबसे अधिक प्रचलित है, उसी प्रकार भाग्यशाली होकर धनी बनना भी। यही कारण है कि विश्व भर में करोड़ों लॉटरी खेलने, घुड़दौड़ प्रतियोगिताओं या जुआघरों में दाँव लगाने में प्रतिदिन अरबों डॉलर पानी की तरह बहा देते हैं। हर जुआरी को यही लगता है कि एक दिन उसके भाग्य का दरवाजा भी खुलेगा और वह रातोरात धनी बन जाएगा, लेकिन वे सभी लोग यह जानते हुए दाँव लगाते हैं कि हजारों-लाखों में किसी एक के भाग्य का दरवाजा ही खुलेगा और बाकी सभी का धन डूब जाएगा, फिर भी वे अपने भाग्य पर भरोसा करना बंद नहीं करते। वैसे, शोधों से यह भी पता चलता है कि लॉटरी या अन्य प्रकार के जुए से धनी बननेवाले अधिकांश भाग्यशाली लोग अपना सबकुछ लुटा बैठते हैं। जी हाँ, ऐसे भाग्यशाली लोगों को अचानक उतना धन मिल जाता है, जितना वे अपने पाँच जीवन में भी नहीं कमा सकते थे, फिर भी वे उस धन को पाँच वर्षों से अधिक समय तक बनाए नहीं रख पाते। स्पष्ट है, जीवन में एक या दो बार भाग्यशाली साबित हो पाना ही हमेशा धनी बने रहने के लिए पर्याप्त नहीं है।
- आप विरासत में धन प्राप्त कर भी धनी बन सकते हैं। विश्व में ऐसे लोगों की संख्या भी कम नहीं है, जिन्हें विरासत में प्राप्त धन से धनी होने का अवसर मिला है। फिर भी ऐसे लोगों की तुलना में उन लोगों की संख्या बहुत अधिक है, जिन्होंने स्वयं ही धनी बनने का रास्ता

खोजा है। स्पष्ट है कि यदि आपको विरासत में धन हासिल नहीं होनेवाला है, तो आपको धनी बनने के लिए अपना रास्ता खोजना पड़ेगा।

- आप निवेश से भी धनी बन सकते हैं। विश्व में निवेश के माध्यम से धनी बननेवालों की संख्या भी बहुत है, लेकिन अधिकांश लोग यही शिकायत करते हैं कि उनके पास निवेश करने के लिए धन ही नहीं था। यह सच है कि निवेश के लिए 'धन' की आवश्यकता होती है, लेकिन इससे बड़ा सच यह है कि निवेश में सफलता के लिए धन के लिए अधिक 'वित्तीय शिक्षा व प्रशिक्षण' अनिवार्य है। यदि आपके पास धन है और आपने वित्तीय शिक्षा व प्रशिक्षण हासिल नहीं किया है, तो आप अपना निवेश किया गया धन खो भी सकते हैं, जैसा कि हम देखते हैं कि शेयर बाजार में बहुत जोखिम है; क्योंकि शेयर के भाव हर दिन ऊपर-नीचे होते रहते हैं। ऐसे में, एक दिन आप अपने निवेश पर कमाई करते हैं, तो दूसरे दिन सबकुछ लुट जाने की नौबत भी आ जाती है। हालाँकि अचल संपत्ति (रियल एस्टेट) में निवेश के लिए आप अपने बैंक के धन का भी उपयोग कर सकते हैं, लेकिन इस क्षेत्र में भी समृद्धि हासिल करने के लिए आपको अंशदान के रूप में अपने धन व शिक्षा की आवश्यकता पड़ती है। इस तरह निवेशक बनने के लिए निवेश के लिए धन हासिल करने के तरीके के साथ-साथ यह सीखना अधिक महत्त्वपूर्ण है कि आप अपना धन जोखिम में डालने से पहले निवेशक कैसे बनें।
- आप व्यवसाय का निर्माण कर के

आप व्यवसाय का निर्माण कर के भी धनी बन सकते हैं। विश्व के अधिकांश धनी लोगों ने और अधिक धनी बनने के लिए जो रास्ता अपनाया है, वह व्यवसाय का निर्माण ही है, लेकिन शून्य से व्यवसाय निर्माण करने की सबसे बड़ी समस्या यह है कि यह अन्य सभी प्रकार के धन कमाने के तरीकों की तुलना में सबसे अधिक जोखिमपूर्ण है।

भी धनी बन सकते हैं। विश्व के अधिकांश धनी लोगों ने और अधिक धनी बनने के लिए जो रास्ता अपनाया है, वह व्यवसाय का निर्माण ही है, लेकिन शून्य से व्यवसाय निर्माण करने की सबसे बड़ी समस्या यह है कि यह अन्य सभी प्रकार के धन कमाने के तरीकों की तुलना में सबसे अधिक जोखिमपूर्ण है। हालाँकि फ्रेंचाइजी व्यवसाय कम जोखिमपूर्ण है, फिर भी यह बहुत ही महँगा हो सकता है। सबसे पहले तो फ्रेंचाइजी अधिकार खरीदने के लिए ही लाखों-करोड़ों की आवश्यकता हो सकती है और उसके बाद प्रशिक्षण, विज्ञापन व समर्थन के लिए मूल कंपनी को प्रतिमाह अतिरिक्त भुगतान करना पड़ता है। इस प्रकार के सभी समर्थन के बाद भी आप सुनिश्चित नहीं हो सकते कि फ्रेंचाइजी व्यवसाय से कोई बड़ा धन कमा सकेंगे। इसके उलट इस बात की आशंका अधिक है कि भले ही आप घाटा खा रहे हों, फिर भी आपको मूल कंपनी को मासिक भुगतान करना पड़े। जी हाँ, हालाँकि शून्य से अपने व्यवसाय का निर्माण करने की तुलना में फ्रेंचाइजी व्यवसाय अपेक्षाकृत कम जोखिमपूर्ण है, फिर भी आँकड़े साबित करते हैं कि तीन में से एक फ्रेंचाइजी व्यवसाय असफल हो जाता है।

संजाल-विपणन व्यवसाय का निर्माण

धनी बनने का रास्ता संजाल-विपणन (नेटवर्क मार्केटिंग) व्यवसाय का निर्माण है, लेकिन इस विषय पर आगे बढ़ने से पहले 'बड़े' व 'छोटे' व्यवसाय स्वामियों के बीच के अंतर को जानना भी बहुत जरूरी है। आखिर विश्व में कुछ ही लोग 'बड़े' व्यवसाय स्वामी क्यों बन पाते हैं, जबकि अधिकांश लोग 'छोटे' ही रह जाते हैं? जी हाँ, उत्तर यह है कि बड़े व्यवसाय स्वामी संजालों (नेटवर्क) का निर्माण कर पाने में सफल होते हैं। विश्व छोटे व्यवसाय स्वामियों से भरा है, क्योंकि अधिकांश व्यवसाय स्वामी संजाल निर्माण नहीं कर पाते। किसी एक रेस्तराँ के स्वामी और मैकडॉनल्ड्स रेस्तराँ

संजाल-विपणन (नेटवर्क मार्केटिंग) व्यवसाय धनी बनने का बिल्कुल अलग, नया व क्रांतिकारी तरीका है। धनी बनने के उपरोक्त तरीकों पर एक बार फिर से सरसरी दृष्टि डालें तो आपको पता चलेगा कि धनी बनने के वे सभी तरीके 'आत्मकेंद्रित' (सेल्फ सेंटर्ड) हैं अर्थात् सभी तरीकों का ध्यान व्यक्ति-विशेष, उनके परिवार व मित्रजनों की ओर ही केंद्रित दिखाई देता है।

शृंखला के निर्माता रे क्रोक में अंतर यह है कि मैकडॉनल्ड्स फ्रेंचाइजी रेस्तराँओं की शृंखला (चेन) या संजाल (नेटवर्क) है। इसी प्रकार, यदि टेलीविजन मरम्मत करनेवाली दुकानों के स्वामियों की तुलना सी.एन.एन. (केबल न्यूज नेटवर्क) के निर्माता टेड टर्नर से करें तो उनके बीच का अंतर केवल 'नेटवर्क' (संजाल) का ही है। स्पष्ट है कि 'बड़े' व 'छोटे' व्यवसाय स्वामियों के बीच का अंतर केवल उनके 'संजाल के आकार' (साइज ऑफ नेटवर्क) का ही है। हालाँकि व्यवसाय स्वामियों की संख्या बहुत अधिक है, लेकिन उनमें से कुछ ही व्यवसाय स्वामी होते हैं, जो 'संजाल' का निर्माण कर पाने में सक्षम हो पाते हैं, तो 'धनी' और 'बहुत अधिक धनी' होने के बीच का अंतर 'संजाल' निर्माण करने की क्षमता ही है।

इस तरह संजाल-विपणन (नेटवर्क मार्केटिंग) व्यवसाय धनी बनने का बिल्कुल अलग, नया व क्रांतिकारी तरीका है। धनी बनने के उपरोक्त तरीकों पर एक बार फिर से सरसरी दृष्टि डालें तो आपको पता चलेगा कि धनी बनने के वे सभी तरीके 'आत्मकेंद्रित' (सेल्फ सेंटर्ड) हैं अर्थात् सभी तरीकों का ध्यान व्यक्ति-विशेष, उनके परिवार व मित्रजनों की ओर ही केंद्रित दिखाई देता है, यहाँ तक कि बड़े व्यवसाय भी कुछ चुनिंदा व्यक्तियों को ही धनी बनाने पर केंद्रित लगते हैं, लेकिन जब फ्रेंचाइजी व्यवसाय का प्रारूप सामने आया, तब कुछ और अधिक लोगों के लिए भी व्यवसाय स्वामी (बिजनेस ओनर) बनना व धन में साझेदारी कर पाना संभव हो सका था, लेकिन फ्रेंचाइजी व्यवसाय भी केवल उन्हीं लोगों तक सीमित रहा, जिनके पास

फ्रेंचाइजी खरीद पाने का धन था। अब यदि आप मैकडॉनल्ड्स के फ्रेंचाइजी बनना चाहते हैं, तो आपके पास पहले से ही करोड़ों रुपए होने चाहिए। स्पष्ट है कि फ्रेंचाइजी व्यवसाय भी बहुत अधिक लोगों को धनी बनने का रास्ता प्रदान नहीं करता है। इसका अर्थ यह नहीं है कि धनी बनने के बाकी सभी तरीके स्वार्थपूर्ण हैं, लेकिन इतना तो कहा ही जा सकता है कि वे सभी तरीके जनसाधारण को धनी बनने का अवसर प्रदान नहीं करते।

यही कारण है कि संजाल-विपणन (नेटवर्क मार्केटिंग) व्यवसाय को जनसाधारण को धनी बनाने का क्रांतिकारी तरीका माना जाता है। यह व्यवसाय हर उस व्यक्ति को धनी बनने का अवसर प्रदान करता है, जो सचमुच में धनी बनने को तैयार है। संजाल-विपणन (नेटवर्क मार्केटिंग) व्यवसाय की आधारभूत प्रणाली (बेसिक सिस्टम) ही हर किसी को धनी बनाने के लिए बनाई गई है। हम कह सकते हैं कि संजाल-विपणन (नेटवर्क मार्केटिंग) व्यवसाय धन कमाने का लोकतांत्रिक तरीका है। यह प्रणाली हर उसके लिए खुली है, जिसमें स्व-संचालन (सेल्फ ड्राइव) की क्षमता, इच्छाशक्ति (विल पावर) व दृढ-संकल्प (डिटरमिनेशन) है। यह प्रणाली इस बात की परवाह नहीं करती कि आपने किस महाविद्यालय से शिक्षा प्राप्त की है, या फिर किसी भी महाविद्यालय में पढ़ाई नहीं की है; आप आज कितना धन कमाते हैं या बिल्कुल भी नहीं कमा पाते; आप किस लिंग, जाति या संप्रदाय से संबंधित हैं; आप देखने में कितने अच्छे हैं; आपके माता-पिता कौन हैं; या फिर आपकी पारिवारिक पृष्ठभूमि क्या है? अधिकांश संजाल-विपणन

बहुत से धनी व सफल लोग इसलिए धनी व सफल हैं, क्योंकि लालची हैं और वे कम सौभाग्यशाली लोगों की मदद करने में कोई रुचि नहीं लेते। हालाँकि सभी धनी ऐसी मानसिकतावाले नहीं हैं, लेकिन लालची व स्वार्थी धनी लोगों की संख्या बहुत अधिक है। यही कारण है कि विश्व भर में जनसाधारण के मन में धनी व सफल लोगों के प्रति नकारात्मक भावना बनी हुई है।

कंपनियाँ आपमें केवल एक योग्यता देखती हैं कि आप सीखने में, स्वयं को बदलने में व आगे बढ़ाने में कितने अधिक इच्छुक हैं। ये कंपनियाँ देखती हैं कि आपमें व्यवसाय-स्वामी बनने की कला सीखने की प्रक्रिया में आनेवाली विपरीत परिस्थितियों में स्वयं को टिकाए रखने की कितनी क्षमता है।

यह भले ही आश्चर्यजनक लगे, लेकिन सच है कि बहुत से धनी व सफल लोग इसलिए धनी व सफल हैं, क्योंकि लालची हैं और वे कम सौभाग्यशाली लोगों की मदद करने में कोई रुचि नहीं लेते। हालाँकि सभी धनी ऐसी मानसिकतावाले नहीं हैं, लेकिन लालची व स्वार्थी धनी लोगों की संख्या बहुत अधिक है। यही कारण है कि विश्व भर में जनसाधारण के मन में धनी व सफल लोगों के प्रति नकारात्मक भावना बनी हुई है। यही कारण है कि धनी होने की अन्य पूर्व प्रणालियों की तुलना में संजाल-विपणन (नेटवर्क मार्केटिंग) व्यवसाय सबसे अधिक निष्पक्ष प्रणाली है।

ध्यान रहे कि यदि फोर्ड मोटर कंपनी के संस्थापक हेनरी फोर्ड को विश्व के सबसे महान् धनी लोगों में गिना जाता है, तो उसका सबसे बड़ा कारण यह है कि उसने अपनी कंपनी का उद्‌देश्य वक्तव्य (मिशन स्टेटमेंट) 'मोटरवाहन का लोकतंत्रीकरण' (डेमोक्रेटाइज द ऑटोमोबाइल) घोषित किया था। फोर्ड का वक्तव्य इतना क्रांतिकारी इसलिए साबित हुआ था; क्योंकि 20वीं शताब्दी की शुरुआत में मोटरवाहन केवल धनी लोगों के लिए ही उपलब्ध था। फोर्ड ही

हेनरी फोर्ड इसलिए धनी बना था, क्योंकि उसने न केवल अपने ग्राहक का, बल्कि अपने मजदूरों के हितों को भी ध्यान में रखा था। फोर्ड उदार व्यक्ति था, वह 'लालची' नहीं था। उस समय के तथाकथित बौद्धिक समाज (इंटेलेक्चुअल सोसाइटी) ने हेनरी फोर्ड के नवाचार की तीखी आलोचना भी की थी, क्योंकि उसने औपचारिक शिक्षा (फॉर्मल एजुकेशन) प्राप्त नहीं की थी, लेकिन फोर्ड ने उनकी आलोचनाओं की परवाह नहीं की और अपने महान् उद्‌देश्य को साकार करने की दिशा में पूरे जुनून के साथ जुटा रहा था।

पहला उद्यमी था, जिसके मस्तिष्क में जनसाधारण के लिए मोटरवाहन बनाने का विचार कौंधा था और उसने 'मोटरवाहन के लोकतंत्रीकरण' को अपने व्यवसाय का महान् उद्द्देश्य घोषित किया था। हमने पिछले अध्याय में पढ़ा है कि थॉमस एडीसन की कंपनी में काम करते हुए फोर्ड ने किस प्रकार अपने खाली समय में मोटरवाहन की रचना की थी और फिर संयोजन शृंखला (असेंबली लाइन) के माध्यम से बृहत् उत्पादन प्रणाली (मास प्रोडक्शन सिस्टम) विकसित कर मानकीकृत सस्ती कारों का विनिर्माण किया था और विश्व का सबसे बड़ा मोटरवाहन निर्माता बन गया था।

निश्चित रूप से फोर्ड ने अपनी महत्त्वाकांक्षा को पूरा करने के लिए मोटरवाहन उद्योग में कारीगरी की कलात्मक परंपरा को ध्वस्त कर दिया था और 'कारीगरों' को विशाल उत्पादन शृंखला में कभी भी बदले जा सकनेवाले 'दिहाड़ी मजदूर' में बदल दिया था; लेकिन उसने अपने क्रांतिकारी व्यवसाय से न केवल जनसाधारण को मोटरवाहन का स्वामी बनाया था, बल्कि अपने मजदूरों के लिए उद्योग में सबसे अधिक वेतन देने के साथ-साथ लाभ साझाकरण योजना (प्रॉफिट शेयरिंग प्लान) भी लागू की थी। जी हाँ, फोर्ड ने अपने मजदूरों को प्रतिवर्ष 3 करोड़ डॉलर से अधिक लाभ राशि का वितरण किया था और आज की तुलना में 20वीं शताब्दी की शुरुआत में 3 करोड़ डॉलर की राशि बहुत बड़ी होती थी। स्पष्ट है कि हेनरी फोर्ड इसलिए धनी बना था, क्योंकि उसने न केवल अपने ग्राहक का, बल्कि अपने मजदूरों के हितों को भी ध्यान में रखा था। फोर्ड उदार व्यक्ति था, वह 'लालची' नहीं था। उस समय के तथाकथित बौद्धिक समाज (इंटेलेक्चुअल

यह नवाचारी व्यवसाय भी काफी विवादों में रहा है; क्योंकि अन्य व्यवसायों की तरह संजाल-विपणन (नेटवर्क मार्केटिंग) व्यवसाय प्रारूप से भी लालची व धूर्त लोगों ने रातोरात धनी बनने की कोशिशें की हैं, लेकिन यदि आप इस व्यवसाय प्रारूप को ध्यानपूर्वक परखें तो आपको पता चलेगा कि यह धन को साझा करने की सामाजिक रूप से जिम्मेदार प्रणाली है।

सोसाइटी) ने हेनरी फोर्ड के नवाचार की तीखी आलोचना भी की थी, क्योंकि उसने औपचारिक शिक्षा (फॉर्मल एजुकेशन) प्राप्त नहीं की थी, लेकिन फोर्ड ने उनकी आलोचनाओं की परवाह नहीं की और अपने महान् उद्देश्य को साकार करने की दिशा में पूरे जुनून के साथ जुटा रहा था।

इसी प्रकार, संजाल-विपणन (नेटवर्क मार्केटिंग) व्यवसाय भी धन कमाने के पारंपरिक तरीकों के बीच सबसे नया व नवाचारी तरीका है। यह इसलिए क्रांतिकारी माना जाता है, क्योंकि इसने इतिहास में पहली बार हर किसी के लिए धन में साझेदारी करना संभव बनाया था, जो अब तक केवल चुनिंदा या भाग्यशाली लोगों के लिए आरक्षित (रिजर्व) था। जी हाँ, यह नवाचारी व्यवसाय भी काफी विवादों में रहा है; क्योंकि अन्य व्यवसायों की तरह संजाल-विपणन (नेटवर्क मार्केटिंग) व्यवसाय प्रारूप से भी लालची व धूर्त लोगों ने रातोरात धनी बनने की कोशिशें की हैं, लेकिन यदि आप इस व्यवसाय प्रारूप को ध्यानपूर्वक परखें तो आपको पता चलेगा कि यह धन को साझा करने की सामाजिक रूप से जिम्मेदार प्रणाली है। यह व्यवसाय लालची लोगों के लिए किसी भी रूप से अच्छा व्यवसाय नहीं है। संजाल-विपणन अपनी आधारभूत संरचना (बेसिक स्ट्रक्चर) से केवल उन्हीं लोगों के लिए सटीक व्यवसाय बन सकता है, जो सचमुच में दूसरों की मदद करना चाहते हैं। यह केवल संजाल-विपणन व्यवसाय की ही विशेषता है, जो दूसरों को धनी बनने में मदद करनेवालों को धनी बनाता है। निश्चित रूप से यह अधिक-से-अधिक लोगों को धनी बनने का अवसर प्रदान करनेवाला नवाचारी व क्रांतिकारी व्यवसाय है।

□

3

लोकतांत्रिक व्यवसाय शिक्षा

जैसा कि हमने पिछले दो अध्यायों में पढ़ा है, आज किसी भी व्यक्ति के लिए धनी बनने के कई तरीके उपलब्ध हैं, लेकिन यदि आप धनी बनना चाहते हैं, तो आपके लिए यह चुनाव करना सबसे महत्त्वपूर्ण है कि कौन सा तरीका आपके लिए सबसे अच्छा है। यदि आप ऐसे व्यक्ति हैं, जिसे दूसरों की मदद करना अच्छा लगता है, तो धनी बनने का सबसे नवाचारी विकल्प—संजाल-विपणन (नेटवर्क मार्केटिंग)—आपके लिए सबसे अधिक कारगर साबित हो सकता है। हम यह भी कह सकते हैं कि संजाल-विपणन ऐसे लोगों के लिए सटीक व्यवसाय विद्यालय है, जो दूसरों की मदद करना चाहते हैं। हाँ, यदि दूसरों की मदद करने में आपकी कोई रुचि नहीं है, तो इस संजाल-विपणन की जगह पिछले अध्याय में बताए गए धनी बनने के अनेक रास्तों में से किसी एक का चुनाव कर सकते हैं।

लेकिन याद रखें कि संजाल-विपणन (नेटवर्क मार्केटिंग) ही एकमात्र व्यवसाय विकल्प है, जो हर किसी को धनी बनने का समान अवसर व जीवन बदलनेवाली व्यवसाय शिक्षा प्रदान कर सकता है। हालाँकि यह संजाल-विपणन व्यवसाय के आधारभूत मूल्यों (बेसिक वैल्यू) में से एक है, लेकिन सबसे अधिक महत्त्वपूर्ण है। विश्व में ऐसा कोई और व्यवसाय नहीं है, जो बिना किसी भेदभाव के सभी को धनी बनने के लिए सच्चे अर्थों में समान अवसर प्रदान करता हो। ध्यान रहे कि व्यक्ति-विशेष के जीवन में धन से अधिक आधारभूत मूल्य ज्यादा महत्त्वपूर्ण होते हैं। आप लालची, धूर्त,

घटिया बनकर भी धनी बन सकते हैं और उदार बनकर भी। अब यह आप पर निर्भर करता है, आप किस रास्ते का चुनाव करते हैं, लेकिन आप उसी रास्ते पर आगे बढ़कर धनी बन पाने में सफल हो सकते हैं, जो आपके हृदय की गहराइयों में बैठे आधारभूत मूल्यों से मेल खाता हो।

हो सकता है कि जब ऐसी किसी व्यवसाय बैठक के लिए आपको किसी कार्यालय की जगह किसी व्यक्ति के घर में आमंत्रित किया जाए, तो आपको विचित्र लगे और जब आप निजी निवास में ऐसी किसी बैठक में पहुँचें, तो हो सकता है कि वहाँ पर सामान्य लोगों का जमघट देखकर आपको आश्चर्य लगे कि किसी व्यावसायिक बैठक में एक साथ इतने लोगों को शामिल किया जा सकता है?

धनी बनने का सच्चा समान अवसर

यदि आप दूसरे किसी माध्यम से धनी बन चुके हैं, तो हो सकता है कि आप संजाल-विपणन (नेटवर्क मार्केटिंग) व्यवसाय पर ध्यान ही न दें। चूँकि यह बहुत बड़ी संख्या में लोगों को धनी बनने का समान अवसर प्रदान करने का क्रांतिकारी व्यवसाय विकल्प है, इसलिए अधिकांश लोग इसे सच्चा मानने से ही इनकार कर देते हैं और इस व्यवसाय से संबंधित प्रस्ताव को ध्यान से सुनने की कोशिश ही नहीं करते, लेकिन यदि आप कमाई के नए अवसरों को खोजने में रुचि लेते हैं, तो संजाल-विपणन सबंधी व्यवसाय आमंत्रणों को बिना ध्यानपूर्वक सुने नकारना उचित नहीं होगा। हो सकता है कि जब ऐसी किसी व्यवसाय बैठक के लिए आपको किसी कार्यालय की जगह किसी व्यक्ति के घर में आमंत्रित किया जाए, तो आपको विचित्र लगे और जब आप निजी निवास में ऐसी किसी बैठक में पहुँचें, तो हो सकता है कि वहाँ पर सामान्य लोगों का जमघट देखकर आपको आश्चर्य लगे कि किसी व्यावसायिक बैठक में एक साथ इतने लोगों को शामिल किया जा सकता है?

जी हाँ, संजाल-विपणन व्यवसाय से संबंधित प्रारंभिक बैठक का दृश्य

किसी शिक्षा वर्ग जैसा ही होता है, जिसमें निजी संपर्कवाले अधिक-से-अधिक लोगों को एक साथ आमंत्रित किया जाता है। आमतौर पर इस प्रकार का प्रारंभिक शिक्षा-वर्ग दो से तीन घंटों तक चलता है, जिसमें संबंधित संजाल-विपणन व्यवसाय की भूमिका प्रस्तुत की जाती है। चूँकि यह व्यवसाय इतना क्रांतिकारी है कि आपको प्रस्तुति में दी जा रही जानकारियों पर भरोसा ही न हो। इसका प्रमुख कारण यह है कि अब तक आपने स्वयं या कुछ साझेदारों को धनी बनानेवाली व्यवसाय बैठकों में हिस्सा लिया है, जबकि वहाँ पर ऐसे व्यवसाय के बारे में जानकारी दी जा रही होती है, जो सभी को धनी बनाने का समान अवसर प्रदान करने का दावा करता है। यही कारण है कि इस प्रकार के प्रारंभिक शिक्षा वर्ग में आमंत्रित किए जाने वाले अधिकांश लोग उस क्रांतिकारी व्यवसाय-प्रस्ताव पर विश्वास ही नहीं कर पाते।

बहुत अधिक संभावना है कि अगले कई वर्षों तक आप संजाल-विपणन संबंधी किसी व्यवसाय प्रस्ताव को सुनना ही पसंद न करें, लेकिन यदि आप सचमुच में धनी बन चुके हैं या फिर अपने वर्तमान व्यवसाय में सफल नहीं हो पा रहे, तो आपका ध्यान किसी ऐसे मित्र की सफलता की ओर आकर्षित हो, जो धनी होने के बावजूद संजाल-विपणन व्यवसाय में गहरी रुचि ले रहा हो।

ऐसे में सत्र खत्म हो जाने के बाद, जब आपको आमंत्रित करनेवाला मित्र आपसे उस व्यवसाय-प्रस्ताव के बारे में आपका विचार पूछे, तो बहुत अधिक संभावना है कि आप कुछ इस प्रकार का उत्तर दें, 'यह रोचक था, लेकिन यह मेरे लिए नहीं था।' स्वाभाविक है कि आपके मित्र का अगला प्रश्न यही होगा कि आप उस व्यवसाय में क्यों रुचि नहीं ले पा रहे हैं? इस पर आपका उत्तर कुछ ऐसा हो सकता है, 'मैं स्वयं ही अपने व्यवसाय-निर्माण में व्यस्त हूँ। मुझे दूसरों के साथ मिलकर व्यवसाय-निर्माण करने की क्या आवश्यकता है? मैं उनकी मदद क्यों करूँ?' हो सकता है, आप उस व्यवसाय-प्रस्ताव की प्रामाणिकता (ऑथेंटिसिटी) व वैधानिकता

(लीगेलिटी) पर आशंका प्रकट करें, 'मैंने ऐसी अफवाह सुनी है कि ये संजाल-विपणन व्यवसाय केवल पिरामिड योजनाएँ होती हैं, जो कि अवैध हैं।' बहुधा ऐसा ही होता है कि आप अपने मित्र को आगे समझाने का मौका न दें और बातचीत को वहीं खत्म कर आगे बढ़ जाएँ।

बहुत अधिक संभावना है कि अगले कई वर्षों तक आप संजाल-विपणन संबंधी किसी व्यवसाय प्रस्ताव को सुनना ही पसंद न करें, लेकिन यदि आप सचमुच में धनी बन चुके हैं या फिर अपने वर्तमान व्यवसाय में सफल नहीं हो पा रहे, तो आपका ध्यान किसी ऐसे मित्र की सफलता की ओर आकर्षित हो, जो धनी होने के बावजूद संजाल-विपणन व्यवसाय में गहरी रुचि ले रहा हो। जी हाँ, इस क्रांतिकारी व्यवसाय विकल्प पर बहुधा विश्वास कर पाना मुश्किल ही होता है, जब तक कि आपके सामने कोई विश्वसनीय उदाहरण न हो। फिर भी, जब आप पहले से ही धनी मित्र को संजाल-विपणन व्यवसाय में रुचि लेते हुए देखेंगे, तो जिज्ञासावश आप ऐसा प्रश्न पूछने से बच नहीं सकेंगे, 'तुम तो पहले से ही सफल व्यवसायी व धनी हो, तो फिर इस व्यवसाय में क्यों आ गए, क्या सचमुच में तुम्हें और अधिक धन की आवश्यकता थी?'

जी हाँ, आपको अपने उस मित्र से कुछ ऐसा उत्तर मिलेगा, 'तुम जानते हो कि मुझे धन कमाना अच्छा लगता है, लेकिन मैं इसलिए व्यवसाय नहीं करता हूँ कि मुझे धन की आवश्यकता है। मेरी वित्तीय स्थितियाँ बहुत ही अच्छी हैं।' यह गोलमोल उत्तर सुनकर आपकी जिज्ञासा और भी तेज हो जाएगी और आप पूछेंगे, 'तो फिर तुम संजाल-विपणन व्यवसाय में क्यों उतर आए?' बहुत अधिक संभावना है कि मित्र यह उत्तर दे, 'देखो, जैसा कि तुम बहुत अच्छी तरह से जानते हो कि मैं वर्षों अचल संपत्ति (रियल एस्टेट) व्यवसाय में रहा हूँ और उसमें मुझे अच्छी सफलता भी मिली है। इस दौरान मेरे पास बहुत लोग आते रहे हैं, जो मुझे अचल संपत्ति व्यवसाय में निवेश के माध्यम से धनी बनने के बारे में पूछते रहे हैं, और मैं उन्हें इसकी युक्तियाँ (टिप्स) भी सुझाता रहा हूँ। उन लोगों में से कई लोग मेरे साथ अचल संपत्ति व्यवसाय में निवेश के भी इच्छुक रहे हैं, या फिर यह पूछते

यदि आप स्वयं के दम पर धनी बन सके हैं, तो आपको अवश्य ही पता होगा कि जब आपके पास धन नहीं था, तब न तो कोई बैंक और न ही कोई अचल संपत्ति प्रतिनिधि आपको गंभीरता से लेता होगा। स्पष्ट है कि आपके मित्र के लिए भी उन लोगों की मदद कर पाना संभव नहीं हो पा रहा होगा, जिनके पास बिल्कुल भी धन नहीं होगा या फिर पर्याप्त धन नहीं होगा।

रहे हैं कि बिना तत्काल भुगतान (डाउन पेमेंट) के वे कैसे अचल संपत्ति हासिल कर सकते हैं। (हो सकता है कि आप भी अपने उस मित्र से इसी प्रकार की निवेश सलाह माँगते रहे हों।) लेकिन समस्या यह है कि अधिकांश लोग मेरे साथ मिलकर मेरी अचल संपत्ति परियोजनाओं में निवेश नहीं कर सकते, क्योंकि उनके पास पर्याप्त पूँजी नहीं है। उनके पास 5 या 10 करोड़ की शुरुआती पूँजी नहीं है कि वे मेरे स्तर का पूँजी निवेश कर सकें। इतना ही नहीं, उनमें से कई लोग बिना तत्काल भुगतान के अचल संपत्ति हासिल करने का अवसर ढूँढ़ रहे हैं और कइयों के पास सचमुच में अचल संपत्ति में निवेश करने के लिए बिल्कुल भी धन नहीं हैं। कई लोग ऐसे भी हैं कि यदि उनकी नौकरी छूट जाए तो वे दो महीनों के भीतर ही दिवालिया हो जाएँ। यही कारण है कि वे ऐसे सस्ते सौदों की खोज में हैं, जिनमें किसी अग्रिम पूँजी की आवश्यकता न हो। तुम भलीभाँति जानते हो कि अचल संपत्ति व्यवसाय में सभी अच्छे सौदे उन्हीं धनी व्यक्तियों को मिल पाते है, जिनके पास पहले से ही धन होता है और अचल संपत्ति के जो सौदे बिना अग्रिम भुगतान के मिलते हैं, वे अच्छे नहीं होते और उनमें घाटे की आशंका रहती है।'

यदि आप स्वयं के दम पर धनी बन सके हैं, तो आपको अवश्य ही पता होगा कि जब आपके पास धन नहीं था, तब न तो कोई बैंक और न ही कोई अचल संपत्ति प्रतिनिधि आपको गंभीरता से लेता होगा। स्पष्ट है कि आपके मित्र के लिए भी उन लोगों की मदद कर पाना संभव नहीं हो पा रहा होगा, जिनके पास बिल्कुल भी धन नहीं होगा या फिर पर्याप्त धन नहीं होगा। जी हाँ,

संजाल-विपणन व्यवसाय को अपनानेवाला आपका मित्र यह भी जानता होगा कि जिन लोगों के पास कुछ धन है भी तो वह उनकी जीवनभर की बचत पूँजी है और वह उन्हें जोखिमपूर्ण अचल संपत्ति व्यवसाय में निवेश का सुझाव नहीं दे पा रहा होगा। वास्तव में, आपका वह धनी मित्र यह तथ्य भी जानता है कि जो व्यक्ति असफल होने की आशंकाओं से घिरा रहता है, वह बहुधा सचमुच में असफल हो जाता है। इसलिए वह किसी भी ऐसे व्यक्ति को अचल संपत्ति में निवेश की सलाह नहीं दे पा रहा होगा।

जब आप अपने उस मित्र से संजाल-विपणन व्यवसाय में कदम बढ़ाने के कारणों के बारे में और अधिक छानबीन करेंगे, तो आपको पता चलेगा कि वह मुख्य रूप से लोगों की मदद करना चाहता था। भले ही वह बहुत धनी था, लेकिन लालची व घमंडी नहीं था, इसलिए वह दूसरों को भी धनी बन पाने में मदद करने को इच्छुक था।

इतना ही नहीं, अब उसके पास पहले की तुलना में अधिक योग्य निवेशक भी हो गए थे और स्वयं उसके पास भी निवेश-योग्य धन का आकार बढ़ गया था और यह सब संजाल-विपणन व्यवसाय की सफलता का ही परिणाम था कि आपका मित्र पहले से कई गुना बड़ी अचल संपत्ति परियोजनाओं में निवेश कर पाने में सक्षम हो गया होगा

लेकिन कोई भी मानवीय कोशिश केवल दूसरों की मदद के लिए नहीं होती है, कहीं-न-कहीं उसमें व्यक्ति-विशेष का स्वयं का स्वार्थ भी जुड़ा होता है, तो आपका वह मित्र दूसरों को धनी बनाने की कोशिशें क्यों कर रहा था? इसलिए कि वह दूसरों को स्वयं की अचल संपत्ति परियोजनाओं में निवेश कर सकने योग्य बनाना चाहता है, लेकिन यह संजाल-विपणन व्यवसाय की विशेषता थी कि वह दूसरों को उनके व्यवसाय को बढ़ाने में जितनी मदद कर रहा था, उसका स्वयं का व्यवसाय भी उतना ही अधिक बढ़ रहा था और गहरे उतरें तो आपको पता चलेगा कि दूसरों की मदद करते हुए आपके मित्र ने स्वयं का भी लगातार समृद्ध होता जा रहा उपभोक्ता वितरण (कंजूमर डिस्ट्रीब्यूशन)

संजाल-विपणन व्यवसाय की सबसे बड़ी विशेषता उसकी 'खुला द्वार नीति' (ओपन डोर पॉलिसी) है, जो बिना किसी भेदभाव के सभी वर्ग के लोगों को सच्चा व समान अवसर प्रदान करती है, लेकिन यह विशेषता ही इस व्यवसाय की सबसे बड़ी चुनौती भी है।

व्यवसाय खड़ा कर लिया होगा। इतना ही नहीं, अब उसके पास पहले की तुलना में अधिक योग्य निवेशक भी हो गए थे और स्वयं उसके पास भी निवेश-योग्य धन का आकार बढ़ गया था और यह सब संजाल-विपणन व्यवसाय की सफलता का ही परिणाम था कि आपका मित्र पहले से कई गुना बड़ी अचल संपत्ति परियोजनाओं में निवेश कर पाने में सक्षम हो गया होगा।

लेकिन आप यह जानकर भी हैरान हो सकते हैं कि आपका मित्र केवल दूसरों की मदद करने और उसके बदले में परोक्ष रूप से स्वयं को और अधिक धनी बनाने के लिए ही संजाल-विपणन व्यवसाय की ओर आकर्षित नहीं हुआ था। वास्तव में, आपका मित्र स्वयं सीखने व दूसरों को भी सिखाने में गहरी रुचि लेनेवाला व्यक्ति है। ऐसा व्यक्ति दूसरों को, सीखने को इच्छुक व्यक्तियों को सिखाने-पढ़ाने में बहुत आनंद महसूस करता है। जी हाँ, लगातार सीखने की प्रवृत्तिवाला आपके मित्र जैसा व्यक्ति ऐसे लोगों के बीच रहकर ऊब जाता है, जो सोचते हैं कि वे सबकुछ जानते हैं। आप चाहे अचल संपत्ति व्यवसाय में हों या किसी और व्यवसाय में, आप ध्यानपूर्वक देखें, तो हैरान होंगे कि आपके आसपास भी अधिकांश लोग ऐसे ही हैं, जो स्वयं को सबकुछ जाननेवाला मानते हैं। ऐसे आत्मग्रस्त (सेल्फ ओब्सेस्ड) लोगों के साथ मिलकर कभी भी नवाचार (इनोवेशन) संभव नहीं होता, इसलिए नवाचारी लोग हमेशा ऐसे लोगों के बीच रहना पसंद करते हैं, जिनमें लगातार कुछ नया सीखने की प्रवृत्ति होती है और संजाल-विपणन (नेटवर्क मार्केटिंग) ऐसा ही व्यवसाय है, जहाँ पर हर व्यक्ति स्वयं को लगातार शिक्षित करने में रुचि लेता है। यदि आप नवाचारी व्यवसायी हैं, तो आपको भी ऐसे लोगों से सीखने में, उन्हें सिखाने में और

उनसे अपने विचार साझा करने में आनंद आएगा, जो अपनी लगातार जारी रहनेवाली शिक्षा को लेकर उत्साहित रहते हैं।

यदि आपने लेखांकन (एकाउंटिंग), वित्त (फाइनेंस), विपणन (मार्केटिंग), व्यवसाय प्रशासन (बिजनेस एडमिनिस्ट्रेशन) आदि की उपाधियाँ हासिल कर रखी हैं, तो संजाल-विपणन (नेटवर्क मार्केटिंग) व्यवसाय में आपको दूसरों को यह सबकुछ सिखाने का और उन लोगों से भी लगातार कुछ नया सीखने का अवसर मिल सकता है। आप हैरान होंगे कि विभिन्न पृष्ठभूमिवाले कितने कुशल व सुशिक्षित लोग इस संजाल-विपणन व्यवसाय से जुड़े हुए हैं। इतना ही नहीं, आपको यह जानकर और भी खुशी होगी कि यहाँ पर ऐसे लोगों की संख्या भी बहुत अधिक है, जो किसी प्रकार की औपचारिक शिक्षा हासिल करने से वंचित रह गए थे। जी हाँ, विश्व के हर हिस्से में ऐसे लोगों की बहुत बड़ी संख्या है, जो लगातार घटती जा रही नौकरी की सुरक्षा (जॉब सिक्योरिटी) के संकट से जूझ रहे हैं और अब उन्होंने स्वयं की आर्थिक सुरक्षा (फाइनेंशियल सिक्योरिटी) खोजने की दिशा में आवश्यक व्यवसाय शिक्षा (बिजनेस एजुकेशन) हासिल करने के लिए संजाल-विपणन व्यवसाय को अपनाया है। यहाँ पर सभी को एक-दूसरे के अनुभवों को साझा करने का अवसर मिलता है। चूँकि दूसरों की मदद से स्वयं को लाभ ही मिलता है, इसलिए संजाल-विपणन से जुड़ा हुआ हर व्यक्ति दूसरों को अधिक जानकार व योग्य बनाने के लिए अपने अनोखे अनुभव साझा करता है और इस प्रक्रिया में संजाल-विपणन व्यवसाय का आतंरिक वातावरण वास्तविक जीवन के व्यवसाय-विद्यालय जैसा बन जाता है।

वास्तव में, संजाल-विपणन व्यवसाय की सबसे बड़ी विशेषता उसकी 'खुला द्वार नीति' (ओपन डोर पॉलिसी) है, जो बिना किसी भेदभाव के सभी वर्ग के लोगों को सच्चा व समान अवसर प्रदान करती है, लेकिन यह विशेषता ही इस व्यवसाय की सबसे बड़ी चुनौती भी है। यह सच है कि असंभव कल्पना करनेवाले दिवा-स्वप्नदर्शी (डेड्रीमर), दुस्साहसी उद्यमी, धूर्त, असफल रहे व झटपट धनी बनने की कोशिश करनेवाले कलाकार

भी बहुत बड़ी संख्या में इस प्रकार के व्यवसाय से आकर्षित होते हैं और यही वे लोग हैं, जो अन्य संभावनाशील व्यवसायों में भी देखे जा सकते हैं। ऐसे ही लोगों की सक्रियता के कारण 'संजाल-विपणन' व्यवसाय भी बहुधा विवादों में आता रहा है। इन विवादों का सबसे नकारात्मक प्रभाव यह होता रहा है कि सच्चे व ईमानदार लोग इस व्यवसाय की तह में जाए बिना ही दूर भागने की कोशिश करते हैं। रोचक तथ्य यह भी है कि संजाल-विपणन ही सही अर्थों में सबसे अधिक समाजवादी व्यवसाय (सोशलिस्ट बिजनेस) है, जो हर किसी को सच्चा व समान अवसर प्रदान करता है, लेकिन इस क्षेत्र में स क्रिय बहुत कम लोग ही समाजवादी राजनीतिक विचारों के मिलेंगे। वास्तव में, यह व्यवसाय 'पूँजीवादी' (कैपिटलिस्ट) लोगों के लिए है; या फिर ऐसे लोगों के लिए है, जो धनी बनने की महत्त्वाकांक्षा में 'पूँजीवादी' बनने की कोशिश करते हैं।

एक बार जब आप अपने पूर्वग्रहों (प्रेज्यूडिस) को छोड़कर संजाल-विपणन व्यवसाय के स्थापित व सम्मानित लोगों से मिलेंगे, तभी आप इस व्यवसाय की वास्तविक धड़कन को महसूस कर सकेंगे और फिर आपके लिए इस व्यवसाय को निष्पक्ष भाव से परखना और अच्छे व बुरे का फैसला लेना संभव हो सकेगा।

ऐसे में, जब आप इस प्रकार के नकारात्मक लोगों की शुरुआती बाधाओं को पार कर संजाल-विपणन कंपनियों के नेतृत्वकर्ताओं के संपर्क में आएँगे, तो आपको पता चलेगा कि वे अन्य सभी प्रकार के व्यवसायों में सबसे अधिक बुद्धिमान, दयालु, नैतिक (एथिकल), कर्तव्यपरायण (ड्यूटीफुल), आध्यात्मिक (स्पिरिचुअल) व पेशेवर (प्रोफेशनल) लोग हैं। एक बार जब आप अपने पूर्वग्रहों (प्रेज्यूडिस) को छोड़कर संजाल-विपणन व्यवसाय के स्थापित व सम्मानित लोगों से मिलेंगे, तभी आप इस व्यवसाय की वास्तविक धड़कन को महसूस कर सकेंगे और फिर आपके लिए इस व्यवसाय को निष्पक्ष भाव से परखना और अच्छे व बुरे का फैसला लेना संभव हो सकेगा।

संजाल-विपणन का विश्वव्यापी साम्राज्य

जब आप संजाल-विपणन क्षेत्र में अपने लिए अवसर की खोज शुरू करेंगे, तब आपको पता चलेगा कि इस व्यवसाय-प्रणाली के माध्यम से कितने प्रकार के विभिन्न उत्पाद व सेवाएँ परोसी जा रही हैं। विश्व भर में संजाल-विपणन व्यवसाय 'प्रत्यक्ष बिक्री उद्योग' (डायरेक्ट सेलिंग इंडस्ट्री) के रूप में संगठित है।

वर्ल्ड फेडरेशन ऑफ डायरेक्ट सेलिंग एसोसिएशन (डब्लू.एफ.डी.एस.ए.) द्वारा जारी नवीनतम प्रतिवेदन (3 जून, 2016) के अनुसार, 2012 से 2015 के बीच 7.2 चक्रवृद्धि वार्षिक वृद्धि दर के साथ प्रत्यक्ष बिक्री उद्योग की विश्वव्यापी खुदरा बिक्री 2015 में 183.729 अरब डॉलर के स्तर पर पहुँच गई थी। (सारणी देखें—विश्वव्यापी प्रत्यक्ष बिक्री उद्योग परिदृश्य)। इसमें 20 प्रतिशत हिस्सेदारी के साथ संयुक्त राज्य अमेरिका पहले स्थान पर था, जबकि 19 प्रतिशत हिस्सेदारी के साथ चीन दूसरे व 9 प्रतिशत हिस्सेदारी के साथ कोरिया तीसरे स्थान पर था। अन्य देशों में जर्मनी की 8 प्रतिशत, जापान की 8 प्रतिशत, ब्राजील की 5 प्रतिशत, मेक्सिको की 4 प्रतिशत, फ्रांस की 2 प्रतिशत व यूनाइटेड किंगडम की 2 प्रतिशत बाजार हिस्सेदारियाँ थीं, बाकि 20 प्रतिशत कारोबार विश्व के अन्य देशों में हो रहा था। 2015 में, विश्व के 23 देशों में 1 अरब डॉलर से अधिक का कारोबार हो रहा था।

विश्वव्यापी प्रत्यक्ष बिक्री उद्योग परिदृश्य

क्षेत्र/ देश	2015 में कुल खुदरा बिक्री (करोड़ डॉलर)	2015 में वार्षिक वृद्धि दर (%)	2012-15 में चक्रवृद्धि वार्षिक वृद्धि दर (%)	प्रत्यक्ष विक्रेताओं की संख्या
विश्व	18,372.9	7.7	7.2	10,32,77,493
उत्तरी अमेरिका	3775.3	4.7	4.2	2,09,93,722
संयुक्त राज्य अमेरिका	3612.0	4.8	4.5	2,02,00,000
कनाडा	163.3	3.1	-2.0	7,93,722
दक्षिण व मध्य अमेरिका	2518.1	4.4	5.7	1,41,04,873
ब्राजील	912.5	-0.9	2.1	45,71,625
मेक्सिको	693.0	2.5	4.7	22,00,000
कोलंबिया	245.8	7.8	7.8	21,81,174
अर्जेंटीना	206.6	33.3	36.3	7,50,000
पेरू	160.9	3.5	2.5	5,38,155
पश्चिमी यूरोप	2953.8	6.3	4.7	40,51,613
जर्मनी	1518.5	6.5	5.2	8,38,833
फ्रांस	459.0	2.5	2.5	6,40,215
यूनाइटेड किंगडम	403.9	11.8	9.8	625,000
इटली	293.4	9.4	4.7	5,14,500
मध्य व पूर्व यूरोप	588.9	2.3	2.2	1,04,98,523
रूस	2,145	-5.5	-0.9	51,48,803
पोलैंड	106.2	7.0	4.2	9,37,076
एशिया व प्रशांत क्षेत्र	8408.4	11.1	10.6	5,19,22,926
चीन	3545.6	19.0	22.5	--
कोरिया	1689.1	12.7	7.5	67,37,546
जापान	1466.4	-0.1	-0.7	33,11,000
मलेशिया	443.7	7.0	9.4	48,00,000

ताइवान	335.4	6.1	6.6	23,00,000
थाईलैंड	269.8	3.1	0.3	1,10,00,000
फिलीपींस	124.1	6.8	9.8	41,53,000
भारत	118.6	6.2	7.2	39,29,105
ऑस्ट्रेलिया	111.3	–5.6	0.6	5,93,356
इंडोनेशिया	1,069	12.9	11.9	1,27,30,100
अफ्रीका व मध्य-पूर्व	128.3	4.3	3.2	17,05,836
अफ्रीका	111.7	3.9	3.5	15,82,687
मध्य-पूर्व	16.6	7.4	1.1	1,23,149

स्रोत : *वर्ल्ड फेडरेशन ऑफ डायरेक्ट सेलिंग एसोसिएशन (डब्लू.एफ.डी.एस.ए.) प्रतिवेदन; 3 जून, 1916*

संजाल-विपणन प्रणाली पर आधारित प्रत्यक्ष-बिक्री उद्योग विभिन्न उत्पाद श्रेणियों (प्रोडक्ट केटेगरी) के सैकड़ों उत्पादों की बिक्री करता है। इनमें 34 प्रतिशत बिक्री हिस्सेदारी के कल्याण (वेलनेस) उत्पाद श्रेणी पहले स्थान पर हैं, जबकि 32 प्रतिशत बिक्री हिस्सेदारी के साथ प्रसाधन सामग्री व व्यक्तिगत देखभाल (कॉस्मेटिक्स एंड पर्सनल केयर) श्रेणी दूसरे और 11 प्रतिशत बिक्री हिस्सेदारी के साथ घरेलू सामान व टिकाऊ वस्तु (हाउसहोल्ड्स एंड ड्यूरेबल्स) तीसरे स्थान पर। वस्त्र व सहायक सामग्री (क्लोथिंग एंड एक्सेसरीज) श्रेणी के उत्पादों की बाजार हिस्सेदारी 7 प्रतिशत है, जबकि गृह-सुधार (होम इम्प्रूवमेंट) श्रेणी की 3 प्रतिशत, उपयोगिता सामग्री (यूटिलिटीज) श्रेणी की 3 प्रतिशत, वित्तीय सेवाओं (फाइनेंशियल सर्विसेज) 3 प्रतिशत, गृह देखभाल (होमकेयर) की 2 प्रतिशत, पुस्तक-खिलौना-लेखन सामग्री आदि (बुक्स, टॉयज एंड स्टेशनरी) श्रेणी की 2 प्रतिशत, खाद्य व पेय पदार्थों (फूडस्टफ व बेवरेज) श्रेणी की 2 प्रतिशत व अन्य श्रेणी की 3 प्रतिशत। इन सभी उत्पादों की प्रत्यक्ष बिक्री में विश्व भर में लगभग 10.32 करोड़ विक्रेता शामिल हैं।

संबंधित कंपनियों के प्रशिक्षण की गुणवत्ता को परखने के लिए आपको उनके प्रशिक्षण व शैक्षणिक विचार-गोष्ठियों (सेमिनार) व कार्यक्रमों में हिस्सा लेने में कुछ अधिक समय का निवेश करना पड़ेगा। यदि आपको शुरुआती प्रस्तुति की बातें पसंद आ रही हैं, तो आपको प्रशिक्षण देनेवाले व्यक्तियों से प्रत्यक्ष भेंटवार्त्ता में समय लगाना चाहिए।

डायरेक्ट सेलिंग एसोसिएशन ऑफ इंडिया (आई.डी.एस.ए.) के नवीनतम सर्वेक्षण प्रतिवेदन के अनुसार, बिक्री आकार के हिसाब से 2014–15 में भारत 22वें स्थान पर था, जबकि 2015–16 में 20वें स्थान पर आ गया था। वित्त वर्ष 2015–16 में 4.4 प्रतिशत वार्षिक वृद्धि दर के साथ भारतीय प्रत्यक्ष बिक्री उद्योग की कुल बिक्री 8308.50 करोड़ रुपए पहुँच गई थी। 2492.60 करोड़ रुपए की कुल बिक्री (30 प्रतिशत) के साथ उत्तर भारतीय क्षेत्र पहले स्थान पर था, जबकि दक्षिणी क्षेत्र की 1744.80 करोड़ रुपए (21 प्रतिशत), पूर्वी क्षेत्र की 1578.60 करोड़ रुपए (19 प्रतिशत), पश्चिमी क्षेत्र की 1412.40 करोड़ रुपए (17 प्रतिशत) व उत्तर-पूर्वी क्षेत्र की 1080.10 करोड़ रुपए (13 प्रतिशत) बिक्री हिस्सेदारियाँ थीं। इस सर्वेक्षण के अनुसार, 43 प्रतिशत बाजार हिस्सेदारी देश में कल्याण (वेलनेस) उत्पाद श्रेणी के उत्पादों की बिक्री सबसे अधिक थी, जबकि प्रसाधन सामग्री व व्यक्तिगत देखभाल (कॉस्मेटिक्स एंड पर्सनल केयर) श्रेणी की 35 प्रतिशत, गृह-देखभाल व गृह-सुधार (होम केयर एंड होम इम्प्रूवमेंट) श्रेणी 12 प्रतिशत, घरेलू सामान व टिकाऊ वस्तु (हाउसहोल्ड्स एंड ड्यूरेबल्स) की 6 प्रतिशत व अन्य श्रेणियों की 4 प्रतिशत बाजार हिस्सेदारियाँ थीं। 2015-16 में आई.डी.एस.ए. की सदस्य कंपनियों ने कुल 1258.30 करोड़ रुपए का कुल कर भुगतान किया था, जबकि 2014–15 में कर राशि 1171.50 करोड़ रुपए थी।

जीवन बदलनेवाली व्यवसाय शिक्षा

वास्तव में, संजाल-विपणन उद्योग इतना व्यापक हो चुका है कि हर व्यक्ति अपनी पसंद का व्यवसाय चुन सकता है, लेकिन इस चुनाव का मुख्य उद्देश्य इस प्रणाली द्वारा दी जानेवाली व्यवसाय शिक्षा (बिजनेस एजुकेशन) होना चाहिए। इसलिए कंपनी विशेष के उत्पादों/सेवाओं व क्षतिपूर्ति योजना (कंपनसेशन प्लान) के बारे में जानकारी इकट्ठा करने के साथ ही सबसे अधिक समय कंपनी के हृदय में झाँकने में लगाना चाहिए कि क्या वह सचमुच में आपको प्रशिक्षित व शिक्षित करने में रुचि लेती है। शुरुआती बिक्री सत्र (सेल्स सेशन) में तीन घंटे के भाषण सुनने, आकर्षक उत्पाद सूची (प्रोडक्ट कैटलॉग) देखने व क्षतिपूर्ति योजना से धनी होने का आकलन करने से यह पता नहीं चल सकेगा कि कंपनी सचमुच में आपको प्रशिक्षित करने में कितनी रुचि ले रही है। संबंधित कंपनियों के प्रशिक्षण की गुणवत्ता को परखने के लिए आपको उनके प्रशिक्षण व शैक्षणिक विचार-गोष्ठियों (सेमिनार) व कार्यक्रमों में हिस्सा लेने में कुछ अधिक समय का निवेश करना पड़ेगा। यदि आपको शुरुआती प्रस्तुति की बातें पसंद आ रही हैं, तो आपको प्रशिक्षण देनेवाले व्यक्तियों से प्रत्यक्ष भेंटवार्त्ता में समय लगाना चाहिए।

यह इसलिए बहुत आवश्यक है; क्योंकि अनेक संजाल-विपणन कंपनियाँ यह दावा करती हैं कि उनके पास बहुत अच्छी शैक्षिक योजना है, लेकिन उनके पास वास्तव में कोई विशेष प्रणाली नहीं होती। इस क्रम में आपको पता चलेगा कि कुछ कंपनियाँ प्रशिक्षण के नाम पर आपको कुछ पुस्तकों की सूची देकर उसे पढ़ने का आग्रह करेंगी, लेकिन उनके प्रशिक्षण का मुख्य ध्यान इस बात पर केंद्रित रहेगा कि आप किस प्रकार अपने मित्रों व सगे-संबंधियों को व्यवसाय में आकर्षित करें। इसलिए अंतिम निर्णय लेने से पहले संबंधित संजाल-विपणन कंपनियों की कार्य-प्रणालियों के अध्ययन में धैर्य के साथ पर्याप्त समय लगाएँ। इस क्षेत्र की कई कंपनियों के पास महान् व्यवसाय शिक्षा प्रणाली है, जो आपके जीवन को बदलनेवाली प्रमाणित हो सकती है।

अनुभव के साथ-साथ आप भले ही मुख्य कार्यकारी अधिकारी (सी.ई.ओ.) ही क्यों न बन जाएँ, लेकिन फिर भी व्यवसाय का स्वामी बन पाना बहुधा मुश्किल ही होता है। हो सकता है कि उच्च पदों पर आपको अच्छा वेतन अर्जित करने का अवसर मिले, लेकिन आप कभी भी व्यवसाय स्वामियों की तरह धनी नहीं बन सकते, क्योंकि आपका काम व्यवसाय के घाटे के जोखिम से सुरक्षित रहता है।

यदि आपने पारंपरिक व्यवसाय-प्रशासन निष्णात (मास्टर ऑफ बिजनेस एडमिनिस्ट्रेशन/एम.बी.ए.) की उपाधि हासिल की है, तो आपको बहुत अच्छी तरह से पता होगा कि आपने पढ़ाई के क्रम में व्यवसाय के बारे में क्या कुछ सीखा था। बहुत अधिक संभावना है कि वास्तविक व्यवसायों में किसी प्रकार का अनुभव न रखनेवाले प्राध्यापकों ने आपको मुख्य रूप से प्रबंधन सिद्धांत (मैनेजमेंट थ्योरी), आर्थिक सिद्धांत (इकोनॉमिक थ्योरी) पढ़ाई होगी और आपने भी उन्हें याद कर परीक्षा उत्तीर्ण करने की कोशिश की होगी। तो क्या आपको लगता है कि एम.बी.ए. की उपाधि प्राप्त करने के बाद आप वास्तविक जगत् में किसी प्रकार का कोई व्यवसाय कर पाने में सक्षम हो सके थे? संभवत: नहीं, क्योंकि जिन गुरुओं ने आपको व्यवसाय शिक्षा दी थी, उन्होंने अपना समूचा पेशेवर जीवन शिक्षा प्रणाली में ही बिताया था और उन्हें किसी प्रकार के व्यवसाय का कोई व्यावहारिक अनुभव नहीं था। वास्तव में, उन प्राध्यापकों ने पाँच वर्ष की आयु में जब पहली कक्षा में प्रवेश किया था, तब से लेकर अपनी पढ़ाई पूरी करने और उसके बाद छात्रों को पढ़ाने तक, सारा समय शिक्षा प्रणाली के भीतर ही बिताया था। विडंबना यही है कि जिन प्राध्यापकों को वास्तविक जगत् में व्यवसाय का कोई अनुभव नहीं है, वे लोग छात्रों को व्यवसाय शिक्षा देते हैं। यह कैसी शिक्षा प्रणाली है?

जी हाँ, यह शिक्षा प्रणाली आपको स्वयं व्यवसायी या उद्यमी बनने में सक्षम नहीं बनाती है, बल्कि व्यवसायियों/उद्यमियों के लिए सहायक

प्रबंधकीय कर्मचारी बनाती है। अनुभव के साथ-साथ आप भले ही मुख्य कार्यकारी अधिकारी (सी.ई.ओ.) ही क्यों न बन जाएँ, लेकिन फिर भी व्यवसाय का स्वामी बन पाना बहुधा मुश्किल ही होता है। हो सकता है कि उच्च पदों पर आपको अच्छा वेतन अर्जित करने का अवसर मिले, लेकिन आप कभी भी व्यवसाय स्वामियों की तरह धनी नहीं बन सकते, क्योंकि आपका काम व्यवसाय के घाटे के जोखिम से सुरक्षित रहता है।

अब आप स्वयं से प्रश्न पूछिए कि आपने एम.बी.ए. की उपाधि क्यों प्राप्त की थी, क्या आप व्यवसाय-विद्यालय में व्यवसायी/उद्यमी बनने गए थे या फिर कर्मचारी? आपने जिन प्राध्यापकों से प्रबंधन व आर्थिक सिद्धांत पढ़ा है, उन्हें यह बिल्कुल भी पता नहीं होता है कि बिना किसी बड़ी पूँजी के व्यवसाय शुरू करने के लिए क्या कुछ करना पड़ता है। चूँकि अधिकांश प्राध्यापक आजीवन कर्मचारी ही रहे हैं, इसलिए उन्हें यह पता नहीं होता है कि वास्तविक व्यवसाय जगत् में बने रहने के लिए किन व्यावसायिक कुशलताओं (बिजनेस स्किल) की आवश्यकता होती है। अधिकांश प्राध्यापक शिक्षा जगत् के सुरक्षित बौद्धिक वातावरण, जिनका बाहरी जगत् के तथ्यों व व्यावहारिकताओं से कोई लेना-देना नहीं होता है, से बाहर निकलकर सीधे निगमित जगत् (कॉरपोरेट वर्ल्ड) में आए हुए होते हैं और वे नौकरी-सुरक्षा (जॉब सिक्योरिटी) व मासिक वेतन (मंथली सैलरी) के आदी होते हैं। दूसरे शब्दों में, तथाकथित प्रसिद्ध व्यवसाय-महाविद्यालयों के अधिकांश शिक्षकों के पास भी मूल रूप से महान् व्यवसाय-सिद्धांतों की ही जानकारी होती है, लेकिन उनमें से कुछ लोगों के पास ही

माइक्रोसॉफ्ट में अपनी शेयर हिस्सेदारी को बनाए रखते हुए 1986 में पॉल एलन ने वालकैन इंक की स्थापना की थी, जो विश्व के सबसे सफल प्रौद्योगिकी-निवेश कंपनियों में गिनी जाती है। 1987 में बिल गेट्स को 'फोर्ब्स' पत्रिका की 'विश्व के धनी लोगों की सूची' में शामिल किया गया था, और 1995 से 2007 तक, 2009 में और 2014 के बाद से लगातार पहले स्थान पर बना हुआ था।

महान् व्यावहारिक व्यावसायिक कुशलताएँ होती हैं, जो उन्हें बिना किसी बड़ी पूँजी के व्यवसाय शुरू कर सकने और व्यवसाय जगत् में लगातार बने रहते हुए बड़ा धन अर्जित कर सकने में सक्षम बना सकती हों। सच्चाई यह है कि सैद्धांतिक व्यावसायिक शिक्षा प्रदान करनेवाले अधिकांश शिक्षकों को यह भी पता नहीं होता है कि यदि उन्हें अगले महीने का वेतन न मिले तो वे अपनी आजीविका कैसे चला पाएँगे। यही कारण है कि वास्तव में व्यवसायी या उद्यमी बनने की आकांक्षा रखनेवाले अधिकांश सफल व्यवसायियों/उद्यमियों ने अपनी तथाकथित उच्च-शिक्षाओं को बीच में ही छोड़ दिया था, जिनमें विश्व के सबसे धनी व्यक्ति भी शामिल हैं—

बिल गेट्स व पॉल एलन—1975 में बिल गेट्स व पॉल एलन ने माइक्रोसॉफ्ट की सह-स्थापना की थी, जो विश्व की सबसे बड़ी कंप्यूटर सॉफ्टवेयर कंपनी बन गई। सामग्री-प्रक्रिया कार्यक्रम-निर्माण (सॉफ्टवेर प्रोग्रामिंग) की कुशलता को और अधिक मजबूत बनाने के लिए, पॉल एलन ने वाशिंगटन राज्य विश्वविद्यालय को दो वर्ष की पढ़ाई के बाद ही छोड़ दिया था और हनीबेल कॉरपोरेशन में नौकरी करने लगा था। बाद में माइक्रोसॉफ्ट के बढ़ते कारोबार पर ध्यान केंद्रित करने के लिए पॉल एलन ने बिल गेट्स को भी हार्वर्ड विश्वविद्यालय से अपनी पढ़ाई छोड़ देने के लिए सहमत कर लिया था। माइक्रोसॉफ्ट में अपनी शेयर हिस्सेदारी को बनाए रखते हुए 1986 में पॉल एलन ने वालकैन इंक की स्थापना की थी, जो विश्व के सबसे सफल प्रौद्योगिकी-निवेश कंपनियों में गिनी जाती है। 1987 में बिल गेट्स को 'फोर्ब्स' पत्रिका की 'विश्व के धनी लोगों की सूची' में शामिल किया गया था, और 1995 से 2007 तक, 2009 में और 2014 के बाद से लगातार पहले स्थान पर बना हुआ था। मई, 2017 में 'फोर्ब्स' पत्रिका ने गेट्स का निवल मूल्य (नेटवर्थ) 87.4 अरब डॉलर आँका था, जबकि पॉल एलन का निवल मूल्य 19.9 अरब डॉलर।

अमानसियो ओर्टेगा—स्पेन के रेलवे मजदूर के पुत्र अमानसियो ओर्टेगा ने पिता की गरीबी के कारण 14 वर्ष की आयु में ही पढ़ाई छोड़ दी थी और

दरजी का काम करने लगा था। बाद में उसने अपनी तत्कालीन पत्नी रोसलिया मेरा की मदद से अपने घर में ही महिलाओं के चोगे (ड्रेसिंग गाउन) व अधोवस्त्र (लिंगेरी) बनाना शुरू किया था और 1975 में पहले वस्त्र व सहायक सामग्री भंडार 'जारा' का शुभारंभ किया था। अब यह विश्व के सबसे बड़े फैशन समूह 'इंडीटेक्स' का हिस्सा है, जो विश्वभर में फैले 7200 भंडारों के माध्यम से वार्षिक 20 अरब डॉलर का कारोबार करता है। इसके साथ ही ओर्टेगा को लगातार बढ़ रही अचल संपत्ति कारोबार से भी भारी कमाई होती है। मई, 2017 में 'फोर्ब्स' पत्रिका ने ओर्टेगा की कुल संपत्ति का मूल्य 82.5 अरब डॉलर आँका था, जब वह यूरोप का पहला व विश्व का दूसरा सबसे धनी व्यक्ति था।

ली का-शिंग—पिता की मृत्यु के कारण ली का-शिंग को 12 वर्ष की आयु में ही पढ़ाई छोड़कर प्लास्टिक फैक्ट्री में प्रतिदिन 16 घंटे की दिहाड़ी करनी पड़ी थी। अब वह विश्व का सबसे बड़ा कंटेनर टर्मिनल संचालक, विश्व का सबसे बड़ा स्वास्थ्य व सौंदर्य सामग्री खुदरा विक्रेता, हांगकांग का प्रमुख बिजली आपूर्तिकर्ता व अचल संपत्ति विकासकर्ता (रियल एस्टेट डेवलपर) है। मई, 2017 में 'फोर्ब्स' पत्रिका ने ली की कुल संपत्ति का कुल निवल मूल्य 32.8 अरब डॉलर आँका था, जब वह एशिया का पहला व विश्व का 18वाँ सबसे अधिक धनी था।

शेल्डन एडल्सन—कार-चालक के पुत्र शेल्डन एडल्सन ने 12 वर्ष की आयु में अपने चाचा से 200 डॉलर उधार लेकर समाचार-पत्र बेचना शुरू किया था। बाद में, उसने न्यायालय-संवाददाता (कोर्ट

दत्तक माँ की अचानक मृत्यु के कारण एलिसन को दो वर्षों की पढ़ाई के बाद इलिनोइस विश्वविद्यालय (अर्बाना कैम्पेन) छोड़ देना पड़ा था। बाद में वह शिकागो विश्वविद्यालय में दाखिल हुआ, लेकिन एक वर्ष की पढ़ाई के बाद ही 1966 में 22 वर्ष की आयु में कंप्यूटर सामग्री प्रक्रिया विकास (सॉफ्टवेयर डेवलपमेंट) क्षेत्र में अपना भाग्य आजमाने सिलिकॉन वैली चला गया था।

रिपोर्टर) बनने के लिए सिटी कॉलेज (न्यूयॉर्क) की पढ़ाई छोड़ दी थी। उसने व्यापार-प्रदर्शनी (ट्रेड शो) के माध्यम से अपना भाग्य निर्माण किया था और कंप्यूटर उद्योग के विश्वप्रसिद्ध कार्यक्रम 'कॉमडेक्स' की रचना की थी। बाद में उसने 12.8 करोड़ डॉलर में लॉस वेगास के सैंड्स होटल एंड कैसीनो खरीदकर उसे गिरा दिया था और 1.5 अरब डॉलर की लगात से विनीशियन रिजॉर्ट होटल कैसीनो व 12 लाख वर्ग फुट के 'सेंड्स कन्वेंशन सेंटर' का निर्माण किया था। मई, 2017 में 'फोर्ब्स' पत्रिका ने शेल्डन एडल्सन की संपत्ति का कुल निवल मूल्य 32.7 अरब डॉलर आँका था, जब वह विश्व के सबसे धनी की सूची में 14वें स्थान पर था।

लैरी एलिसन—ओरेकल कॉरपोरेशन के सह-संस्थापक लैरी एलिसन की अविवाहित माँ ने उसे बीमार अवस्था में अपने चाचा-चाची को गोद दे दिया था। दत्तक माँ की अचानक मृत्यु के कारण एलिसन को दो वर्षों की पढ़ाई के बाद इलिनोइस विश्वविद्यालय (अर्बाना कैम्पेन) छोड़ देना पड़ा था। बाद में वह शिकागो विश्वविद्यालय में दाखिल हुआ, लेकिन एक वर्ष की पढ़ाई के बाद ही 1966 में 22 वर्ष की आयु में कंप्यूटर सामग्री प्रक्रिया विकास (सॉफ्टवेयर डेवलपमेंट) क्षेत्र में अपना भाग्य आजमाने सिलिकॉन वैली चला गया था। लंबे संघर्ष के बाद 1977 में उसने ओरेकल की सह-स्थापना की थी, जिसे माइक्रोसॉफ्ट से एक दिन पहले 1986 में सावर्जनिक किया था। मई, 2017 में 'फोर्ब्स' पत्रिका ने लैरी एलिसन की संपत्ति का निवल मूल्य 55.6 अरब डॉलर आँका था, जब वह विश्व के सबसे धनी की सूची में 7वें स्थान पर था।

रोमन अब्रामोविच—बचपन में ही अनाथ हो चुके, रूसी व्यवसायी रोमन अब्रामोविच ने महाविद्यालय की पढ़ाई बीच में छोड़ दी थी। 1995 में उसका भाग्य तब चमका था, जब उसने बोरिस बेरेजोवस्की के साथ मिलकर रूस की चौथी सबसे बड़ी सरकारी तेल कंपनी सिबनेफ्ट (अब गाजप्रॉम नेफ्ट) को केवल 10 करोड़ डॉलर में अधिगृहीत कर लिया था। बाद में उसने इंग्लैंड के फुटबॉल क्लब 'चेल्सा' को खरीदा था। 2111 में 'फोर्ब्स' पत्रिका

ने अब्रामोविच की संपत्ति का निवल मूल्य 13.5 अरब डॉलर आँका था, जो मई, 2017 में केवल 9.1 अरब डॉलर रह गया था।

फ्रेंकोइस पिनाल्ट—फ्रांस की विलासिता सामग्री स्वामित्व कंपनी 'केरिंग' (पहले पी.पी.आर./पीनल्ट-प्रिंटेम्प्स-रेडउट) के संस्थापक व सबसे बड़े शेयरधारक फ्रेंकोइस पिनाल्ट ने सहपाठियों द्वारा अपनी गरीबी का मजाक उड़ाने से ऊबकर उच्च विद्यालय की पढ़ाई छोड़ दी थी और पिता के लकड़ी के कारोबार में हाथ बटाना शुरू कर दिया था। 1963 में 27 वर्ष की आयु में उसने लकड़ी व भवन निर्माण सामग्री कंपनी स्थापित की थी और धीरे-धीरे छोटी कंपनियों को अधिगृहीत करना शुरू कर दिया था। 1992 में विलासिता सामग्रियों के खुदरा विक्रेता समूह 'गुच्ची' की 42 प्रतिशत हिस्सेदारी खरीदने के बाद पिनाल्ट ने 1998 में ब्रिटिश नीलामीघर क्रिस्टी'ज (लंदन) की 30 प्रतिशत हिस्सेदारी खरीद ली थी। लंबे संघर्ष के बाद पिनाल्ट ने 2004 में गुच्ची समूह पर संपूर्ण नियंत्रण प्राप्त कर लिया था। अब केरिंग समूह के स्वामित्व में गुच्ची, अलेक्जेंडर मैक्यूवेन, बालेंसीगा, ब्रियोनी, पुमा, वॉलॉम, सेंट लॉरेंट आदि विलासिता ब्रांड सहित क्रिस्टी'ज नीलामीघर, चार वाइनरी व तीन फ्रांसीसी प्रकाशन कंपनियाँ भी शामिल हैं। इसके अलावा, पिनाल्ट परिवार के पास पाब्लो पिकासो (स्पेन), पीट मोंड्रियन (डच) व जेफ कून्स (अमेरिकी) सहित विश्व के प्रसिद्ध कलाकारों की 3000 से अधिक कलाकृतियों का संग्रह है। मई, 2017 में 'फोर्ब्स' पत्रिका ने पिनाल्ट परिवार की

एप्पल संस्थापक स्टीव जॉब्स, केबल न्यूज नेटवर्क/सी.एन.एन. के संस्थापक टेड टर्नर और उन लोगों से भी पहले थॉमस एडीसन व हेनरी फोर्ड ने भी अपनी पढ़ाई पूरी नहीं की थी, तो कहने का भाव यह है कि वास्तविक जगत् में व्यवसाय निर्माण व धनी बनने के लिए सैद्धांतिक नहीं, बल्कि व्यावहारिक शिक्षा की अधिक आवश्यकता होती है और इन सभी उद्यमियों ने वास्तविक व्यवसाय जगत् को अधिक उत्तेजक समझा था और उसके खट्टे-मीठे अनुभव का आनंद लिया था।

संपत्ति का निवल मूल्य 19.8 अरब डॉलर आँका था।

माइकल डेल—डेल टेक्नोलॉजीज के संस्थापक माइकल डेल ने टेक्सास विश्वविद्यालय (ऑस्टिन) में छात्रावास कक्ष में कंप्यूटर संयोजन का काम शुरू कर दिया था। जल्द ही उसने पढ़ाई छोड़ दी थी और 1984 में 1000 डॉलर की पूँजी से अपना कारोबार शुरू किया था। मई, 2017 में 'फोर्ब्स' पत्रिका ने माइकल डेल की संपत्ति का निवल मूल्य 20.9 अरब डॉलर आँका था जब वह विश्व के सबसे धनी लोगों की सूची में 37वें स्थान पर था।

यह सूची बहुत लंबी हो सकती है। जी हाँ, एप्पल संस्थापक स्टीव जॉब्स, केबल न्यूज नेटवर्क/सी.एन.एन. के संस्थापक टेड टर्नर और उन लोगों से भी पहले थॉमस एडीसन व हेनरी फोर्ड ने भी अपनी पढ़ाई पूरी नहीं की थी, तो कहने का भाव यह है कि वास्तविक जगत् में व्यवसाय निर्माण व धनी बनने के लिए सैद्धांतिक नहीं, बल्कि व्यावहारिक शिक्षा की अधिक आवश्यकता होती है और इन सभी उद्यमियों ने वास्तविक व्यवसाय जगत् को अधिक उत्तेजक समझा था और उसके खट्टे-मीठे अनुभव का आनंद लिया था। सावधान! यह सब कहने का अर्थ यह नहीं है कि सैद्धांतिक ज्ञान का व्यावहारिक जीवन में कोई महत्त्व नहीं है, लेकिन उसको व्यवहार में लाना अधिक आवश्यक है। जब तक व्यवसाय में कूदते नहीं हैं और उसका प्रत्यक्ष अनुभव हासिल नहीं करते हैं, तब तक व्यावसायिक कुशलताएँ हासिल कर पाना संभव नहीं हो पाता और यदि आप वास्तविक जीवन के उद्यमियों/व्यवसायियों की कुशलताएँ सीखने के इच्छुक हैं, तो संजाल-विपणन अद्‍भुत प्रशिक्षण मंच है। हाँ, शर्त केवल एक है कि आप इस क्षेत्र में सक्रिय सच्ची कंपनी को ही चुनते हैं, जो वास्तव में लोगों को प्रशिक्षित करने में रुचि लेती है।

जब आप अपने लिए सटीक संजाल-विपणन कंपनी की खोज करेंगे और विभिन्न कंपनियों की विचार गोष्ठियों में वास्तविक जगत् के अनुभवी लोगों को सुनेंगे, तो आपको यह पता लगाने में मुश्किल नहीं होगी कि किन लोगों के साथ काम करना आपके लिए शिक्षाप्रद होगा। ऐसे अनुभवी लोगों के भाषण में आपको सैद्धांतिकता का नहीं, व्यावहारिकता का अनुभव होगा

और आप उनकी बातों में स्वत: ही सिर हिलाने के लिए विवश हो जाएँगे, लेकिन संजाल-विपणन के सफल नेतृत्वकर्ता केवल वास्तविक जीवन की व्यावसायिक कुशलताएँ ही नहीं सिखाते हैं, बल्कि वे सफल होने के लिए आवश्यक वास्तविक जगत् के मानसिक व भावनात्मक मनोभाव भी जाग्रत् करते हैं। यदि आप अपने जीवन में आमूलचूल बदलाव लाना चाहते हैं, तो आपको कई संजाल-विपणन विचार गोष्ठियों में अनमोल शिक्षा हासिल करने के अवसर मिलेंगे।

इन विचार गोष्ठियों में जब आप बाद में प्रशिक्षकों से बातचीत करेंगे तो आपको पता चलेगा कि वे लोग न केवल अपने व्यवसाय से, बल्कि निवेशों से भी कितना अधिक धन कमा रहे हैं। कई तो ऐसे भी मिलेंगे, जो निगमित जगत् के मुख्य कार्यकारी अधिकारियों से कई गुना अधिक कमाई कर रहे होते हैं। जब आप इन प्रशिक्षकों से और अधिक गहरा संपर्क बना लेंगे तो आपको पता चलेगा कि वे पहले से ही धनी हैं और उन्हें धन कमाने के लिए लोगों को व्यवसाय प्रशिक्षण देने की कोई आवश्यकता नहीं है, लेकिन फिर भी वे लोगों को पढ़ाते हैं, क्योंकि उन्हें लोगों को पढ़ाने का जुनून है, वे दूसरों को भी अपनी ही तरह धनी बनाने में मदद करना चाहते हैं और उनके इस जुनून का सबसे प्रमुख कारण यह है कि संजाल-विपणन व्यवसाय नेतृत्वकर्ताओं द्वारा लोगों को ऊपर उठाने पर ही आधारित है। इसके विपरीत पारंपरिक व्यवसाय कुछ लोगों को पदोन्नत करने और बाकी अधिकांश लोगों को अपने वेतन से ही संतुष्ट बनाए

अब सहज ही प्रश्न उठता है कि आखिर जीवन बदलनेवाली शिक्षा क्या है? जीवन बदलनेवाली शिक्षा प्रणाली का ढाँचा चतुर्पार्शवीय (टेट्राहेड्रोन) होता है, जिसे सामान्य रूप से पिरामिड ढाँचा भी कहा जा सकता है और हम जानते हैं कि मिस्र के पिरामिड अपने चतुर्पार्शवीय ढाँचे के कारण ही शताब्दियों से अपने आकार में बने हुए हैं। कहने का भाव यह है कि चतुर्पार्शवीय (टेट्राहेड्रोन) अधिक सुस्थिर व टिकाऊ होता है।

रखने की रणनीति पर निर्भर करता है। पारंपरिक व्यवसाय के प्रबंधकों की तरह संजाल-विपणन के प्रशिक्षक आपको कभी भी ऐसा नहीं कहेंगे, 'यदि आप कार्य-प्रदर्शन नहीं करते हैं तो आप अपनी नौकरी खो सकते हैं।' वे कहेंगे, 'चलो, मैं आपको अच्छा, अधिक अच्छा करने में मदद करता हूँ।' वे यह भी कहेंगे, 'आप सीखने में जितना समय लेना चाहें, लें। आप जब तक सीखना चाहेंगे, मैं आपको पढ़ाने के लिए उपलब्ध रहूँगा। हम लोग एक ही कार्यदल के सदस्य हैं।' जब आप सचमुच में ऐसे संवाद सुनेंगे तो उत्साहित, आनंदित हुए बिना नहीं रह सकेंगे। यही कारण है कि संजाल-विपणन व्यवसाय से जुड़े लगभग सभी लोग आपको उत्साहित ही मिलेंगे, क्योंकि आपको सिखाने में, आपको सफल बनाने में ही उन्हें अधिक कमाई करने का मौका मिलता है।

तो यदि आप संजाल-विपणन व्यवसाय की छानबीन कर रहे हैं, तो इस क्षेत्र में शीर्ष पर बैठे लोगों से भेंट करें; उन लोगों से मिलें, जो इस व्यवसाय में सफल हैं, और फिर स्वयं से पूछें कि क्या आप उनसे सीखना चाहते हैं? याद रहे कि संजाल-विपणन क्षेत्र की कंपनियाँ वास्तविक जीवन के और अधिक महत्त्वपूर्ण विषयों को पढ़ाती हैं। इन विषयों में सफलता का मनोभाव (सक्सेस एटीट्यूड), नेतृत्व कुशलता (लीडरशिप स्किल), संचार कुशलता (कम्युनिकेशन स्किल), लोक-व्यवहार की कुशलता (पब्लिक बिहेवियर स्किल), व्यक्तिगत भय, संदेह व आत्मविश्वास की कमी पर काबू पाने की कुशलता, अस्वीकृति के भय पर काबू पाने की कुशलता, धन-प्रबंधन कुशलता (मनी मैनेजमेंट स्किल), लेखांकन कुशलता (एकाउंटिंग स्किल), समय-प्रबंधन कुशलता (टाइम मैनेजमेंट स्किल), लक्ष्य निर्धारण कुशलता (गोल सेटिंग स्किल) व सफलता के लिए सजने की कुशलता आदि शामिल होते हैं। आपको यह जानकर बहुत खुशी होगी कि संजाल-विपणन व्यवसाय में सफल अधिकांश लोगों को संजाल-विपणन प्रशिक्षण कार्यक्रमों से ही इन सभी विषयों की कुशलताएँ सीखने का मौका मिला है। भले ही आप संजाल-विपणन प्रणाली के शीर्ष पर नहीं पहुँचें, या फिर बहुत अधिक धन नहीं कमा सकें, लेकिन प्रशिक्षण से प्राप्त ये सभी कुशलताएँ आपको अपने शेष जीवन

को सुधारने के लिए बहुत ही महत्त्वपूर्ण साबित होंगी। जिस किसी भी संजाल-विपणन कंपनी के साथ आप व्यवसाय कर रहे हैं, यदि उसकी शैक्षिक योजना अच्छी है, तो यह निश्चित है कि वह आपके जीवन को अच्छे के लिए और हमेशा के लिए सुधार देगी।

अब सहज ही प्रश्न उठता है कि आखिर जीवन बदलनेवाली शिक्षा क्या है? जीवन बदलनेवाली शिक्षा प्रणाली का ढाँचा चतुर्पार्श्वीय (टेट्राहेड्रोन) होता है, जिसे सामान्य रूप से पिरामिड ढाँचा भी कहा जा सकता है और हम जानते हैं कि मिस्र के पिरामिड अपने चतुर्पार्श्वीय ढाँचे के कारण ही शताब्दियों से अपने आकार में बने हुए हैं। कहने का भाव यह है कि चतुर्पार्श्वीय (टेट्राहेड्रोन) अधिक सुस्थिर व टिकाऊ होता है। इसलिए जीवन बदलनेवाली सुस्थिर व टिकाऊ शैक्षिक ढाँचे के लिए भी चतुर्पार्श्वीय होना आवश्यक माना गया है और उसमें मानसिक (मेंटल), भावनात्मक (इमोशनल), शारीरिक (फिजिकल) व आध्यात्मिक शिक्षाओं को शामिल किया गया है।

पारंपरिक शिक्षा प्राथमिक रूप से मानसिक शिक्षा पर केंद्रित होती है। यह हमें पढ़ने, लिखने व गणना करने की आधारभूत कुशलताएँ सिखाती है और ये सभी महत्त्वपूर्ण कुशलताएँ होती हैं। इन्हें संज्ञानात्मक कुशलताएँ (कॉग्निटिव स्किल) भी कहा जाता है, लेकिन पारंपरिक शिक्षा का दोष यह है कि

मनुष्य जो कुछ भी सीखता है, अपनी गलतियों से ही सीखता है। हम सभी ने बार-बार गिरकर व सँभलकर ही चलना सीखा है। याद कीजिए, आपने साइकिल चलाना कैसे सीखा था? यदि आप गिरे न होते और फिर सँभलकर बार-बार कोशिश न की होती, तो क्या साइकिल चलाना सीख पाते? हाँ, यदि आप अपनी गलतियों से सीखते नहीं हैं, तो इसका तात्पर्य यही निकलता है कि आप सीखने के इच्छुक नहीं हैं और जानबूझकर गलती कर रहे हैं। वैसी स्थिति में आपकी गलती 'अपराध' मानी जा सकती है, क्योंकि ऐसा संभव ही नहीं है कि कोई कोशिश करे, लेकिन सीख न सके।

वह भावनात्मक, शारीरिक व आध्यात्मिक शिक्षाओं पर बहुत हद तक नकारात्मक प्रभाव डालती है। वास्तव में, पारंपरिक शिक्षा 'डर की भावना', विशेष रूप से 'गलती करने का डर' पैदा करती है, जो असफलता की दिशा में आगे बढ़ाती है। याद कीजिए, आपको सीखने के लिए प्रेरित करने की जगह, आपके शिक्षक आपको इस प्रकार का डर दिखाते होंगे, 'यदि तुम अच्छे अंक नहीं प्राप्त करोगे, तुम्हें ऊँचे वेतनवाली नौकरी नहीं मिलेगी।' इतना ही नहीं, जब आप विद्यालय में होंगे तो आपको गलती करने का दंड भी मिला होगा। इस तरह विद्यालय में आपने गलती करके डरना सीखा है। विडंबना यह है कि वास्तविक जीवन में बिना गलती किए आगे बढ़ पाना संभव ही नहीं है और जो आगे बढ़े हैं, उनमें से सभी ने लगातार गलतियाँ की हैं और फिर अपनी उन्हीं गलतियों से सीखा भी है। इस तरह, पारंपरिक शिक्षा प्रणाली द्वारा हमारे अवचेतन मन में पैदा की गई 'गलती करने, डर की भावना' हमें वास्तविक जीवन में आगे बढ़ने के लिए जोखिम उठाने से रोकती है।

संयोग से यदि आपके माता-पिता पारंपरिक शिक्षा प्रणाली के शिक्षक हैं, तो वे भी आपको हमेशा यही चेतावनी देते रहे होंगे कि गलती करना अपराध है, लेकिन यदि आप धनी व सफल व्यक्तियों से मिलेंगे, तो बिल्कुल उल्टी बात करेंगे; वे आपको अपनी बड़ी-बड़ी गलतियों की कहानियाँ सुनाकर बताएँगे कि किस प्रकार व्यक्ति विशेष सीखता और आगे बढ़ता है। वास्तव में, मनुष्य जो कुछ भी सीखता है, अपनी गलतियों से ही सीखता है। हम सभी ने बार-बार गिरकर व सँभलकर ही चलना सीखा है। याद कीजिए, आपने साइकिल चलाना कैसे सीखा था ? यदि आप गिरे न होते और फिर सँभलकर बार-बार कोशिश न की होती, तो क्या साइकिल चलाना सीख पाते ? हाँ, यदि आप अपनी गलतियों से सीखते नहीं हैं, तो इसका तात्पर्य यही निकलता है कि आप सीखने के इच्छुक नहीं हैं और जानबूझकर गलती कर रहे हैं। वैसी स्थिति में आपकी गलती 'अपराध' मानी जा सकती है, क्योंकि ऐसा संभव ही नहीं है कि कोई कोशिश करे, लेकिन सीख न सके। हाँ, अलग-अलग

व्यक्तियों के लिए गलती से सीखने की प्रक्रिया की गति 'धीमी' या 'तेज' हो सकती है।

यह हमारी पारंपरिक शिक्षा का ही दोष है कि अधिकांश लोग गलती करने के बाद भी उसे स्वीकार नहीं करते और उसे झुठलाने की हर संभव कोशिश करते हैं और ऐसा इसलिए करते हैं कि उन्हें बचपन से यही सिखाया गया है कि गलती करना अपराध है और बड़े होकर वे अपनी स्वाभाविक गलतियों को स्वीकार कर पाने में भावनात्मक रूप से आतंकित हो उठते हैं। इस प्रकार अपनी गलतियों को छिपाकर अधिकांश लोग सीखने के अवसर को गँवाते रहते हैं। जी हाँ, जब हम गलती करते हैं और अपनी गलती को किसी दूसरे पर नहीं थोपते या उसे सही ठहराने या बहाना बनाने की कोशिश किए बिना उसे स्वीकार करते हैं, तो वह हमारे सीखने की स्वाभाविक प्रक्रिया होती है। इसके विपरीत जब हम गलती करते हैं और जानबूझकर उस गलती को दूसरों पर थोपने या सही ठहराने या बहाना बना कर उसे स्वीकार नहीं करते हैं, तो हम न केवल स्वयं की सीखने की स्वाभाविक प्रक्रिया में बाधा पहुँचाते हैं, बल्कि हम झूठ बोलकर सामाजिक 'अपराध' भी करते हैं। अपनी गलती को स्वीकार न करने, अर्थात् झूठ बोलने की आदत ही व्यक्ति-विशेष के चरित्र की कमजोरी मानी जाती है। रोचक तथ्य यह है कि शीर्ष पदों पर बैठे हुए लोग भी इस आदत के शिकार हैं और यह सब हमारी पारंपरिक शिक्षा-प्रणाली का ही दोष है।

यदि आपने किसी पारंपरिक व्यावसायिक संगठन में, विशेष रूप से बिक्री व विपणन विभाग में काम किया हो, तो आपको यह कड़वा अनुभव अवश्य ही हुआ होगा कि लक्ष्य प्राप्त न कर पाने की स्थिति में किस प्रकार बेरहमी से नौकरी छीन ली जाती है।

ध्यान दें तो स्पष्ट होगा है कि व्यवसाय करने की परंपरागत प्रणाली भी हमारी पारंपरिक शिक्षा प्रणाली जैसी ही है और वहाँ भी गलती कर सीखने की स्वाभाविक प्रक्रिया को बाधित किया जाता है। यही कारण है कि अधिकांश व्यावसायिक संस्थानों में जब किसी कर्मचारी या अधिकारी से गलती होती है,

तो उसे बहुधा नौकरी से निकाल दिया जाता है, या फिर दंडित किया जाता है। जी हाँ, ऐसे बहुत ही कम संगठन हैं, जहाँ कर्मचारियों या अधिकारियों की गलती की स्वाभाविकता को परखने की कोशिश की जाती है, उन्हें स्वयं की कार्यशैली में सुधार का अवसर प्रदान किया जाता है, लेकिन संजाल-विपणन व्यवसाय में आपको गलतियाँ करने, उन्हें ठीक करने, स्वयं को मानसिक व भावनात्मक रूप से अधिक होशियार बनाने के लिए प्रेरित किया जाता है। यदि आपने किसी पारंपरिक व्यावसायिक संगठन में, विशेष रूप से बिक्री व विपणन विभाग में काम किया हो, तो आपको यह कड़वा अनुभव अवश्य ही हुआ होगा कि लक्ष्य प्राप्त न कर पाने की स्थिति में किस प्रकार बेरहमी से नौकरी छीन ली जाती है। यही कारण है कि निगमित जगत् में काम करनेवाले अधिकांश लोग हमेशा डर के वातावरण में अपने दिन गुजारते रहते हैं, उनका स्वाभाव बिना रीढ़ के केंचुए जैसा हो जाता है, वे छोटी-से-छोटी गलती करने से घबराते हैं और कभी भी कोई बड़ा फैसला करने की हिम्मत नहीं जुटा पाते। भला ऐसे कुंठित मानव संसाधनों से संगठन का विकास कैसे संभव हो सकता है?

संजाल-विपणन कंपनियाँ जितना शारीरिक शिक्षा के लिए उत्साहित करती हैं, उतना ही मानसिक शिक्षा के लिए भी। वे आपको वास्तविक जगत् में जाने और कार्य के माध्यम से अपने डर का सामना करने, गलतियाँ करने, उन गलतियों से सीखने और इस प्रक्रिया में मानसिक, भावनात्मक व शारीरिक रूप से अधिक मजबूत होने के लिए उत्साहित करती हैं।

लेकिन संजाल-विपणन व्यवसाय में नेतृत्वकर्ताओं का ध्यान उन लोगों के साथ काम करने पर केंद्रित होता है, जो अच्छा नहीं कर पा रहे होते हैं और उन्हें आगे बढ़ने के लिए उत्साहित करने पर होता है, न कि उन्हें बाहर निकालने पर। यदि आप आर्थिक रूप से सफल लोगों के नजदीक जाएँगे, तो आपको पता चलेगा कि वे इसलिए सफल नहीं हुए हैं कि अधिकांश लोगों से अधिक प्रतिभाशाली थे, बल्कि वे अधिकांश

लोगों से भी अधिक बार असफल हुए थे और वे इसलिए सफल हो सके थे कि उन्होंने अपनी गलतियों से सीखने की कोशिश की थी। इस प्रक्रिया में वे लगातार स्वयं को सुधारते रहे थे और अपने मानसिक व भावनात्मक डर पर काबू पाकर लगातार आगे बढ़ते चले गए थे। चूँकि संजाल-विपणन व्यवसाय में आपको गलतियाँ करने, उन्हें ठीक करने, सीखने व आगे बढ़ने का ही प्रशिक्षण दिया जाता है, इसलिए इसे जीवन बदलनेवाली व्यवसाय शिक्षा प्रणाली भी कहा जाता है।

संजाल-विपणन व्यवसाय आपको शारीरिक शिक्षा भी प्रदान करता है। ध्यान दें तो पता चलेगा कि लोग गलतियाँ करने से इसलिए डरते हैं; क्योंकि वे बहुत कुछ नहीं करते। अधिकांश लोग जानते हैं कि सीखना वास्तव में जितनी मानसिक प्रक्रिया है, उतनी ही शारीरिक प्रक्रिया भी। पढ़ना व लिखना भी उसी तरह शारीरिक प्रक्रिया है, जैसे कि साइकिल सीखना या टेनिस या फुटबॉल या कोई अन्य खेल सीखना। यदि आप पर केवल सही उत्तर जानने की शर्त लगा दी जाए और गलतियाँ करने की छूट न दी जाए, तो बहुत अधिक आशंका है कि आपकी शैक्षिक प्रक्रिया बाधित हो जाएगी। यदि आप सभी उत्तर जानते हैं, लेकिन कोई भी कोशिश करने से आतंकित हैं, तो आपकी प्रगति कैसे हो सकती है? संजाल-विपणन कंपनियाँ जितना शारीरिक शिक्षा के लिए उत्साहित करती हैं, उतना ही मानसिक शिक्षा के लिए भी। वे आपको वास्तविक जगत् में जाने और कार्य के माध्यम से अपने डर का सामना करने, गलतियाँ करने, उन गलतियों से सीखने और इस प्रक्रिया में मानसिक, भावनात्मक व शारीरिक रूप से अधिक मजबूत होने के लिए उत्साहित करती हैं।

लेकिन पारंपरिक शिक्षा प्रणाली आपको क्या सीखने के लिए प्रोत्साहित करती है? वह आपको केवल तथ्यात्मक जानकारियाँ हासिल करना व गलतियों से बचना सिखाती है और इस प्रक्रिया में वह आपको डरपोक बनाती है तथा परोक्ष रूप से आपको कोई भी कार्य करने से रोकती है। इस तरह, पारंपरिक शिक्षा आपको शारीरिक शिक्षा से भी वंचित रखती है। हम सभी

हम सभी के भीतर तीन प्रकार के लोगों का निवास है–धनी व्यक्ति, गरीब व्यक्ति व मध्यमवर्गीय व्यक्ति। तो यह हमारा दायित्व है कि हम अपने भीतर के किस व्यक्ति को जगाकर बाहर ला पाते हैं। विश्व का पारंपरिक व्यवसाय मुख्य रूप से दो भावनाओं–लालच व डर पर आधारित है। अधिकांश लोग धनी नहीं बन सके हैं, तो इसका कारण कुछ लोगों का 'लालच' नहीं है, बल्कि अधिकांश लोगों का 'डर' है।

जानते हैं कि डर के वातावरण में जीवन जीना न तो मानसिक रूप से स्वास्थ्यकर होता है और न ही भावनात्मक, शारीरिक या आर्थिक रूप से। कुछ धनी व सफल लोग इसलिए नहीं होते हैं कि वे दूसरों से शैक्षिक रूप से अधिक होशियार होते हैं, बल्कि इसलिए होते हैं कि वे अधिकांश लोगों की तुलना में बहुत पहले से ही उद्यम करना शुरू कर देते हैं, इस क्रम में अधिक गलतियाँ करते हैं, अपनी गलतियों को स्वीकार करते हैं और अपनी गलतियों से लगातार नए पाठ सीखते हैं। वे कभी रुकते नहीं, वे आगे बढ़ते हैं, नई गलतियाँ करते हैं, उनसे नए पाठ सीखते हैं और भविष्य में और भी अधिक गलतियाँ करने की कोशिश करते हैं, ताकि और अधिक सीखने का अवसर मिल सके और वे अपने जीवन में आगे बढ़ सकें। जब तक हम कुछ नया आजमाने, गलतियाँ करने के जोखिम उठाने को और उनसे कुछ नया सीखने के इच्छुक नहीं हैं, तो हम अपना भविष्य नहीं सुधार सकते।

इतना ही नहीं, संजाल-विपणन व्यवसाय के सफल नेतृत्वकर्ता इस प्रकार से प्रशिक्षित होते रहे हैं कि उनमें लोगों की आध्यात्मिक भावना को भी जगाने की क्षमता आ गई है। ध्यान रहे कि यहाँ पर 'आध्यात्मिकता' का अर्थ किसी भी पूजा-पद्धति (रिलिजन) से नहीं, बल्कि सार्वभौमिक मानवीय आत्मीयता (यूनिवर्सल ह्यूमन इंटिमेसी) से है। संजाल-विपणन क्षेत्र के नेतृत्वकर्ता जब जनसाधारण को अपनी मानवीय सीमाओं, अपने संदेहों व डर के पार जाने के लिए प्रेरित करते हैं, तो वे वास्तव में मनुष्य की जन्मजात महानता, मनुष्य की आत्मा को जगाने का काम करते हैं। यही कारण है कि

वे अपने पीछे आनेवाले लोगों को परोक्ष रूप से आध्यात्मिक शिक्षा भी प्रदान करते हैं। क्या यही कारण नहीं है कि संजाल-विपणन क्षेत्र के नेतृत्वकर्ता अपनी ही तरह दूसरों को भी आर्थिक स्वतंत्रता हासिल करने में मदद करने को तत्पर होते हैं?

ध्यान रहे कि हम सभी के भीतर तीन प्रकार के लोगों का निवास है—धनी व्यक्ति, गरीब व्यक्ति व मध्यमवर्गीय व्यक्ति। तो यह हमारा दायित्व है कि हम अपने भीतर के किस व्यक्ति को जगाकर बाहर ला पाते हैं। विश्व का पारंपरिक व्यवसाय मुख्य रूप से दो भावनाओं—लालच व डर पर आधारित है। अधिकांश लोग धनी नहीं बन सके हैं, तो इसका कारण कुछ लोगों का 'लालच' नहीं है, बल्कि अधिकांश लोगों का 'डर' है। यदि आप धनी बनना चाहते हैं, तो आपको अपने भीतर के 'डर' को निकालना होगा और गलतियाँ करने का जोखिम उठाने का साहस प्रदर्शित करना होगा, तभी आप अपने भविष्य की उड़ान भरने में सक्षम हो सकते हैं। यदि संजाल-विपणन व्यवसाय आपके अंदर के डर को दूर भगाने में और आपकी महान् संभावनाओं को हवा देने में मदद करता है, तो वह वास्तव में आपकी 'आध्यात्मिक शक्ति' को ही जगाने और आपके जीवन में आमूलचूल बदलाव लाने का काम करता है।

□

4

मित्रों का पूरा नया संसार

जो लोग संजाल-विपणन प्रणाली की छानबीन करते हैं, उन्हें यह समझने में देर नहीं लगती कि इस क्षेत्र में व्यापक व्यवसाय संभावनाएँ हैं और वे अपने आर्थिक जीवन में आमूलचूल बदलाव लाने की आकांक्षा भी रखते हैं, लेकिन इस दिशा में अंतिम कदम बढ़ाने से पहले लगभग हर व्यक्ति के मस्तिष्क में एक सामान्य प्रश्न जरूर उभरता है, 'मेरे मित्र क्या कहेंगे··· वे यही समझेंगे कि मैं पागल हो गया हूँ।' यह हमारा अवचेतन मस्तिष्क में बैठा 'डर' ही है, जो हमारे उज्ज्वल भविष्य के सामने बहुत बड़ी मनोविज्ञान बाधा के रूप में डटकर खड़ा हो जाता है और हममें से अधिकांश 'करें या न करें' की उधेड़बुन में पड़ने से बच नहीं पाते हैं और जब तक आप इस बाधा को जोर से ठोकर मारने की हिम्मत नहीं जुटाएँगे, तब तक 'मित्रों का पूरा नया संसार' आपकी मदद के लिए सामने नहीं आ सकेगा।

यदि आप किसी व्यावसायिक परिवार में नहीं पैदा हुए हैं और आपके सगे-संबंधियों में कोई व्यवसायी नहीं है, तो आपको सभी ने यही बताया होगा कि व्यवसाय बहुत जोखिम का काम होता है, इसलिए पढ़-लिखकर अच्छी नौकरी करना ही अधिक सुरक्षित है।

जी हाँ, संजाल-विपणन व्यवसाय आपको ऐसे संभावनाशील व उत्साही मित्रों का पूरा नया संसार प्रदान करता है, जो आपको भी सफल होने में मदद के लिए तत्पर होता है। जब आप इस क्षेत्र की कंपनियों के प्रशिक्षण कार्यक्रमों

में हिस्सा लेंगे, तो आपको पता चलेगा कि कई अकेली माताएँ भी इस क्षेत्र में सक्रिय हैं और वे अच्छी कमाई से न केवल अपने बच्चों का भरण-पोषण कर पा रही हैं, बल्कि अपना आर्थिक भविष्य भी सँवार रही हैं। रोचक तथ्य यह भी सामने आएगा कि इस व्यवसाय में अंशकालिक रूप से काम करनेवाली ये माताएँ पूर्णकालिक रूप से अपने बच्चों का लालन-पालन कर रही होती हैं और ऐसा संजाल-विपणन व्यवसाय से ही संभव हो सकता है। जब आप ऐसी अकेली जीवन जीनेवाली माताओं की कहानियाँ सुनेंगे तो हैरान हो जाएँगे कि विवाह-विच्छेद के बाद उनके जीवन में कितनी भयानक निराशा छा गई थी, जो संजाल-विपणन व्यवसाय के कारण फिर से आशाजनक हो गई है। इतना ही नहीं, आपको पता चलेगा कि इन माताओं के लिए केवल 'धन' ही सबसे अधिक महत्त्वपूर्ण नहीं था, बल्कि इस व्यवसाय ने उनको नया जीवन प्रदान किया था।…वे एक बार फिर से वह सपना देख पाने में सक्षम हो गई हैं, जो वे वर्षों से देख पाने का साहस नहीं जुटा पा रही थीं और ऐसा इसलिए संभव हुआ था कि उन्हें मित्रों को पूरा नया संसार मिल गया था।

बड़े होकर क्या बनना चाहते हैं आप ?

जब आप बच्चे होंगे, तो आपके माता-पिता व सगे-संबंधी यह प्रश्न अवश्य पूछते होंगे, 'बड़े होकर तू क्या बनेगा ?' स्पष्ट है कि आप उन्हें कोई सटीक उत्तर नहीं दे पाते होंगे और यदि आपको उत्तर पता होगा, तो वह भी आपके माता-पिता द्वारा आपके मस्तिष्क में बिठाया गया होगा। यदि आपके पिता नौकरी कर रहे होंगे, तो उन्होंने आपको अच्छे अंक प्राप्त कर अच्छी आमदनीवाली सुरक्षित नौकरी प्राप्त करने का सुझाव दिया होगा। हो सकता है कि आपकी माता ने आपको चिकित्सक (डॉक्टर), वकील (लॉयर) या अधिकारप्राप्त लेखापाल (चार्टर्ड अकाउंटेंट) बनने का सुझाव दिया हो, ताकि आप धनी बने सकें। जी हाँ, यदि आप किसी व्यावसायिक परिवार में नहीं पैदा हुए हैं और आपके सगे-संबंधियों में कोई व्यवसायी नहीं है, तो आपको सभी ने यही बताया होगा कि व्यवसाय बहुत जोखिम का काम होता

है, इसलिए पढ़-लिखकर अच्छी नौकरी करना ही अधिक सुरक्षित है।

वास्तव में विश्व का मानव समुदाय चार प्रकार के नकदी प्रवाहवाले आय वृत्त-खंड (इनकम क्वाड्रेंट) में बँटा हुआ है—कर्मचारी (एम्प्लोई), स्व-नियोजित/स्व-रोजगार (सेल्फ एम्पलॉयड), व्यवसाय स्वामी (बिजनेस ओनर) व निवेशक (इन्वेस्टर)। इन सभी आय वृत्त-खंड के अपने-अपने मूल्य हैं। यदि आप नौकरी करते हैं और आपका नकदी प्रवाह मासिक वेतन के माध्यम से ऐसे व्यवसाय से आता है, जिसके आप स्वामी नहीं हैं, तो आप 'कर्मचारी' आय वित्त-खंड में आते हैं, जहाँ पर आपकी आमदनी एक निश्चित सीमा में बँधी होती है। यदि आप चिकित्सक, वकील, अधिकारप्राप्त लेखापाल या किसी ऐसे छोटे व्यवसाय के स्वामी हैं, जहाँ आपको स्वयं ही विशेषज्ञ के रूप में काम करना पड़ता है, तो आपकी आय स्वरोजगार वित्त-खंड में आती है। यदि आप किसी बड़े व्यवसाय में हिस्सेदारी निवेश करते हैं, तो आपकी आय 'निवेशक' वित्त-खंड में आती है और यदि आप किसी बड़े व्यवसाय के स्वामी हैं, जहाँ बहुत से लोग आपके लिए काम करते हैं, तो आपकी आय 'व्यवसाय' वृत्त-खंड में आती है।

ध्यान देने की बात है कि हरेक आय वृत्त-खंडवाले व्यक्ति का एक निश्चित मूल्य/महत्त्व (वैल्यू) होता है। उदाहरण के लिए, 'कर्मचारी' आय वृत्त-खंड का व्यक्ति भले ही किसी कंपनी का चौकीदार हो या फिर अध्यक्ष (प्रेसिडेंट), वे सभी एकसमान नियम या महत्त्व की सीमा में बँधे होते हैं अर्थात् कर्मचारी वर्ग के सभी लोग 'निश्चित वेतन के साथ सुरक्षित नौकरी' के लिए ही किसी कंपनी में अपनी सेवा दे रहे होते हैं। चूँकि वे कंपनी की 'हानि' (लॉस) के जोखिम से सुरक्षित होते हैं, इसलिए उनका कंपनी के 'लाभ' (प्रॉफिट) से भी कोई लेना-देना नहीं होता है। इस प्रकार कर्मचारी आय वित्त-खंडवाले व्यक्तियों का आधारभूत मूल्य 'सुरक्षा' (सिक्योरिटी) ही है।

लेकिन स्व-नियोजित आय वृत्त-खंड के व्यक्तियों का आधारभूत मूल्य 'स्वतंत्रता' है। ऐसे लोग किसी दूसरे के आदेश से काम नहीं करते, बल्कि

स्वयं के लिए काम करते हैं, क्योंकि उनके लिए 'स्वतंत्रता' सबसे अधिक महत्त्वपूर्ण होती है। जब कोई व्यक्ति नौकरी का त्याग करता है और अपना स्वयं का काम शुरू करता है, तो उसकी आय स्व-नियोजित आय वृत्त-खंड में ही आती है। इस श्रेणी के लोग मुख्य रूप से विशेषज्ञ, सलाहकार या छोटे व्यवसाय के स्वामी होते हैं। ऐसे लोग एक-दो-तीन सहायकों के साथ काम करनेवाले परिश्रमी व्यक्ति होते हैं। अधिकार-प्राप्त बिक्रीकर्ता, अचल संपत्ति के प्रतिनिधि आदि भी इसी श्रेणी के लोग होते हैं, जिनकी आय स्वयं के परिश्रम पर निर्भर करती है। चिकित्सक, वकील, अधिकार प्राप्त लेखापाल आदि भी या तो स्वतंत्र रूप से काम करते हैं या संबंधित क्षेत्र के प्रतिष्ठानों में साझीदार (पार्टनर) या सलाहकार के रूप में और वे सभी इसी आय वृत्त-खंड में आते हैं।

व्यवसाय आय वृत्त-खंड में आनेवाले लोग वे होते हैं, जो शून्य से बड़ा व्यवसाय खड़ा कर पाने में सक्षम साबित हुए होते हैं। ऐसे व्यक्ति बहुधा शक्तिशाली जीवन-लक्ष्यवाले होते हैं, जो सामूहिक कार्य-भावना (टीम वर्क) को महत्त्व देते हैं और जहाँ तक संभव हो, अधिक-से-अधिक लोगों के साथ मिलकर बहुत बड़े समुदाय की सेवा के लिए काम करते हैं।

व्यवसाय आय वृत्त-खंड में आनेवाले लोग वे होते हैं, जो शून्य से बड़ा व्यवसाय खड़ा कर पाने में सक्षम साबित हुए होते हैं। ऐसे व्यक्ति बहुधा शक्तिशाली जीवन-लक्ष्यवाले होते हैं, जो सामूहिक कार्य-भावना (टीम वर्क) को महत्त्व देते हैं और जहाँ तक संभव हो, अधिक-से-अधिक लोगों के साथ मिलकर बहुत बड़े समुदाय की सेवा के लिए काम करते हैं। हमने पहले अध्याय में जिन महान् उद्यमियों की चर्चा की है, वे सभी इसी श्रेणी में आते हैं। ध्यान दें तो पता चलेगा कि स्व-नियोजित श्रेणी के लोग 'स्वयं' की विशेषज्ञता पर बल देते हैं और अपने क्षेत्र में सर्वोत्तम बनने की कोशिश करते हैं, जबकि 'व्यवसाय' श्रेणी के व्यक्ति बहुधा दूसरे ऐसे लोगों

की खोज में रहते हैं, जो अपने क्षेत्र में सर्वोत्तम हों और उनके कार्यसमूह में शामिल होने को तैयार हों। आप किसी भी बड़े उद्यमी/व्यवसायी का उदाहरण लें, उनके कार्य-समूहों में उनसे अधिक योग्यता व कुशलतावाले लोग शामिल होते हैं, लेकिन स्व-नियोजित श्रेणी के लोग अपने छोटे से कार्यदल में सर्वोत्तम होते हैं।

निवेशक आय वृत्त-खंडवाले व्यक्ति का आधारभूत मूल्य 'आर्थिक स्वतंत्रता' (फाइनेंशियल फ्रीडम) है। इस श्रेणी के लोग 'स्वयं' को नहीं, बल्कि अपने 'धन' को काम में लगाने के विचार को प्यार करते हैं। निवेशक विभिन्न चीजों—सोना, अचल संपत्ति जैसी भौतिक परिसंपत्तियों (फिजिकल एसेट्स) में भी निवेश कर सकते हैं, या फिर स्वामित्व हिस्सेदारी (स्टॉक ऑफ शेयर), ऋण प्रतिभूति (डेट सिक्योरिटीज/ब्रांड) या पारस्परिक निधि (म्यूचुअल फंड) जैसी कागजी परिसंपत्तियों (पेपर एसेट्स) में भी। ध्यान रहे कि यदि आपकी आय कंपनी या सरकार की सेवानिवृत्ति योजना से हो रही है, तो वह कर्मचारी श्रेणी के आय वृत्त-खंड में शामिल की जाएगी, न कि निवेशक श्रेणी में।

संजाल-विपणन व्यवसाय का सबसे बड़ा लाभ यह है कि यह क्षेत्र नए लोगों से भरा हुआ होता है, जिनमें कुछ लोग आपके बहुत अच्छे मित्र भी बन सकते हैं। ध्यान रहे कि जब आप कर्मचारी आय वृत्त-खंड में होते हैं, तो आपके मित्र भी उसी मानसिकता के होते हैं।

आज के समय में, हम सभी को निवेशक बनने की आवश्यकता है, लेकिन विडंबना है कि हमारी आधारभूत शिक्षा प्रणाली हमें निवेश करना नहीं सिखाती। यही कारण है कि अलग-अलग श्रेणी के लोग बिल्कुल अलग प्रकार से निवेश करते हैं, क्योंकि उनकी मानसिकता व मूल्य अलग-अलग होते हैं। रोचक तथ्य यह है कि अधिकांश कर्मचारी पारस्परिक निधि (म्यूचुअल फंड) या बचत योजनाओं (सेविंग स्कीम) में निवेश करते हैं। उदाहरण के लिए स्व-नियोजित श्रेणी के लोग अचल संपत्तियों में इसलिए

निवेश नहीं करते हैं कि उन्हें उसका रखरखाव स्वयं करना पड़ेगा, जबकि व्यवसाय श्रेणी के लोग अचल संपत्तियों में निवेश कर उसके रखरखाव का काम किसी संपत्ति प्रबंधन (प्रॉपर्टी मैनेजमेंट) कंपनी को सौंपकर निश्चिंत हो जाते हैं।

इस प्रकार, संजाल-विपणन व्यवसाय वैसे लोगों के लिए है, जो व्यवसाय श्रेणी में प्रवेश करना चाहते हैं। याद रहे कि संजाल-विपणन ऐसी व्यवसाय प्रणाली है, जो 500 से भी अधिक लोगों तक विस्तार किए जाने के लिए रची जाती है। हाँ, सैद्धांतिक रूप से, इस व्यवसाय की आय भी असीमित है, लेकिन कर्मचारी व स्व-नियोजित श्रेणी के लोगों की आय-संभावना व्यक्ति-विशेष की उत्पादन करने या कमाने की क्षमता तक ही सीमित होती है। संजाल-विपणन में ज्यों-ज्यों आपका संजाल बढ़ता जाता है, आपकी आय भी बढ़ती जाती है और आप बहुत अधिक मात्रा में धन कमा सकते हैं। हाँ, जब आपका संजाल बहुत बड़ा हो जाता है, तो आप आसानी से 'व्यवसाय' श्रेणी से 'निवेशक' श्रेणी की ओर कदम बढ़ा सकते हैं।

महान् कंपनी या महान् नेतृत्वकर्ता बन पाने में वर्षों लगते हैं, लेकिन विडंबना यह है कि अधिकांश लोग झटपट करोड़पति बनने की आकांक्षा से प्रेरित होते हैं और वे वर्षों की योजना पर काम नहीं करना चाहते। धन तो सभी को चाहिए, लेकिन अधिकांश लोग इसके लिए समय व श्रम नहीं लगाना चाहते। यही कारण है कि अधिकांश लोग 'व्यवसाय' आय वृत्त-खंड में प्रवेश नहीं कर पाते और सफल उद्यमी या व्यवसायी नहीं बन पाते।

संजाल-विपणन व्यवसाय का सबसे बड़ा लाभ यह है कि यह क्षेत्र नए लोगों से भरा हुआ होता है, जिनमें कुछ लोग आपके बहुत अच्छे मित्र भी बन सकते हैं। ध्यान रहे कि जब आप कर्मचारी आय वृत्त-खंड में होते हैं, तो आपके मित्र भी उसी मानसिकता के होते हैं। ऐसे में जब आप संजाल-विपणन प्रणाली के माध्यम से 'व्यवसाय' आय वृत्त-खंड में प्रवेश करते हैं, तो आपके

लिए यह आवश्यक हो जाता है कि आप उसी नई मानसिकतावाले लोगों से मित्रता बढ़ाएँ, क्योंकि 'कर्मचारी' मानसिकतावाले लोग आपको नए क्षेत्र में आगे बढ़ने के लिए प्रोत्साहित नहीं कर सकते और ऐसा इसलिए होता है कि 'कर्मचारी' व 'व्यवसाय' आय वृत्त-खंडवाले लोगों की मानसिकता बिल्कुल अलग होती है। कर्मचारी वर्ग के लोगों का आधारभूत मूल्य 'सुरक्षा' होती है, जबकि 'व्यवसाय' श्रेणी के लोगों का 'संजाल निर्माण' के माध्यम से आर्थिक स्वतंत्रता प्राप्त करना।

ध्यान रहे कि संजाल-विपणन क्षेत्र की संभावनाओं की व्याख्या कर पाना बहुत ही कठिन होता है, क्योंकि विश्व भर में ऐसे लोगों की संख्या बहुत कम है, जो 'व्यवसाय' आय वृत्त-खंड में सफल हो पाते हैं। पारंपरिक शिक्षा प्रणाली या पारिवारिक मूल्यों से प्रभावित होने के कारण अधिकांश लोग 'कर्मचारी' या 'स्व-नियोजित' आय वृत्त-खंड तक ही सीमित रह जाते हैं और ऐसे लोगों की संख्या लगभग 80 प्रतिशत है। लगभग 15 प्रतिशत लोग 'निवेशक' श्रेणी के होते हैं, जबकि 'व्यवसाय' श्रेणी के लोगों की संख्या लगभग 5 प्रतिशत ही होती है। इसका मुख्य कारण यह है कि विश्व में थॉमस एडीसन जैसे गिने-चुने वैज्ञानिक ही हुए हैं, जिनमें उद्यमी बन पाने की दूरदृष्टि व योग्यता होती है। इसी प्रकार, स्व-नियोजित श्रेणी के बहुत कम लोग ही सही अर्थों में उद्यमी श्रेणी में प्रवेश कर पाते हैं। यही कारण है कि यदि आप संजाल-विपणन व्यवसाय में प्रवेश करना चाहते हैं, तो कर्मचारी या स्व-नियोजित श्रेणी के मित्र आपको प्रोत्साहित नहीं कर सकते।

आर्थिक स्वतंत्रता हेतु पंचवर्षीय योजना

यदि आप अपनी आर्थिक स्वतंत्रता के लिए संजाल-विपणन व्यवसाय को अपनाना चाहते हैं तो आपके लिए पंचवर्षीय योजना बनाना भी आवश्यक है। इसके कई महत्त्वपूर्ण कारण हैं।

सबसे पहले यह बात ध्यान में रखने की है कि किसी भी व्यवसाय के निर्माण में समय लगता है। चाहे वह स्टारबक्स हो या फिर मैकडॉनल्ड्स या

फिर सोनी या कोई अन्य कंपनी, सभी के निर्माण में दशकों का समय लगा है। जी हाँ, महान् कंपनी या महान् नेतृत्वकर्ता बन पाने में वर्षों लगते हैं, लेकिन विडंबना यह है कि अधिकांश लोग झटपट करोड़पति बनने की आकांक्षा से प्रेरित होते हैं और वे वर्षों की योजना पर काम नहीं करना चाहते। धन तो सभी को चाहिए, लेकिन अधिकांश लोग इसके लिए समय व श्रम नहीं लगाना चाहते। यही कारण है कि अधिकांश लोग 'व्यवसाय' आय वृत्त-खंड में प्रवेश नहीं कर पाते और सफल उद्यमी या व्यवसायी नहीं बन पाते।

याद रहे कि सीखना शारीरिक प्रक्रिया है और शारीरिक शिक्षण प्रक्रिया (फिजिकल लर्निंग प्रोसेस) में कई बार मानसिक शिक्षण प्रक्रिया (मेंटल लर्निंग प्रोसेस) की तुलना में अधिक समय लग सकता है। उदाहरण के लिए, मानसिक शिक्षण आपको साइकिल सीखने का फैसला करने में मदद कर सकता है, लेकिन उसकी तुलना में शारीरिक रूप से साइकिल सीखने की प्रक्रिया में अधिक समय लगता है, लेकिन खुशी की बात यह है कि जब किसी कुशलता को शारीरिक रूप से एक बार सीख लेते हैं, तो बहुधा आजीवन आपके साथ बनी रहती है।

यदि किसी दूरसंचार संजाल में उपयोगकर्ता की संख्या 1 है, तो उसका कोई आर्थिक मूल्य नहीं है, लेकिन वही संख्या 2 है तो उसका आर्थिक मूल्य 4 हो जाता है। इसी प्रकार यदि संजाल में उपयोगकर्ताओं की संख्या 3 हो जाती है तो उसका आर्थिक मूल्य 9 हो जाता है। कहने का भाव यह है कि संजाल का आर्थिक मूल्य बहुत तेजी से बढ़ता है, न कि अंकगणित के हिसाब से।

इसके विपरीत, सीखी गई बातों को भुलाने की प्रक्रिया (अनलर्निंग प्रोसेस) भी शारीरिक प्रक्रिया ही है। रोचक तथ्य यह है कि बहुधा 'सीखने' से अधिक समय 'भुलाने' में लगता है। इसलिए यह कहावत लोकप्रिय है कि 'आप पुराने कुत्ते को नई चालकी नहीं सिखा सकते।' लेकिन हम कुत्तों की तरह जानवर नहीं हैं, एक बार सीखी गई चीजों को भुला नहीं सकते और उसकी जगह नई चीज सीख नहीं सकते। वैसे यह सच है कि हमारी

आयु जितनी अधिक होती जाती है, हमारे लिए पुरानी सीख को भूल पाने की क्षमता भी उतनी कम होती जाती है और ऐसा इसलिए होता है कि हम जो कुछ भी सीख चुके होते हैं, उनमें बहुत समय लगा होता है। यही कारण है कि अधिकांश लोग कर्मचारी व स्व-नियोजित श्रेणी में ही स्वयं को सुरक्षित महसूस करते हैं और उस 'सीख' को भुलाने में जोखिम का अनुभव करते हैं, क्योंकि उस प्रक्रिया में वर्षों का समय लगा हुआ होता है। रोचक तथ्य यह है कि लगभग हरेक व्यक्ति जानता है कि वह 'कर्मचारी' या 'स्वरोजगारी' के रूप में जो 'सुरक्षा' महसूस कर रहा है, वह स्थायी नहीं है, फिर भी वे उससे बाहर निकलने में जोखिम महसूस करते हैं। यह मानसिकता में बदलाव का प्रश्न है और इसके लिए आपको पर्याप्त समय लेना चाहिए। जी हाँ, तितली को अपने कोश (कोकून) से बाहर निकलने व उड़ने में समय लगता है।

इसलिए यदि आप संजाल-विपणन व्यवसाय में सफल होना चाहते हैं, तो आपको इसके लिए पंचवर्षीय योजना बनानी पड़ेगी। इस क्रम में आपसे कई प्रकार की गलतियाँ होंगी और आप उन गलतियों से इस व्यवसाय की कुशलता सीखेंगे। पारंपरिक व्यवसायों की तुलना में यह व्यवसाय इसलिए अधिक सुरक्षित माना जाता है कि संबंधित कंपनी के प्रशिक्षक आपकी मदद व प्रोत्साहन के लिए उपलब्ध रहते हैं, आपके साथ आपके नए मित्रों का पूरा नया संसार होता है और आप स्वयं को अकेला महसूस कर निराश नहीं होते हैं।

मेटकाफ-नियम में संजाल का मूल्य

अमेरिकी विद्युत् अभियंता (इलेक्ट्रिकल इंजीनियर) रॉबर्ट मेलान्टन 'बॉब' मेटकाफ को ईथरनेट के सह-आविष्कारक के रूप में जाना जाता है। बाद में उसने कंप्यूटर-संजाल उत्पादों की विनिर्माता कंपनी '3कॉम कॉरपोरेशन' की स्थापना की थी। अब वे टेक्सास विश्वविद्यालय (ऑस्टिन) में विद्युत् अभियांत्रिकी के प्राध्यापक हैं। 1980 में मेटकाफ ने 'मेटकाफ लॉ' को सूत्रबद्ध किया था, जो बताता है कि दूरसंचार संजाल (टेलीकम्यूनिकेशन

नेटवर्क) का आर्थिक मूल्य प्रणाली से जुड़े उपयोगकर्ताओं की संख्या के वर्ग के समानुपातिक है। आसान शब्दों में कहें तो यह कि यदि किसी दूरसंचार संजाल में उपयोगकर्ता की संख्या 1 है, तो उसका कोई आर्थिक मूल्य नहीं है, लेकिन वही संख्या 2 है तो उसका आर्थिक मूल्य 4 हो जाता है। इसी प्रकार यदि संजाल में उपयोगकर्ताओं की संख्या 3 हो जाती है तो उसका आर्थिक मूल्य 9 हो जाता है। कहने का भाव यह है कि संजाल का आर्थिक मूल्य बहुत तेजी से बढ़ता है, न कि अंकगणित के हिसाब से।

संजाल-विपणन व्यवसाय की विशेषता यह है कि इस प्रणाली के माध्यम से हमारे-आपके जैसे औसत व्यक्ति-विशेष के लिए 'मेटकाफ लॉ' की शक्ति उपलब्ध कराई गई है, लेकिन इस शक्ति को हासिल करने के लिए आपको नियम का पालन करना पड़ेगा।

याद रहे कि 1950 के दशक में जब अमेरिका में 'फ्रेंचाइजी' रेस्तराँ शृंखला का व्यवसाय शुरू हुआ था, तो लोग उसे संदेह की निगाहों से देखते थे, लेकिन 2016 में अकेले अमेरिका में लगभग 1300 फ्रेंचाइजी के लगभग 7.33 लाख व्यवसाय प्रतिष्ठान 76 लाख लोगों को प्रत्यक्ष रोजगार प्रदान कर रहे थे और अमेरिकी अर्थव्यवस्था में 674.3 अरब डॉलर आर्थिक उत्पादन के साथ सकल घरेलू उत्पाद में उनका योगदान 2.5 प्रतिशत था। 2017 में विश्व की शीर्ष 10 कंपनियों में क्रमश: मैकडॉनल्ड्स, के.एफ.सी., बर्गर किंग, सबवे, 7 इलेवन, हेर्त्ज, पिज्जा हट, मैरियट इंटरनेशनल, व्यंडहम होटल एंड रिसॉर्ट्स, हिल्टन होटल एंड रिसॉर्ट्स को शामिल किया था। इन सभी अमेरिकी कंपनियों का व्यवसाय संजाल विश्वव्यापी है। इसी प्रकार, 1970 के दशक में अमेरिका में ही नए प्रकार का व्यवसाय संजाल प्रारूप उभरकर सामने आया था, जिसे संजाल-विपणन (नेटवर्क मार्केटिंग) या प्रत्यक्ष बिक्री (डायरेक्ट सेलिंग) प्रणाली के रूप में जाना जाता है। तीसरे अध्याय में हम इस व्यवसाय के विश्वव्यापी विस्तार के बारे में पढ़ चुके हैं, लेकिन आश्चर्यजनक तथ्य यह है कि सिटी बैंक, टाइम

वार्नर, बर्कशायर हाथवे जैसे बड़े निगमों के भी संजाल-विपणन परिचालन हैं। जब आप अफवाहों से आशंकित दिमाग के दरवाजे खोलेंगे और वास्तविक स्थिति को जानना शुरू करेंगे तो आपको पता चलेगा कि संजाल-विपणन व्यवसाय की आलोचना करनेवाले वे हैं, जो 'व्यवसाय' आय वृत्त-खंड में नहीं हैं। आप पहले इस व्यवसाय की व्यापकता का अनुमान इसलिए भी नहीं लगा पा रहे थे कि यह सचमुच में आभासी व्यवसाय (वर्चुअल बिजनेस), अर्थात् अदृश्य व्यवसाय है। आप इसकी शिकायत केवल पुराने सोच के लोगों से सुनेंगे।

संजाल-विपणन व्यवसाय की विशेषता यह है कि इस प्रणाली के माध्यम से हमारे-आपके जैसे औसत व्यक्ति-विशेष के लिए 'मेटकाफ लॉ' की शक्ति उपलब्ध कराई गई है, लेकिन इस शक्ति को हासिल करने के लिए आपको नियम का पालन करना पड़ेगा। यदि आप 'मेटकाफ लॉ' सिद्धांत का अनुसरण करते हैं, तो किसी संजाल-विपणन कंपनी से जुड़ना एक अच्छी शुरुआत है, लेकिन संजाल-विपणन कंपनी से जुड़ना भर 'मेटकाफ लॉ' की अपार शक्ति के दोहन के लिए पर्याप्त नहीं है। यह तो आपके द्वारा एक दूरभाष यंत्र (टेलीफोन) खरीदने जैसा ही हुआ, और आप संजाल में अकेले हैं। वास्तव में, इस संजाल शक्ति के दोहन के लिए आपको अपना संजाल भी निर्मित करना पड़ेगा और यह तब होगा, जब आप अपने जैसे और व्यक्तियों को अपने व्यवसाय से जोड़ेंगे। जिस समय आपके साथ आप जैसा पहला व्यक्ति जुड़ जाएगा, तब आपका आर्थिक मूल्य शून्य से बढ़कर 4 हो जाएगा, जब दूसरा व्यक्ति जुड़ेगा तो आपका आर्थिक मूल्य 4 से बढ़कर 9 हो जाएगा। आपने जिन दो व्यक्तियों को अपने साथ जोड़ा है, यदि उन लोगों ने भी अपने साथ दो-दो व्यक्तियों को जोड़ लिया था, तो आपके संजाल में व्यक्तियों की कुल संख्या 6 हो जाएगी, आपका आर्थिक मूल्य 36 हो जाएगा। कुल मिलाकर आपका यह संजाल निर्माण शुरू करना चाँद के लिए उड़ान भरने जैसा ही है। यही तो संजाल-विपणन व्यवसाय की शक्ति है, जो 'मेटकाफ लॉ' के अनुसार चलती है।

यही कारण है कि एक निश्चित अवधि के बाद जब आप अपना व्यापक संजाल निर्माण करने में सफल हो जाते हैं, तो आप चिकित्सक, वकील, अधिकार प्राप्त लेखापाल जैसे पेशेवर विशेषज्ञों व अन्य स्व-नियोजित लोगों की आय को पछाड़ने में सक्षम हो जाते हैं।

इतना ही नहीं, जब आप अपने संजाल में किसी और को जोड़ते हैं, तो वह पहले की तुलना में अधिक नजदीकी मित्र बन जाता है, क्योंकि आप उसे कर्मचारी व स्व-नियोजित आय वृत्त-खंड से बाहर निकालकर 'व्यवसाय' में लाना चाहते हैं, उसके लिए आर्थिक स्वतंत्रता का द्वार खोलना है।…और जब वह संजाल-विपणन में अंतर्निहित 'मेटकाफ लॉ' की अपार शक्ति को महसूस करता है, तब उसे समझ आता है कि आपने उसके लिए कितना बड़ा काम किया है। स्पष्ट है कि तब वह मित्र आपको अपना 'मित्र' ही नहीं, आर्थिक मार्गदर्शक भी मानने लगता है और आप पर उसका भरोसा कई गुना अधिक बढ़ जाता है। वास्तव में, संजाल-विपणन व्यवसाय का निर्माण करना अपने ऐसे नए-पुराने मित्रों की खोज करना है, जो आपकी ही तरह आर्थिक स्वतंत्रता प्राप्त करने की दिशा में आगे बढ़ना चाहता है, स्वयं को व्यवसायी आय वृत्त-खंड में लाना चाहता है। यह बहुत ही आसान गणित है। यदि आपने 10 मित्रों का संजाल बनाया तो आपके संजाल की शक्ति 100 हो गई, न कि 10. और यदि उन मित्रों में से हरेक ने अपने सहित 9-9 मित्रों को जोड़ा, तो आपके संजाल में व्यक्तियों की कुल संख्या तो 100 ही रहेगी, लेकिन आपके संजाल की शक्ति 100 × 100 = 10,000 हो जाएगी

संजाल-विपणन प्रणाली सचमुच में सूचना युग का व्यवसाय है, क्योंकि अधिकांश संजाल-विपणन व्यवसाय मुख्य रूप से सूचना के आधार पर ही संचालित हो रहे हैं, न कि अपने स्थान, कारखाने व कर्मचारियों के ऊपर। जब माता-पिता अपने बच्चों को अच्छे अंक लाकर ऊँचे वेतनवाली पक्की नौकरी प्राप्त करने के लिए प्रेरित करते थे, तब वह औद्योगिक युग था।

और फिर इस प्रकार बढ़ने लगेगी संजाल की अपार शक्ति।

वास्तव में, यह संजाल-विपणन का ही युग है। औद्योगिक युग (इंडस्ट्रियल ऐज) बहुत पहले से समाप्त हो चुका है और हम सूचना युग (इनफॉर्मेशन युग) में आ चुके हैं। जनरल इलेक्ट्रिक व फोर्ड मोटर कंपनी जैसे बड़े व्यवसाय औद्योगिक युग के व्यवसाय हैं। मैकडॉनल्ड्स जैसे फ्रेंचाइजी व्यवसाय औद्योगिक युग व सूचना युग के बीच के परिवर्तनकाल (ट्रांजीशन पीरियड) के व्यवसाय हैं। संजाल-विपणन प्रणाली सचमुच में सूचना युग का व्यवसाय है, क्योंकि अधिकांश संजाल-विपणन व्यवसाय मुख्य रूप से सूचना के आधार पर ही संचालित हो रहे हैं, न कि अपने स्थान, कारखाने व कर्मचारियों के ऊपर। जब माता-पिता अपने बच्चों को अच्छे अंक लाकर ऊँचे वेतनवाली पक्की नौकरी प्राप्त करने के लिए प्रेरित करते थे, तब वह औद्योगिक युग था। तब माता-पिता नौकरी की सुरक्षा, सेवानिवृत्ति योजना व स्वास्थ्य की देखभाल संबंधी योजनाओं और सरकार की सामाजिक सुरक्षा (सोशल सिक्योरिटी) योजना में विश्वास करते थे। ये सभी औद्योगिक युग के पुराने विचार हैं। आज हम सभी जानते हैं कि नौकरी की सुरक्षा मजाक से अधिक कुछ भी नहीं है। अब आजीवन एक ही संगठन में नौकरी करना अधिकांश लोगों का सच नहीं है। अब सेवानिवृत्ति योजनाओं का भी कोई अर्थ नहीं रह गया है। आज लोगों को नए विचारों व प्रणालियों की आवश्यकता है, जिनके माध्यम से वे आर्थिक सुरक्षा व स्वतंत्रता प्राप्त कर सकते हैं।

9 सितंबर, 2011 को वर्ल्ड ट्रेड सेंटर (लोअर मैनहट्टन, न्यूयॉर्क सिटी, संयुक्त राज्य अमेरिका) पर इसलामी आतंकवादी संगठन अल-कायदा के आक्रमण के बाद 2996 लोगों की मृत्यु, 6000 से अधिक लोगों के घायल होने और कम-से-कम 10 अरब डॉलर की संपत्ति व बुनियादी ढाँचे के नुकसान के बाद शेयर बाजार में आई गिरावट के बाद और अधिक लोगों ने महसूस करना शुरू कर दिया है कि लगातार घटती जा रही सुरक्षा के वातावरण में संजाल-विपणन व्यवसाय प्रणाली ही ऐसा विकल्प है, जिसके माध्यम से वे अपने जीवन व आर्थिक भविष्य को सुरक्षित कर सकते हैं।

यही कारण है कि विश्व भर में संजाल-विपणन आधारित व्यवसायों का तेजी से विस्तार हो रहा है। हालाँकि पुरानी सोच के लोग अभी भी इसकी भविष्य की संभावनाओं को लेकर आशंकित हैं। हर युग में ऐसा ही होता रहा है, पुरानी सोच के लोग नई सोच की सफलता के प्रति संदेह प्रकट करते रहे हैं, लेकिन नई सोच अपने दम पर आगे बढ़ती जाती है।...यही संजाल-विपणन-व्यवसाय के साथ भी हो रहा है और यह व्यवसाय विश्व के सभी बाजारों में लोकप्रिय होता जा रहा है।

अपने अंदर के 'बिक्रीकर्मी' को जगाएँ

क्या आपने कभी सोचा है कि विश्व में अधिकांश लोग 'कर्मचारी' आय वृत्त-खंड में ही क्यों रह जाते हैं? क्योंकि वे अपने अंदर के 'बिक्रीकर्मी' (सेल्समैन) को नहीं जगा पाते। जी हाँ, व्यवसाय में 'बिक्री' सबसे पहली कुशलता है। बिक्री करने की योग्यता सबसे महत्त्वपूर्ण कुशलता है व्यवसाय आय-वृत्त-खंड (इनकम क्वाड्रेंट) की। यदि आप 'बिक्री' नहीं कर सकते, तो व्यवसाय स्वामी बनने के बारे में विचार करना ही छोड़ दीजिए।

चौंकिए मत, सबसे अच्छे बिक्रीकर्मी ही अब तक सबसे अच्छे नेतृत्वकर्ता बन सके हैं, चाहे वे विश्व के किसी भी देश के नेता रहे हों, सभी बिक्रीकर्मी ही थे, और अभी वे ही पूरे संसार को नेतृत्व प्रदान कर रहे हैं। आप किसी भी नेतृत्वकर्ता को ले लीजिए, सभी अपने 'विचारों की बिक्री' ही तो करते हैं।...उन विचारों की, जिससे लोग प्रेरित होते हैं। ये नेतृत्वकर्ता जब बोलते हैं, तो लोग सुनते हैं, क्योंकि उन लोगों में बोलने की शक्ति है, योग्यता है, कुशलता है और चूँकि वे लोगों को अपने विचार बेच पाते हैं, इसलिए लोग उन्हें अपना नेतृत्वकर्ता बनाते हैं।

संसार में आज तक जो भी गुरु हुए हैं, वे सभी महान् 'बिक्रीकर्मी' ही रहे हैं, चाहे वे बुद्ध रहे हों, या ईसा मसीह या पैगंबर मुहम्मद, या शंकराचार्य, या विवेकानंद, या महात्मा गांधी।

...और जब आप लिखते हैं, या एक-दूसरे से बोलते हैं, अपने बच्चों को

अपने खिलौने उठाने के लिए कहते हैं, ये सभी चीजें वास्तव में बिक्री करना ही तो है। आपके शिक्षक क्या करते हैं आपके साथ? अपने विचार, अपनी जानकारियाँ, सूचनाएँ ही तो आपको बेचते रहे हैं। हो सकता है कि कुछ शिक्षक अपने ज्ञान को ठीक प्रकार से समझा (बेच) नहीं पाते होंगे, तो अच्छे शिक्षक नहीं माने जाते होंगे और जिनकी बातें आज भी आपको याद आती हैं, आपका सिर बस यों ही झुक जाता है, भले ही वे गुरु आपके सामने शारीरिक रूप से उपस्थित भी न हों, क्योंकि वे कुशल बिक्रीकर्मी थे और आपको बड़ी आसानी से अपने विचार बेच पाने में सक्षम थे। जी हाँ, संसार में आज तक जो भी गुरु हुए हैं, वे सभी महान् 'बिक्रीकर्मी' ही रहे हैं, चाहे वे बुद्ध रहे हों, या ईसा मसीह या पैगंबर मुहम्मद, या शंकराचार्य, या विवेकानंद, या महात्मा गांधी।

बड़े होकर यदि हम अपने जीवन में सफल होना चाहते हैं, आर्थिक रूप से स्वतंत्र होना चाहते हैं और इसके लिए हम व्यवसाय की ओर कदम बढ़ाते हैं, तो हमें सबसे पहले अपनी 'बिक्रीकर्मी' की जन्मजात कुशलता को जगाना पड़ता है और उसका फिर से अभ्यास करना पड़ता है।

तो क्या हम बिक्री कर पाने में जितने अधिक अच्छे रहेंगे, जीवन में उतने ही अधिक सफल हो सकेंगे? इस प्रश्न का उत्तर इस प्रकार ढूँढ़ें। अपने जीवन में सफल न रहे लोगों को ध्यान से देखें, ये ऐसे लोग हैं, जिनकी बातें कोई भी सुनना नहीं चाहता, क्यों, क्योंकि जीवन में असफल रहे लोग स्वयं की बिक्री कर पाने में सक्षम नहीं रहे हैं, तो क्या हरेक व्यक्ति के लिए बिक्रीकर्मी बन पाना संभव है? बिल्कुल, हम सभी लोग जन्मजात बिक्रीकर्मी हैं। शिशु या बच्चे को ध्यानपूर्वक देखें। यदि वे भूखे हैं और जो वे चाहते हैं, उन्हें नहीं मिलता है, तो वे क्या करते हैं? रोना शुरू कर देते हैं। जी हाँ, वे रोकर संचार (कम्युनिकेशन) करते हैं, अपनी बातें कहते हैं, अर्थात् बिक्री करते हैं। क्या आप किसी बच्चे को यह कहकर चुप करा सकते हैं कि वह जो चाहता है,

उसे नहीं मिलेगा? यदि बच्चे की माँग पिता पूरी नहीं करता, तो वह माँ के पास चला जाता है। यदि माँ भी उस बच्चे की माँग पूरी नहीं करती, तो वह सीधे दादा-दादी के पास भागता है और अंततः अपनी माँग पूरी करके ही दम लेता है और यह बच्चा 'बिक्रीकर्मी' होने के कारण ही कर पाता है।

तो फिर बड़े होकर हम अपनी इस जन्मजात कुशलता को क्यों भूल जाते हैं? क्योंकि जब हम बड़े हो जाते हैं, तो हमें कहा जाता है कि चीजों के बारे में पूछना बंद करो…हमें कहा जाता है कि टीका-टिप्पणी करना बंद करो, शिकायत करना बंद करो, तंग करना बंद करो और हम धीरे-धीरे अपनी माँग रखना बंद कर देते हैं और इस तरह हम बिक्री को रोकना सीख लेते हैं।… हमारी 'बिक्रीकर्मी' की जन्मजात कुशलता कुंठित हो जाती है।

स्पष्ट है कि बड़े होकर यदि हम अपने जीवन में सफल होना चाहते हैं, आर्थिक रूप से स्वतंत्र होना चाहते हैं और इसके लिए हम व्यवसाय की ओर कदम बढ़ाते हैं, तो हमें सबसे पहले अपनी 'बिक्रीकर्मी' की जन्मजात कुशलता को जगाना पड़ता है और उसका फिर से अभ्यास करना पड़ता है। यदि आप 30 वर्ष के हो चुके हैं और अचानक आपको ऐसा लगता है कि आप अपने जीवन में पिछड़ रहे हैं, तो आपको यह पता भी चलता है कि आपमें किस विशेष प्रकार की कुशलता की कमी है। आप कड़ी मेहनत करते हैं, लेकिन आप जैसा चाहते हैं, वैसा नहीं होता है। जब आप और ध्यान से अपने बारे में सोचना शुरू करते हैं, तो आपको पता चलता है कि कठिन-से-कठिन परिश्रम भी आपको उस दिशा में आगे नहीं बढ़ा रहा है, जिस दिशा में आप जाना चाहते हैं। अंततः आप इस निष्कर्ष पहुँचते है कि यदि आप स्वयं में बदलाव नहीं लाते हैं, तो आप अपने जीवन में वहाँ नहीं पहुँच पाएँगे, जहाँ आप जाने की आकांक्षा रखते हैं।…इस तरह आपको अपनी जीवन की असफलता, निरर्थकता स्पष्ट दिखाई पड़ने लगती है।

यदि आप अपने में बदलाव लाने की दिशा में आगे बढ़ते हैं, तो आपको यह पता चलता है कि आप अपनी बात को ठीक प्रकार से रख नहीं पा रहे हैं।…आप लोगों से ठीक प्रकार से संवाद नहीं कर पा रहे हैं, उन्हें अपनी बात

व्यवसाय में दो ही शब्द सबसे अधिक महत्त्वपूर्ण हैं– खरीद (बाय) व बिक्री (सेल)। कोई भी व्यवसाय खरीदार (बायर) व बिक्रीकर्ता (सेलर) पर निर्भर करता है। चाहे आप शेयर बाजार में जाएँ या अचल संपत्ति बाजार में या फिर किसी और व्यवसाय में, सभी जगह आपकी खरीद-बिक्री की ही चर्चा होती मिलेगी।

समझा नहीं पा रहे हैं। आपके कर्मचारी आपकी बात नहीं सुनते, आप उन्हें कुछ कहते हैं और वे कुछ और ही समझ लेते हैं तथा उन्हें जो करना चाहिए, उसकी बजाय वे कुछ और ही करने लगते हैं या फिर कुछ करते ही नहीं। आपके ग्राहक आपको समझ नहीं पाते हैं। आप अपने ग्राहक को अपने उत्पाद की विशेषताएँ बताते हैं, लेकिन वे कोई और उत्पाद खरीद लेते हैं। आप किसी अनजान व्यक्ति से बात करने से कतराते हैं। आप किसी समारोह में जाते हैं, तो स्वयं को अकेला पाते हैं और ऊबने लगते हैं। आप जो कुछ भी कहना चाहते हैं, कह नहीं पाते। स्पष्ट है कि आपकी संचार कुशलता (कम्युनिकेशन स्किल) कमजोर है और आपको एक बार फिर से अपनी जन्मजात प्रतिभा को जगाने की आवश्यकता महसूस होती है। हो सकता है कि इसके लिए आपको प्रशिक्षण कार्यक्रम में भाग लेना पड़े और उसके लिए धन भी खर्च करना पड़े। आपको बेहिचक ऐसा प्रशिक्षण प्राप्त करना चाहिए; क्योंकि अपनी कुशलता को सुधारने के लिए किया गया यह निवेश बहुत ही लाभकारी साबित होगा और यदि आप 'व्यवसाय' में आना चाहते हैं, तो आपके लिए संचार-कुशल होना सबसे अधिक महत्त्वपूर्ण है, अन्यथा आप कुशल बिक्रीकर्मी नहीं बन सकते, और फिर इसके बिना सफल व्यवसायी भी नहीं।

ध्यान रहे कि व्यवसाय में दो ही शब्द सबसे अधिक महत्त्वपूर्ण हैं— खरीद (बाय) व बिक्री (सेल)। कोई भी व्यवसाय खरीदार (बायर) व बिक्रीकर्ता (सेलर) पर निर्भर करता है। चाहे आप शेयर बाजार में जाएँ या अचल संपत्ति बाजार में या फिर किसी और व्यवसाय में, सभी जगह आपकी

खरीद-बिक्री की ही चर्चा होती मिलेगी। स्पष्ट है कि यदि आपके पास खरीदार नहीं है, तो आप जल्द ही व्यवसाय से बाहर हो जाएँगे। इसका अर्थ यह भी हुआ कि व्यवसाय में बने रहने के लिए आपको लगातार अपने उत्पाद को बेचते रहना पड़ेगा। इतना ही नहीं, व्यवसाय में रहने के लिए सबसे पहले आपको अपने कर्मचारियों से, अपने निवेशकों से, अपने लेखापाल से, अपने वकील से प्रभावी संचार करना होगा; आपको अपने पत्रों से, संचार माध्यमों से, विज्ञापन से अपने उत्पादों को प्रचारित-प्रसारित करना होगा; और ये सभी काम वास्तव में बिक्रीकर्म ही हैं। इस तरह, एक व्यवसायी के रूप में आपको पूरे दिन बिक्री करते रहना होगा। आपको अपने कार्यसमूह को लगातार सक्रिय रखना होगा और अपने ग्राहकों को लगातार खुश रखना पड़ेगा। स्पष्ट है कि बिक्री का अर्थ अपना उत्पाद बेचकर किसी को कुछ धन देने के लिए सहमत करना ही नहीं है।

लगभग हरेक व्यावसायिक संगठनों में आपको मध्य-स्तर के ऐसे प्रबंधकों की संख्या अधिक मिलेगी, जो पदानुक्रम में ऊपर चढ़ पाने में असफल रहते हैं, क्योंकि वे ऐसे लोग हैं, जो बिक्री नहीं कर सकते। आपको बहुत से ऐसे अकेले लोग मिलेंगे, जो अपने सपने के स्त्री या पुरुष नहीं खोज पाते हैं।

तो बिक्री करना सीखना इतना अधिक महत्त्वपूर्ण क्यों है? बिक्री करने की कुशलता हासिल करना व्यवसाय आय वृत्त-खंड में आने के लिए सबसे महत्त्वपूर्ण कुशलता क्यों है? यह बहुत बड़ा सवाल है। वास्तव में अधिकांश लोग यह महसूस करने में असफल रहते हैं कि आप 'बेच' पाने में जितने अधिक सक्षम होंगे, उतना ही 'अधिक' खरीद पाने में भी। जी हाँ, आपने सही सुना। आप जितना अधिक बेचेंगे, उतना ही अधिक आपमें खरीद करने की क्षमता भी होगी। आप उतना ही अधिक खरीद सकते हैं, जितना अधिक आप बेच सकते हैं, क्योंकि यदि आप खरीदना चाहते हैं, तो सबसे पहले आपको कुछ बेचना पड़ेगा। यही कारण है कि व्यवसाय में बिक्री करना सबसे पहली व सबसे महत्त्वपूर्ण कुशलता है।

जब तक आप कुछ बेचेंगे नहीं, तो आपके पास खरीदने के लिए धन भी नहीं होगा और फिर आप व्यवसाय कैसे कर सकेंगे?

ध्यान दें, गरीब लोग गरीब क्यों हैं? क्योंकि वे बेच नहीं सकते या उनके पास बेचने के लिए कुछ होता ही नहीं है। संसार के हर देश में एक से बढ़कर एक प्रतिभाशाली लोग हैं, लेकिन उनमें से अधिकांश लोग अपनी प्रतिभा को बेच नहीं सकते। किसी व्यवसायी के पास भले ही कितना अधिक माल क्यों न हो, यदि वह उसे बेच नहीं पाता, तो उसे जल्द ही व्यवसाय से बाहर होना पड़ेगा। आप आर्थिक रूप से संघर्ष कर रहे व्यावसायिक संगठनों की छानबीन करें तो आपको पता चलेगा कि उनके नेतृत्वकर्ताओं के पास बेचने की कुशलता नहीं है। हो सकता है कि वे नेतृत्वकर्ता बहुत अधिक प्रतिभाशाली हों, लेकिन यह बात भी निश्चित है कि वे अच्छे संचारक (कम्यूनिकेटर) नहीं हैं। लगभग हरेक व्यावसायिक संगठनों में आपको मध्य-स्तर के ऐसे प्रबंधकों की संख्या अधिक मिलेगी, जो पदानुक्रम में ऊपर चढ़ पाने में असफल रहते हैं, क्योंकि वे ऐसे लोग हैं, जो बिक्री नहीं कर सकते। आपको बहुत से ऐसे अकेले लोग मिलेंगे, जो अपने सपने के स्त्री या पुरुष नहीं खोज पाते हैं। क्यों? उत्तर बहुत ही सीधा है कि वे अपनी बात कह पाने में असफल रहते हैं, वे अपने सपनों के साथी को यह बता नहीं पाते, वे अच्छे व्यक्ति हैं।

अधिकांश लोग अपने डर के बारे में झूठ बोलते हैं और वे ऐसा प्रदर्शित करने की कोशिश करते हैं कि मानो 'बिक्रीकर्म' उनकी शैक्षणिक योग्यता की तुलना में बहुत ही घटिया व तुच्छ काम हो। बिक्रीकर्म के प्रति नाक-भौंह सिकोड़नेवाले ये लोग वास्तव में गरीब लोग होते हैं, जो अपने जीवन के एक या दूसरे क्षेत्र में कमजोर रहे होते हैं। बहुधा ऐसे लोग व्यक्तिगत सफलता या प्रेम में कमजोर होते हैं।

जी हाँ, अपने सपनों की प्रेमिका खोजना भी बिक्रीकर्म ही है और यह हर जीवन का सबसे महत्त्वपूर्ण बिर्कीकर्म है। संसार ऐसे अकेले निराश स्त्रियों-पुरुषों से भरा पड़ा है, जिन्हें प्रभावी संवाद करना

नहीं सिखाया गया है, जिन्हें स्वयं को खारिज कर दिए जाने के डर से बाहर निकलना नहीं सिखाया गया है, उन्हें खारिज हो जाने के बाद स्वयं को फिर से उठकर खड़ा होना नहीं सिखाया गया है। इस प्रकार बिक्री हमारे जीवन के हर पहलू को प्रभावित करती है।

जब कोई व्यक्ति नौकरी का आवेदन करता है, तो वह वास्तव में अपनी पेशेवर सेवाएँ ही तो बेचता है। हर व्यक्ति कुछ-न-कुछ बिक्री कर रहा है। आपके घर में जो कुछ भी है—गैस चूल्हा, प्रशीतक यंत्र (रेफ्रीजरेटर), दूरदर्शन (टेलीविजन), बिस्तर या अन्य सबकुछ, किसी ने आपको बेचा ही तो है। आप घर से बाहर निकलते हैं, तो आपको जो कुछ भी दिखाई देता है, उन्हें भी किसी-न-किसी ने बेचा तो है। स्पष्ट है कि यदि आप जीवन में सफल होना चाहते हैं, तो आपको बिक्री करने की कुशलता सीखनी ही पड़ेगी। इसका कोई और विकल्प नहीं है। वास्तविक जीवन में झाँकें तो स्पष्ट दिखाई देगा कि जो राजनीतिक चुनाव जीतता है, वह सचमुच में कुशल बिक्रीकर्मी ही तो है। हमारे शिक्षक, हमारे धार्मिक गुरु, सभी बिक्रीकर्मी ही तो हैं। तो क्या आप स्वयं को बिक्रीकर्मी बनाने के लिए तैयार हैं, हो सकता है कि आप इस विचार से ही आतंकित हों? जी हाँ, आप ऐसे अकेले नहीं हैं, जिसे 'बिक्रीकर्म' करने की बात आते ही पसीना छूटने लगता है, विश्व के हर समाज में बिक्री करने से डरनेवालों की संख्या बहुत अधिक है, क्योंकि उन सभी को अस्वीकृति (रिजेक्शन) का डर सताता है। इसलिए वे सभी दूसरों के लिए काम करने में अर्थात् कर्मचारी बनने में स्वयं को अधिक सुरक्षित समझते हैं और कर्मचारी आय वृत्त-खंड में अभाव की जिंदगी जीने की आदत डाल लेते हैं।

रोचक तथ्य यह है कि कर्मचारी वर्ग के ये लोग अपनी कमजोरी को स्वीकार करने के विपरीत 'बिक्रीकर्म' को भी खराब बताते हैं। दूसरों की नौकरी करनेवाले ये लोग स्वयं को 'शिक्षित पेशेवर' (एजुकेटेड प्रोफेशनल) कहलाने में गर्व का अनुभव करते हैं, जब 'बिक्रीकर्मी' कहलाने में स्वयं को छोटा महसूस करते हैं। जी हाँ, अधिकांश लोग अपने डर के बारे में झूठ बोलते

विश्व के सबसे अधिक सफल रहे लोगों को सबसे अधिक 'अस्वीकृति' का सामना करना पड़ा है। जी हाँ, इसके उलट जिन लोगों ने अपने जीवन में सबसे कम 'अस्वीकृति' का सामना किया, वे लोग ही सबसे अधिक असफल लोग हैं। तो स्पष्ट है कि यदि आपको जीवन में सफल होना है तो आपको अधिक-से-अधिक 'अस्वीकृतियों' का सामना करना पड़ेगा।

हैं और वे ऐसा प्रदर्शित करने की कोशिश करते हैं कि मानो 'बिक्रीकर्म' उनकी शैक्षणिक योग्यता की तुलना में बहुत ही घटिया व तुच्छ काम हो। बिक्रीकर्म के प्रति नाक-भौंह सिकोड़नेवाले ये लोग वास्तव में गरीब लोग होते हैं, जो अपने जीवन के एक या दूसरे क्षेत्र में कमजोर रहे होते हैं। बहुधा ऐसे लोग व्यक्तिगत सफलता या प्रेम में कमजोर होते हैं। अधिकांश लोग, जो बिक्री नहीं कर पाते हैं, ऐसे लोग होते हैं, जो हमेशा अभाव में रहते हैं, छूट पर खरीदारी करते हैं और कम खर्च करते हैं और वे ऐसा इसलिए करते हैं कि उन्हें बिक्री करने में डर लगता है। अपनी कुशलताओं को बेचने का डर व कमी उन्हें हमेशा गरीब बनाए रखती है और हाँ, ये ही वे लोग हैं, जो 'अस्वीकृति' से आतंकित रहते हैं।

यही कारण है कि सफल लोग अपने अंदर 'अस्वीकृति' के डर को पनपने नहीं देते और उस पर काबू पाकर हमेशा बिक्रीकर्म में जुटे रहने का साहस प्रदर्शित करते हैं। सफल लोग अपने जीवन पर अस्वीकृति के डर को कभी भी हावी नहीं होने देते। स्पष्ट है कि यदि आप सचमुच में जीवन में सफल होना चाहते हैं, स्वयं को 'अस्वीकृति' के आतंक से मुक्त रखना चाहते हैं, तो आपको तत्काल बिक्रीकर्म अपनाना चाहिए और इस बिक्री की कुशलता को सीखना चाहिए और ऐसा करने के लिए संजाल-विपणन व्यवसाय सबसे अधिक उपयुक्त है। यह वह व्यवसाय है, जो आपको डर से मुकाबला करने का, डर से निपटने का, डर पर काबू पाने का और आपके अंदर के विजेता को जीतने का अवसर प्रदान करता है। यही वह व्यवसाय है,

जिसके नेतृत्वकर्ता धैर्य बनाए रखते हैं, जब आप सीख रहे होते हैं। पारंपरिक व्यवसायों में यदि आप तीन या छह महीनों में अपने बिक्री लक्ष्य को प्राप्त नहीं कर पाते हैं, तो आपको नौकरी से बाहर निकाल दिया जाता है। कुछ बड़े निगम ऐसे अवश्य हैं, जो प्रशिक्षुओं को एक वर्ष तक सीखने का अवसर देते हैं, लेकिन ऐसे उदार व्यावसायिक संगठनों की संख्या बहुत कम है।

याद रहे कि विश्व के सबसे अधिक सफल रहे लोगों को सबसे अधिक 'अस्वीकृति' का सामना करना पड़ा है। जी हाँ, इसके उलट जिन लोगों ने अपने जीवन में सबसे कम 'अस्वीकृति' का सामना किया, वे लोग ही सबसे अधिक असफल लोग हैं। तो स्पष्ट है कि यदि आपको जीवन में सफल होना है तो आपको अधिक-से-अधिक 'अस्वीकृतियों' का सामना करना पड़ेगा। आप किसी भी लोकतांत्रिक देश के प्रधानमंत्री या राष्ट्रपति का उदाहरण ले लें, उन्हें लाखों लोग 'अस्वीकार' कर देते हैं, लेकिन फिर भी विजेता बन जाते हैं। क्या आपने लाखों लोगों की अस्वीकृतियाँ झेली हैं? यदि हाँ, तो निश्चित मान लीजिए कि आप बहुत प्रसिद्ध व सफल होनेवाले हैं, लेकिन याद रखें कि प्रधानमंत्री व राष्ट्रपति बननेवाले लोगों को लाखों लोग अस्वीकार करते हैं, तो उससे भी अधिक लोग स्वीकार भी करते हैं और तभी वे इतने बड़े पदों पर पहुँच पाते हैं, लेकिन प्रधानमंत्री या राष्ट्रपति बननेवाले लोगों को लाखों लोगों द्वारा अस्वीकार कर दिए जाने का डर आतंकित किया होता तो वे कभी भी विजेता नहीं बन पाते।

क्या आपने कभी सोचा है कि प्रधानमंत्री या राष्ट्रपति जैसे शीर्ष पदों पर विराजमान लोगों को अभेद्य सुरक्षा घेरे में क्यों रखा जाता है? क्योंकि उन लोगों से घृणा करनेवालों की संख्या भी बहुत अधिक होती है, जिनमें से कई उनकी जान के पीछे भी पड़े रहते हैं। स्पष्ट है कि यदि आप 'अस्वीकृति' के उतने बड़े दबाव को झेल पाने में सक्षम नहीं हैं, तो फिर आप उतनी बड़ी सफलता भी प्राप्त करने के योग्य नहीं हैं। जी हाँ, अस्वीकृति को झेलने की क्षमता ही आपको सफल बनाती है। आपमें अस्वीकृति को झेलने की जितनी अधिक क्षमता होती है, आप उतने ही अधिक सफल हो पाते हैं और जो लोग

अस्वीकृति के डर से जितना दूर भागते हैं, वे उतने ही असफल भी होते हैं। विडंबना यही है कि विश्व में अस्वीकृति के डर से आतंकित होकर स्वयं की प्रतिभा की बिक्री करने का साहस न करनेवालों की संख्या बहुत अधिक है, इसलिए असफल लोगों की संख्या भी बहुत अधिक है। दूसरे शब्दों में, यदि आप सफल होना चाहते हैं तो आपको 'अस्वीकृति' का जोखिम भी उठाना ही पड़ेगा और यह भी सच है कि यदि आपको अस्वीकार नहीं किया जा रहा तो मान लीजिए कि आप जल्द ही अपनी जगह से हटा दिए जानेवाले हैं। इसका अर्थ यह नहीं है कि जोखिम उठाने के नाम पर दीवार से सिर टकराने की बेवकूफी करें, बल्कि इसका तात्पर्य यह है कि आप अस्वीकृति से स्वयं को ठीक करने की कोशिश करें। अस्वीकृति व भूल-सुधार का जोड़ आपको शिक्षा व वेग प्रदान करता है और आप सफलता की राह पर आगे बढ़ने लगते हैं और इसके लिए संजाल-विपणन व्यवसाय सबसे सटीक मंच है।

□

5

सपनों को जीना सीखें

हरेक आय वृत्त-खंड (इनकम क्वाड्रेंट) में नेतृत्वकर्ता पाए जाते हैं, लेकिन आपको 'व्यवसाय' वृत्त-खंड के अतिरिक्त, हरेक वृत्त-खंड में सफल नेतृत्वकर्ता बनने की आवश्यकता नहीं है, क्योंकि व्यवसाय वृत्त-खंड में नेतृत्व की कुशलता वैकल्पिक नहीं है। दूसरे शब्दों में, आप हरेक आय वृत्त-खंड में नेतृत्वकर्ता बने बिना भी रह सकते हैं, लेकिन नेतृत्वकर्ता बने बिना आप 'व्यवसाय' वृत्त-खंड में नहीं रह सकते। आपको व्यवसायी-उद्यमी बनना है तो उसकी पहली शर्त यही है कि आपमें नेतृत्व की कुशलता होनी चाहिए और यह इसलिए भी आवश्यक है, क्योंकि व्यवसाय में धन उत्पादों या सेवाओं के कारण नहीं आता है। जी हाँ, उसी व्यवसाय या उद्यम में धन का प्रवाह होता है, जिसमें सबसे अच्छे नेतृत्वकर्ता (लीडर) व सबसे अच्छे प्रबंधन दल (मैनेजमेंट टीम) होते हैं। स्पष्ट है कि यदि आपको व्यवसाय-उद्यम में सफल होना है, तो आपके लिए सफल नेतृत्वकर्ता की कुशलता हासिल करना अनिवार्य है।

सावधान! यदि आप कर्मचारी आय वृत्त-खंड में सफल व गतिशील नेतृत्वकर्ता हैं, तो आवश्यक नहीं है कि आपकी वह कुशलता 'व्यवसाय' वृत्त-खंड में भी आपको नेतृत्वकर्ता बना सके। याद रहे कि कर्मचारी व स्वनियोजित वृत्त-खंडों में और व्यवसाय व निवेश वृत्त-खंडों में नेतृत्व करने की कुशलताओं में बहुत अंतर है, क्योंकि दोनों मुख्य वृत्त-खंडों के नियम, संदर्भ व वातावरण भिन्न होते हैं और लोगों की 'मानसिकता' भी मेल

संजाल-विपणन कंपनियों के प्रशिक्षण कार्यक्रमों में व्यवसाय से संबंधित सभी प्रकार की कुशलताओं को विकसित करने की अपेक्षा की जाती है, लेकिन उनमें सबसे अधिक महत्त्वपूर्ण होता है—नेतृत्व का विकास (लीडरशिप डेवलपमेंट), जिसके बिना आप 'व्यवसाय' आय वृत्त-खंड में टिक भी नहीं सकते, सफल होने की तो बात ही बहुत दूर है, लेकिन ध्यान रहे कि 'व्यवसाय' के लिए अनिवार्य नेतृत्व कुशलताएँ (लीडरशिप स्किल्स), 'कर्मचारी' व 'स्व-नियोजित' वर्गों के लिए अपेक्षित प्रबंधन कुशलताओं (मैनेजमेंट स्किल्स) से बिल्कुल अलग होते हैं।

नहीं खाती। वैसे पारंपरिक व्यवसाय के क्षेत्र भी पाखंडियों से भरे पड़े हैं, जहाँ 'स्वतंत्रता' (फ्रीडम) नहीं 'सुरक्षा', 'विशेष कार्य' (मिशन) नहीं 'पैसा' (मनी), 'मंडली' (टीम) नहीं 'व्यक्ति-विशेष' (इंडिविजुअल) व 'नेतृत्व' (लीडरशिप) नहीं 'प्रबंधन' (मैनेजमेंट) ही अधिकांश लोगों को उत्साहित करते हैं। यदि आप नई सोच के साथ 'व्यवसाय' में आना चाहते हैं, तो आपको पारंपरिक व्यवसाय क्षेत्र में बहुत संघर्ष करना पड़ेगा।

जब आप पारंपरिक व्यवसाय क्षेत्र में जाएँगे तो आप कर्मचारी-सम्मेलनों में प्रबंधकों को कंपनी के विशेष कार्य, सामूहिक कार्यभावना (टीम स्पिरिट) की महत्ता और सभी प्रकार के उदात्त आदर्शों (लॉफ्टी आइडियल्स) पर बातचीत करते हुए देखेंगे, लेकिन जब आप पारंपरिक व्यवसायों की आंतरिक गतिविधियों की छानबीन करेंगे, तो आपको पता चलेगा कि वहाँ पैसा, भत्ता व सुरक्षा ही सबसे अधिक महत्त्वपूर्ण है, जो कर्मचारियों व प्रबंधकों को एक-दूसरे के साथ बाँधे हुए है। इसके विपरीत जब आप नए युग के नवाचारी संजाल-विपणन व्यवसाय की कंपनियों की कार्यविधियों की जाँच करेंगे तो आपको यह जानकर सुखद अहसास होगा कि कई नेतृत्वकर्ता—निश्चित रूप से सभी नहीं, सैन्य नेतृत्वकर्ताओं की तरह लगेंगे, जो सचमुच में विशेष कार्य (मिशन), कार्यसमूह व कार्य की स्वतंत्रता को

बहुत अधिक महत्त्व देते है। जी हाँ, संजाल-विपणन क्षेत्र के अधिकांश (सभी नहीं) नेतृत्वकर्ता, चाहे वे नए हों या पुराने, आपको सचमुच में प्रेरक मिलेंगे। आप हैरान होंगे कि वे लोग आज के निगमित जगत् के अधिकांश प्रबंधकों, जो स्वयं को नेतृत्वकर्ता समझने का भ्रम पालते हैं या पाखंड करते हैं, से बिल्कुल अलग हैं।

'प्रबंधक', 'नेतृत्वकर्ता' नहीं होते हैं

संजाल-विपणन व्यवसाय को अपनाने का जो सबसे बड़ा लाभ आपको मिलेगा, वह है इस प्रणाली के अंतर्गत दिया जानेवाला नेतृत्व प्रशिक्षण (लीडरशिप ट्रेनिंग)। वैसे तो संजाल-विपणन कंपनियों के प्रशिक्षण कार्यक्रमों में व्यवसाय से संबंधित सभी प्रकार की कुशलताओं को विकसित करने की अपेक्षा की जाती है, लेकिन उनमें सबसे अधिक महत्त्वपूर्ण होता है—नेतृत्व का विकास (लीडरशिप डेवलपमेंट), जिसके बिना आप 'व्यवसाय' आय वृत्त-खंड में टिक भी नहीं सकते, सफल होने की तो बात ही बहुत दूर है, लेकिन ध्यान रहे कि 'व्यवसाय' के लिए अनिवार्य नेतृत्व कुशलताएँ (लीडरशिप स्किल्स), 'कर्मचारी' व 'स्व-नियोजित' वर्गों के लिए अपेक्षित प्रबंधन कुशलताओं (मैनेजमेंट स्किल्स) से बिल्कुल अलग होते हैं। सावधान! इसका अर्थ यह नहीं है कि व्यवसाय संचालन में 'प्रबंधन कुशलताओं' की कोई आवश्यकता नहीं होती। जी हाँ, प्रबंधन कुशलता बहुत ही महत्त्वपूर्ण कुशलता है, लेकिन हर किसी को 'प्रबंधन कुशलता' व 'नेतृत्व कुशलता' का अंतर समझ लेना चाहिए और यदि आपने उन कुशलताओं को

> **इसका सबसे बड़ा कारण है कि उसमें निवेशकों के आत्मविश्वास को प्रेरित कर सकनेवाली नेतृत्व कुशलताओं का अभाव है। वह किसी एक रेस्तराँ को शुरू भी कर सकता है और उसका सफलतापूर्वक संचालन भी कर सकता है, लेकिन उसमें अपने रेस्तराँ को बड़ी रेस्तराँ-श्रृंखला में बदल सकने की नेतृत्व कुशलताओं का अभाव है।**

हासिल किया है, तो यह जानना भी आवश्यक है कि उनका उपयोग कब करना चाहिए।

ध्यान रहे कि यह आवश्यक नहीं कि प्रबंधक 'नेतृत्वकर्ता' भी हो और नेतृत्वकर्ता 'प्रबंधक' भी। इस अंतर को ध्यानपूर्वक समझने की आवश्यकता है। जब आप ऐसे लोगों से मिलेंगे, जिन्हें 'कर्मचारी' व 'स्व-नियोजित' आय वृत्त-खंडों से 'व्यवसाय' वृत्त-खंड में अपने से कठिनाइयाँ हो रही हों, तो आपको पता चलेगा कि उनकी तकनीकी कुशलताएँ (टेक्निकल स्किल्स) या प्रबंधन कुशलताएँ तो बहुत अच्छी हैं, लेकिन वे 'नेतृत्व कुशलता' में बहुत कमजोर हैं।

इस संदर्भ में मैं अपने एक मित्र का उदाहरण देना चाहता हूँ, जो एक पाँच सितारा होटल में 'अधिशासी रसोइया' (एक्जीक्यूटिव शेफ) है और पिछले कई वर्षों से अपना रेस्तराँ खोलने का सपना पूरा कर पाने में असफल रहा है, क्योंकि वह उस परियोजना के लिए योग्य निवेशक नहीं खोज पा रहा है। वह बहुत ही प्रतिभाशाली व अनुभवी शेफ है और अपने महानगर के लगभग सभी धनी लोगों के बीच बहुत लोकप्रिय भी है। उसके पास अपने रेस्तराँ की अद्वितीय अवधारणा (यूनीक कॉन्सेप्ट), अच्छी तरह से शोध की व्यवसाय योजना (बिजनेस प्लान) भी है, बहुत अच्छा वित्तीय प्रक्षेपण (फाइनेंशियल प्रोजेक्शन) है, पहले से ही चुनी जा चुकी बहुत अच्छी अवस्थिति (लोकेशन) और बहुत बड़ा व्यक्तिगत ग्राहक समुदाय भी है, जो नए रेस्तराँ में उसका अनुसरण भी करेगा, लेकिन वह रेस्तराँ के लिए आवश्यक 2 करोड़ रुपए की पूँजीराशि का निवेशक नहीं ढूँढ़ पा रहा है। उसको योजना बनाए कई साल बीत चुके हैं, लेकिन वह निवेशक ढूँढ़ पाने में सफल नहीं हो पा रहा है। इसका सबसे बड़ा कारण है कि उसमें निवेशकों के आत्मविश्वास को प्रेरित कर सकनेवाली नेतृत्व कुशलताओं का अभाव है। वह किसी एक रेस्तराँ को शुरू भी कर सकता है और उसका सफलतापूर्वक संचालन भी कर सकता है, लेकिन उसमें अपने रेस्तराँ को बड़ी रेस्तराँ-श्रृंखला में बदल सकने की नेतृत्व कुशलताओं का अभाव है।

वास्तव में, उसे नेतृत्व कुशलता-संपन्न किसी व्यवसाय-साझेदार (बिजनेस पार्टनर) की आवश्यकता है, जो उसकी तकनीकी व प्रबंधकीय विशेषज्ञता को संभावनाशील व्यावसायिक अवसर में बदल सकता है, लेकिन वह विचित्र प्रकार का व्यक्ति है, जो 'कर्मचारी' से 'स्व-नियोजित' आय वृत्त-खंड में ही जाने को सहमत है और वह किसी को भी अपने रेस्तराँ का साझेदार नहीं बनाना चाहता। वह अपने सपनों का रेस्तराँ व्यवसाय निर्मित करना चाहता है, लेकिन किसी साझेदार को साथ लाए बिना केवल अपने ही दम पर। स्पष्ट है कि नेतृत्व कुशलता के अभाव में वह अपने सुविधा क्षेत्र (कंफर्ट जोन) से बाहर नहीं निकल पा रहा है और स्वयं में 'व्यवसाय' के आवश्यक व्यापक नेतृत्वकारी सोच व मानसिकता नहीं विकसित कर सका है। भला ऐसे व्यक्तिवादी सोच के व्यक्ति पर कोई भी निवेशक क्यों जोखिम उठाना चाहेगा? विडंबना यह है कि कई मित्रों द्वारा समझाए जाने के बावजूद उसे यह बात समझ नहीं आ रही है और अपनी कोशिशों में असफल होने के कारण अपनी योजना के प्रति निराश भी होने लगा है। मित्रों को डर है कि इस निराशा में वह अपनी वर्तमान नौकरी से भी हाथ धो सकता है।

जब निवेशकों को अपने 2 करोड़ के कई करोड़ में बदलने की दूर-दूर तक कोई संभावना ही नहीं दिख रही है, तो वह मेरे मित्र के व्यक्तिगत सपने को साकार करने के लिए इतनी बड़ी पूँजी निवेश क्यों करेगा? निवेशकों के पास अपने धन को तेजी से बढ़ाने के कई और विकल्प हैं।

यदि आप विभिन्न आय वृत्त-खंड (इनकम क्वाड्रेंट) के बीच के अंतर को देखें, तो आपको 'स्व-नियोजित' (सेल्फ एम्प्लोयड) व 'व्यवसाय' (बिजनेस) में केवल 'आकार' का अंतर दिखाई पड़ेगा, जैसे एक रेस्तराँ खोलना और कई रेस्तराओं की श्रृंखला खोलना—दोनों के बीच 'आकार' का अंतर है। मेरे मित्र की तरह, स्व-नियोजित व्यक्ति 'एक रेस्तराँ' खोलने में तो स्वयं को पूरी तरह सक्षम महसूस करता है, लेकिन 'रेस्तराँ-श्रृंखला' के बारे

में सोचकर उसके हाथ-पाँव फूलने लग जाते हैं, क्योंकि नेतृत्व कुशलता नहीं है, वह अपने से अधिक प्रतिभाशाली लोगों के साथ सामूहिक कार्य भावना से काम कर पाने सक्षम नहीं है। वह कुछ सहायकों के साथ स्वयं के एकल नेतृत्व में काम करने में भरोसा रखता है। यही कारण है कि कोई निवेशक मेरे प्रतिभाशाली व विशेषज्ञ मित्र की रेस्तराँ परियोजना में धन नहीं लगाना चाहता। निवेशकों में इस प्रकार की कोई आशंका नहीं है कि मेरे मित्र का रेस्तराँ डूब जाएगा और उसे उसका निवेशित धन वापस नहीं मिलेगा, लेकिन निवेशकों को बहुत अच्छी तरह से पता है कि मेरा मित्र अपने व्यवसाय को बड़ा नहीं बनने देगा और उन्हें अपने निवेश पर अपेक्षित लाभ नहीं मिल सकेगा। स्पष्ट है कि जब निवेशकों को अपने 2 करोड़ के कई करोड़ में बदलने की दूर-दूर तक कोई संभावना ही नहीं दिख रही है, तो वह मेरे मित्र के व्यक्तिगत सपने को साकार करने के लिए इतनी बड़ी पूँजी निवेश क्यों करेगा? निवेशकों के पास अपने धन को तेजी से बढ़ाने के कई और विकल्प हैं।

व्यवसाय के नेतृत्वकर्ताओं को अपने काम के लिए अपने से बहुत अधिक शिक्षित, विभिन्न पेशेवर क्षेत्रों में शिक्षित लोगों को निर्देश व नेतृत्व देना पड़ता है। धन की उगाही करने के लिए व्यवसायियों को अपने से बहुत अधिक धनी लोगों से निपटना पड़ता है।

लेकिन निवेशकों की सबसे बड़ी समस्या यह है कि मेरा वह मित्र रेस्तराँ कार्यदल का सबसे प्रतिभाशाली विशेषज्ञ है और उसका व्यक्तित्व भी चरम पर है। जब वह अपने सामने किसी की सुनता ही नहीं, तो कार्यदल में अपने से अच्छी किसी प्रतिभा को आने भी नहीं देगा। ध्यान रहे कि यदि आप किसी कार्यसमूह के नेतृत्वकर्ता हैं और स्वयं ही सबसे अधिक कुशल तकनीकी व्यक्ति भी हैं, तो आपका समूह संकट में आ जाएगा; क्योंकि विशेषज्ञ नेतृत्वकर्ता कभी भी अपने से अधिक प्रतिभाशाली विशेषज्ञ को अपने दल में नहीं आने देता और यदि कोई आ भी जाए तो उसे कुछ करने नहीं देता। ऐसे में निवेशकों की स्वाभाविक आशंका यह होती है कि यदि उस

'विशेषज्ञ' के साथ कोई अनहोनी हो गई, तो उस रेस्तराँ को तत्काल संचालित कर सकनेवाला कोई सक्षम व्यक्ति उपलब्ध नहीं हो सकेगा और रेस्तराँ की स्थिति अचानक गड़बड़ा सकती है तथा उसमें निवेशित धन का भविष्य खतरे में आ सकता है।

वास्तव में, 'व्यवसाय' आय वृत्त-खंड में नेतृत्व की कुशलता इसलिए सबसे अधिक महत्त्वपूर्ण है, क्योंकि व्यवसाय के नेतृत्वकर्ता को उन लोगों से निपटना पड़ता है, जो उससे अधिक होशियार, अधिक अनुभवी, अधिक सक्षम होते हैं। आप कई व्यवसायियों को, जिन्होंने कोई अधिक औपचारिक शिक्षा हासिल नहीं की, फिर भी वे अपने काम के लिए बैंक प्रबंधकों, वकीलों, अधिकार-प्राप्त लेखापालों, निवेश सलाहकारों आदि जैसे बहुत अधिक पढ़े-लिखे विशेषज्ञों से सौदे करते हैं। कहने का तात्पर्य यह है कि व्यवसाय के नेतृत्वकर्ताओं को अपने काम के लिए अपने से बहुत अधिक शिक्षित, विभिन्न पेशेवर क्षेत्रों में शिक्षित लोगों को निर्देश व नेतृत्व देना पड़ता है। धन की उगाही करने के लिए व्यवसायियों को अपने से बहुत अधिक धनी लोगों से निपटना पड़ता है।

जब आप संजाल-विपणन कंपनी की विचार-गोष्ठियों में भाग लेंगे, तो वहाँ आपको सर्वाधिक नेतृत्वकर्ताओं में कुछ को सुनने का अवसर मिलेगा, जो अपनी व्यक्तिगत सफलता व महानता से लोगों को प्रेरित करते हैं। ये व्यक्ति-विशेष आपको अपनी सफलता कहानियों के माध्यम से बताते हैं कि किस तरह उन्होंने लगभग शून्य से शुरू किया था और अंततः उतने धनी बन गए थे, जो उन्होंने कभी सपने में भी नहीं सोचा था।

इसके विपरीत, स्व-नियोजित वृत्त-खंड के लोगों को बहुधा अपने क्षेत्र के अन्य विशेषज्ञों, सहयोगियों व ग्राहकों से ही निपटना पड़ता है, जैसे वकील दूसरे वकीलों से, अधिकार प्राप्त लेखापाल दूसरे लेखापालों, चिकित्सक दूसरे चिकित्सकों आदि से ही बात करते हैं। ऐसे में, 'स्व-नियोजित' वृत्त-खंड से 'व्यवसाय' वृत्त-खंड में आने के लिए उन्हें अपनी नेतृत्व कुशलता में लंबी छलाँग लगाने की आवश्यकता पड़ती है,

न कि तकनीकी कुशलता में। दूसरे शब्दों में, यदि आपमें नेतृत्व कुशलता है तो आप व्यवसाय को बढ़ाने के लिए आवश्यक होशियार तकनीकी लोगों, जैसे कि वकील, अधिकारप्राप्त लेखापाल, मुख्य कार्यकारी अधिकारी (सी.ई.ओ.), अध्यक्ष (प्रेसिडेंट), उपाध्यक्ष (वाइस प्रेसिडेंट), अभियंता (इंजीनियर), प्रबंधक (मैनेजर) आदि को नौकरी पर रख पाने में सक्षम होते हैं। जी हाँ, दूसरों को सेवा देनेवाले ये पेशेवर वास्तव में प्रथम श्रेणी के छात्र रहे होते हैं, जो तीसरी श्रेणी के 'व्यवसायियों' के लिए काम करते हैं और दूसरी श्रेणी के अधिकांश लोग सरकारी सेवा में होते हैं। रोचक तथ्य यह है कि तीसरी श्रेणी के ये लोग भले ही पहली व दूसरी श्रेणी के छात्रों की तरह पेशेवर विशेषज्ञता नहीं रखते हैं, लेकिन बहुत अच्छे संचारक (कम्यूनिकेटर) होते हैं। इसी श्रेणी के अधिकांश छात्र राजनीति में जाते हैं और लाखों-करोड़ों लोगों का नेतृत्व करते हैं।

जब आप संजाल-विपणन व्यवसाय की अच्छी कंपनियों में से किसी का चुनाव कर उसके प्रशिक्षण कार्यक्रमों में भाग लेंगे, तो आप महसूस करेंगे कि वे अपने प्रशिक्षण कार्यक्रम के माध्यम से वास्तव में उच्च श्रेणी के 'व्यवसाय व नेतृत्व विकास कार्यक्रम' (बिजनेस एंड लीडरशिप डेवलपमेंट प्रोग्राम) संचालित करते हैं। ये कार्यक्रम विशेष रूप से 'कर्मचारी' व 'स्व-नियोजित' वृत्त-खंडों के उन लोगों में, जो 'व्यवसाय' में छलाँग लगाना चाहते है, नेतृत्व कुशलता व व्यवसाय संबंधी अन्य कुशलताएँ विकसित करने के लिए अमूल्य अवसर प्रदान करते हैं।

जब आप संजाल-विपणन कंपनी की विचार-गोष्ठियों में भाग लेंगे, तो वहाँ आपको सर्वाधिक नेतृत्वकर्ताओं में कुछ को सुनने का अवसर मिलेगा, जो अपनी व्यक्तिगत सफलता व महानता से लोगों को प्रेरित करते हैं। ये व्यक्ति-विशेष आपको अपनी सफलता कहानियों के माध्यम से बताते हैं कि किस तरह उन्होंने लगभग शून्य से शुरू किया था और अंततः उतने धनी बन गए थे, जो उन्होंने कभी सपने में भी नहीं सोचा था। आप महसूस करेंगे कि व्यवसाय की कुशलता सीखने के क्रम में स्वयं को सक्षम नेतृत्वकर्ता के

रूप में विकसित कर लिया था। जब वे लोग धन के बारे में बहुत अधिक बात करते हुए दिखते हैं, तब वे वास्तव में लोगों को अपने खोल से बाहर निकलने, अपने डर के पार जाने, अपने सपनों को, ऐसे सपनों को जीने के लिए प्रेरित करते हैं, जो जीवन को सचमुच में जीने योग्य बनाते हैं।

जी हाँ, संजाल-विपणन कंपनियों के प्रशिक्षण कार्यक्रमों की सबसे बड़ी विशेषता यही है कि ये बिल्कुल अलग प्रकार के नेतृत्वकर्ता विकसित करते हैं। सैन्य संगठन ऐसे नेतृत्वकर्ताओं को पैदा करते हैं, जो स्त्री-पुरुषों को देश की सुरक्षा में जीवन भी दाँव पर लगा देने के लिए प्रेरित करते हैं। पारंपरिक व्यवसाय नेतृत्वकर्ताओं व कार्य-समूहों का विकास करता है, जो प्रतिस्पर्धी को पटकने में सक्षम होते हैं, लेकिन संजाल-विपणन व्यवसाय ऐसे नेतृत्वकर्ताओं का विकास करता है, जो महान् शिक्षक बनकर दूसरों को प्रभावित करता है, जो दूसरों को अपने जीवन के सपनों को पूरा करने के लिए अपने सपनों के पीछे जाना सिखाता है। दुश्मनों को हराने या प्रतिस्पर्धी को पछाड़ने की जगह, अधिकांश संजाल-विपणन संगठनों के नेतृत्वकर्ता प्रेरित करते हैं और दूसरों को, किसी को नुकसान पहुँचाए बिना इस संसार द्वारा प्रस्तुत वित्तीय उपहार खोजना सिखाते हैं। स्पष्ट है कि तीनों प्रकार के नेतृत्व मानवीय भावनाओं को मुखर करते हैं, लेकिन नेतृत्व की विभिन्न शैलियाँ अलग-अलग प्रकार के नेतृत्वकर्ता पैदा करती हैं। यदि आप शिक्षण के माध्यम से दूसरों को प्रतिस्पर्धा में पछाड़े बिना स्वयं के लिए वित्तीय प्रचुरता (फाइनेंशियल अबंडंस) का अपना संसार खोजने को प्रभावित व प्रेरित करना चाहते हैं, तो आपके लिए संजाल-विपणन व्यवसाय सबसे उपयुक्त हो सकता है।

जब पैसे की बात आती है, तो तीन प्रकार की भावनाएँ होती हैं और उनके साथ रहने के भी तीन तरीके होते हैं। वे हैं—डर (फियर) की भावना; गुस्से (एंगर) व हताशा (फ्रस्ट्रेशन) की भावना और खुशी (जॉय) व शांति (पीस) तथा संतोष (कंटेंटमेंट) भावना।

जब 'पैसे के लिए' काम न करना पड़े

जब पैसे की बात आती है, तो तीन प्रकार की भावनाएँ होती हैं और उनके साथ रहने के भी तीन तरीके होते हैं। वे हैं—डर (फियर) की भावना; गुस्से (एंगर) व हताशा (फ्रस्ट्रेशन) की भावना और खुशी (जॉय) व शांति (पीस) तथा संतोष (कंटेंटमेंट) भावना।

डर की भावना—जिनके अपने घर होते हैं और जिनके पास हमेशा धन का अभाव रहता है, उन लोगों में 'डर की भावना' इतनी तीव्र हो जाती है कि मानो उन्हें लकवा मार गया हो···डर की भावना उनमें कुछ करने की शक्ति ही बचने देती है।···ऐसे लगता कि उनके रोम-रोम में 'डर की भावना' घर कर गई हो। हो सकता है कि हममें से कई लोगों को अपना बचपन गरीबी में गुजारना पड़ा हो और उनके लिए 'डर की भावना' की भयानकता का अनुमान लगाना मुश्किल नहीं होगा, जिनके माता-पिता इतने गरीब रहे हों कि उन्हें अपना अधिकांश जीवन हमेशा पैसे के अभाव में गुजारना पड़ता था, उन्हें पता है कि उनके परिवारों पर पर्याप्त धन न होने का डर किस कदर हावी रहा था।

गुस्से व हताशा की भावना—समाज का दूसरा सबसे बड़ा समुदाय निम्न व मध्यम आय वर्ग के लोगों का है, जो अपनी नौकरियों की सीमित आमदनी में गुस्से व हताशा की भावना में जीवन गुजारने के लिए मजबूर होते हैं। ये ऐसे लोग हैं, जिन्हें हर सुबह उठना पड़ता है और सावर्जनिक यातायात सुविधाओं से धक्का-मुक्की सहते हुए समय पर काम पर पहुँचना पड़ता है। महीने भर काम करने के बाद, जो वेतन उनके हाथ में आता है, वह उनकी जरूरी आवश्यकताओं की पूर्ति के लिए पर्याप्त नहीं होता।

बहुधा लोग 'पैसे' (मनी) व 'धन' (वेल्थ) के बीच के अंतर को ठीक प्रकार से समझ नहीं पाते हैं। ध्यान रहे कि धन को पैसे से नहीं मापा जा सकता, बल्कि धन को समय के साथ मापा जाता है। वास्तव में, 'धन' आनेवाले समय में अपनी जीवन-शैली बनाए रखने की क्षमता है।

मासिक वेतन पर जीवन जीनेवाला

इसी समुदाय का एक छोटा हिस्सा है; उच्च-मध्यम वर्ग के लोगों का, जिनकी आमदनी बाकी दोनों श्रेणियों की तुलना में बहुत अधिक होती है, लेकिन वे भी अपनी जीवन-शैली को बनाए रखने में धन का अभाव महसूस करते हैं। उच्च-मध्यम वर्ग के लोगों की जीवन शैली बहुत कुछ उच्च आय वर्ग की तरह होती है; उन्हें निम्न व मध्यम वर्गों की तरह काम पर पहुँचने के लिए सार्वजनिक यातायात सुविधाओं में धक्का-मुक्की भी नहीं करनी पड़ती, वे बड़े प्रबंधकीय पदों पर अच्छे वेतन भी पाते हैं, लेकिन फिर भी उच्च वर्ग की तुलना में उनकी आमदनी बहुत कम होती है। जी हाँ, उच्च आय वर्ग के लोगों को भी, निम्न व मध्यम आय वर्ग के लोगों की तरह ही हमेशा नौकरी छूट जाने का डर बना रहता है और वे सेवानिवृत्ति के बाद के अपने जीवन के लिए परेशान रहते हैं। इसलिए उन्हें भी आजीवन आय व व्यय की भारी कशमकश से भी गुजरना पड़ता है और वे गुस्से व हताशा की भावना के शिकार होते हैं।

खुशी, शांति व संतोष की भावना—ऊपर के दोनों आर्य वर्गों से अलग एक तीसरा आय वर्ग भी है, जिसे उच्च वर्ग कहा जाता है और इस वर्ग के लोग खुशी, शांति व संतोष की भावना से इसलिए जी पाते हैं, क्योंकि उन्हें पता होता है कि वे काम करें या न करें, उनके पास पैसे की बहुतायत बनी रहेगी। इस आय वर्ग के लोग व्यवसाय व निवेशक आय वृत्त-खंड के लोग होते हैं, जो वित्तीय स्वतंत्रता हासिल कर चुके हैं और अब उनके लिए स्वयं नियमित रूप से काम करने की अनिवार्यता नहीं रहती; क्योंकि अब उनके लिए दूसरे लोग व पैसा काम कर रहा होता है।

'पैसे' व 'धन' के बीच का अंतर—बहुधा लोग 'पैसे' (मनी) व 'धन' (वेल्थ) के बीच के अंतर को ठीक प्रकार से समझ नहीं पाते हैं। ध्यान रहे कि धन को पैसे से नहीं मापा जा सकता, बल्कि धन को समय के साथ मापा जाता है। वास्तव में, 'धन' आनेवाले समय में अपनी जीवन शैली बनाए रखने की क्षमता है। उदाहरण के लिए, मेरे बचत खाते (सेविंग अकाउंट) में 30 हजार रुपए हैं और मेरा औसत दैनिक व्यय 500 रुपए है, तो मेरे पास 60

सभी वक्ता इस प्रश्न का ठीक प्रकार से उत्तर नहीं दे पाते हैं; वे यह नहीं समझ पाते हैं कि 'व्यवसाय का निर्माण करना' व 'नौकरी के लिए काम करना' के बीच का अंतर क्या होता है। इससे भी अधिक महत्त्वपूर्ण यह है कि वे वक्ता 'पैसे' व 'धन' के बीच का अंतर स्पष्ट नहीं कर पाते हैं। इसका परिणाम यह होता है कि विचार गोष्ठियों में पहली बार भाग लेनेवाले अधिकांश लोग उलझ जाते हैं या फिर निराश हो जाते हैं।

दिनों का धन है और यदि मेरा दैनिक व्यय 1000 रुपए है, तो मेरा धन केवल 30 दिनों का ही है। वैसे तो यह धन को परिभाषित करने का बहुत ही सरल तरीका है, लेकिन यह भी सच ही है कि धन को समय से मापा जा सकता है, पैसे से नहीं।

स्वास्थ्य भी धन के समान ही होता है; क्योंकि धन की तरह स्वास्थ्य को भी समय से ही मापा जा सकता है। उदाहरण के लिए, जब चिकित्सक किसी मरीज को यह कहता है कि उसके पास अब जीवन के छह माह बचे हैं, तो वह व्यक्ति-विशेष के स्वास्थ्य को समय से ही माप रहा होता है। इसी प्रकार, जो कोई व्यक्ति आर्थिक रूप से पीछे चल रहा होता है, तो वास्तव में उधार लिये गए समय व उधार लिये गए पैसे के ऊपर जीवन काट रहा होता है। इसी प्रकार यदि आप व आपकी पत्नी दोनों ही नौकरी करते हैं और अचानक आप दोनों की नौकरी छूट जाती है, तो आप लोग अपनी जीवन शैली को कितने समय तक अपनी पूर्व स्थिति में बनाए रख सकते हैं, एक महीना, दो महीना या तीन महीना··· ? जी हाँ, यही समय आपके धन की स्थिति को मापता है।

धन के लिए काम करने की शिक्षा—जब आप संजाल-विपणन व्यवसाय में प्रवेश के लिए विभिन्न कंपनियों की छानबीन करते समय उनकी विचार-गोष्ठियों में भाग लेंगे, तो आप पाएँगे कि अधिकांश वक्ताओं के लिए सबसे कठिन विषय 'पैसे के लिए काम करना' व 'धन के लिए काम करना' के बीच के अंतर को स्पष्ट करना होता है। इन गोष्ठियों में अधिकतर लोगों

का सामान्य प्रश्न होता है—मैं कितने पैसे कमाऊँगा? लेकिन सभी वक्ता इस प्रश्न का ठीक प्रकार से उत्तर नहीं दे पाते हैं; वे यह नहीं समझ पाते हैं कि 'व्यवसाय का निर्माण करना' व 'नौकरी के लिए काम करना' के बीच का अंतर क्या होता है। इससे भी अधिक महत्त्वपूर्ण यह है कि वे वक्ता 'पैसे' व 'धन' के बीच का अंतर स्पष्ट नहीं कर पाते हैं। इसका परिणाम यह होता है कि विचार गोष्ठियों में पहली बार भाग लेनेवाले अधिकांश लोग उलझ जाते हैं या फिर निराश हो जाते हैं।

वे वक्ता बहुत ही गर्व से उत्तर दे रहे होते हैं, 'आपकी आमदनी असीमित होगी।' लेकिन इस उत्तर से अधिकांश लोग उलझ जाते हैं, क्योंकि उन गोष्ठियों में भाग लेनेवाले अधिकांश लोग 'असीमित आय' (अनलिमिटेड इनकम) की अपेक्षा से, बल्कि वे प्रतिमाह 10-20 हजार अतिरिक्त कमाई का विकल्प खोजने की कोशिश में वहाँ पहुँचे हुए होते हैं। वास्तव में, संजाल-विपणन व्यवसाय में आने की कोशिश करनेवाले अधिकांश लोग तब भी 'पैसे' की बात सोच रहे होते हैं, न कि 'धन' की। स्पष्ट है कि पैसा (मनी) दो प्रकार के होते हैं। एक वह 'पैसा' होता है, जो श्रम (लेबर) से आता है, दूसरा 'पैसा' वह है, जो परिसंपत्ति (एसेट) से आता है। यदि आप धनी बनना चाहते हैं, तो आपको ऐसे पैसे की आवश्यकता होगी, जो परिसंपत्तियों में निवेश से आता है। यदि आप आजीवन कठिन परिश्रम करते हैं, तब आप केवल 'पैसे' के लिए काम कर रहे होते हैं और अधिकांश लोग ऐसा ही करते हैं।

संजाल-विपणन गोष्ठियों में आनेवाले अधिकांश लोग 'कर्मचारी' व 'स्व-नियोजित' आय वृत्त-खंड के ही लोग होते हैं, जो 'पैसे' के लिए श्रम करते हैं। उनकी प्राथमिकता 'व्यवसाय स्वामी' या 'निवेशक' जैसी नहीं होती है, जो परिसंपत्तियों से 'धन' कमाने के काम करते हैं।

संजाल-विपणन कंपनियों की विचार गोष्ठियों में भ्रम की दूसरी स्थिति तब आती है, जब वक्ता कहता है, 'यदि आप सभी प्रतिमाह 10-20 हजार रुपए अतिरिक्त चाहते हैं, तो आप यह कल्पना कर सकते हैं कि इतनी मासिक

आमदनी आपको आजीवन आ सकती है, चाहे आप काम करें या नहीं?' हालाँकि इस पर अधिकांश लोग 'हाँ' में सिर हिलाते हुए दिखाई पड़ेंगे, लेकिन सच यह है कि उनमें अधिकांश तब भी अगले माह 10-20 हजार रुपए की अतिरिक्त आमदनी के बारे में ही सोच रहे होते हैं, न कि यह कि यदि वह अगले कुछ वर्षों तक अपने व्यवसाय का संजाल निर्माण करेंगे तो उनके पास हमेशा के लिए हर माह उतनी धनराशि आती रहेगी। ऐसा इसलिए होता है कि संजाल-विपणन गोष्ठियों में आनेवाले अधिकांश लोग 'कर्मचारी' व 'स्व-नियोजित' आय वृत्त-खंड के ही लोग होते हैं, जो 'पैसे' के लिए श्रम करते हैं। उनकी प्राथमिकता 'व्यवसाय स्वामी' या 'निवेशक' जैसी नहीं होती है, जो परिसंपत्तियों से 'धन' कमाने के काम करते हैं।

वित्तीय स्वतंत्रता का आसान तरीका

जब आप वित्तीय स्वतंत्रता (फाइनेंशियल फ्रीडम) हासिल करने में सफल रहे लोगों की रणनीतियों का अध्ययन करेंगे तो आपको पता चलेगा कि उन्होंने सबसे पहले 'व्यवसाय का निर्माण' किया था और फिर मुख्य रूप से अचल संपत्तियों (रियल इस्टेट) में निवेश किया था। ऐसा करने लिए लिए उनमें से कई लोगों को 10 वर्ष लगे होते हैं, तो अधिकांश को उससे अधिक समय भी।

अब प्रश्न उठता है कि आर्थिक स्वतंत्रता के लिए सबसे पहले 'व्यवसाय का निर्माण' करना क्यों आवश्यक होता है? इस प्रश्न का लगभग एक जैसा उत्तर मिलेगा कि व्यवसाय के निर्माण से उन्हें बहुत पैसे पैदा करने के अवसर मिले थे। दूसरे अध्याय में हमने धनी बनने के अनेक रास्तों के बारे में पढ़ा है, जिनमें 'व्यवसाय का निर्माण' भी शामिल है। अधिकांश लोग इसी रास्ते को चुनते हैं। अमेरिका सहित उसके पूँजीवादी आर्थिक सिद्धांतों का अनुसरण करनेवाले विश्व के अधिकांश देशों (जिनमें भारत भी शामिल है) के कर-कानून (टैक्स लॉ) ऐसे लोगों के लिए अधिक अनुकूल हैं, जो 'व्यवसाय' वृत्त-खंड से आमदनी कमाते हैं और वैसे लोगों को दंडित करते हैं, जो

'कर्मचारी' वृत्त-खंड से अपना 'पैसा' कमाते हैं। लेकिन 'व्यवसाय का निर्माण' करना इसलिए भी आवश्यक है, क्योंकि उसमें बहुत अधिक 'पैसा' पैदा होता है, जिसे अधिकांश व्यवसायी अचल-संपत्तियों में निवेश कर 'धनी' बनते हैं।

अचल संपत्ति में निवेश—जब वर्ष 1997 से 2001 के बीच, 'डॉटकॉम/इंटरनेट बुलबुला' फूटने के कारण विश्व भर के शेयर बाजारों में भारी गिरावट आई थी, तब बहुत से लोगों ने यह महसूस किया था कि स्वामित्व हिस्सेदारियों (शेयर ऑफ स्टॉक), पारस्परिक निधियों (म्यूचुअल फंड), ऋण प्रतिभूतियों (डेट सिक्योरिटीज/बॉण्ड) जैसी कागजी परिसंपत्तियों (पेपर एसेट्स) में निवेश करना बहुत जोखिम भरा होता है। उसके बाद, अचल संपत्ति में निवेश के प्रति जनसाधारण का रुझान बढ़ना शुरू हुआ था, लेकिन तब भी बहुत लोगों के पास अचल संपत्तियों में निवेश करने या महँगे स्थानों में रह पाने के लिए पर्याप्त पैसा नहीं था।

जिस प्रकार वित्तीय स्वतंत्रता के लिए तीन प्रकार की शिक्षाओं—शैक्षिक (अकेडमिक), पेशेवर (प्रोफेशनल) व वित्तीय (फाइनेंशियल) की आवश्यकता होती है, उसी प्रकार वित्तीय सफलता के लिए तीन प्रकार की बुद्धिमत्ता भी अपेक्षित होती है—मानसिक बुद्धिमत्ता (मेंटल इंटेलिजेंस), भावनात्मक बुद्धिमत्ता (इमोशनल इंटेलिजेंस) व वित्तीय बुद्धिमत्ता (फाइनेंशियल इंटेलिजेंस)।

फिर भी कुछ लोग ऐसे भी थे, जो केवल किराये का भुगतान करने के लिए पर्याप्त पैसे कमा रहे थे, फिर भी अचल संपत्तियों में निवेश करने का नवाचारी तरीका निकाल लिया था। कैसे? उन्होंने अपनी पूर्णकालिक नौकरियाँ (फुलटाइम जॉब) करने के साथ-साथ अचल संपत्तियों में निवेश का अंशकालिक व्यवसाय (पार्टटाइम बिजनेस) शुरू किया था। जब व्यवसाय से पैसा आना शुरू हो गया, तब भी उन्होंने अपनी पूर्णकालिक नौकरियाँ जारी रखी थी और व्यवसाय से आनेवाली अतिरिक्त आमदनी से अचल संपत्तियों में निवेश

करना शुरू कर दिया था। इस तरह उन लोगों ने आजीवन पैसे के लिए श्रम करते हुए जीवन बिताते रहने की बजाय, दो प्रकार की परिसंपत्तियों—व्यवसाय व अचल संपत्ति निवेश का निर्माण करना भी शुरू क्रर दिया था।

लेकिन यह सब पढ़ना जितना आसान है, उतना करना नहीं। इसके लिए आपको वित्तीय बुद्धिमत्ता विकसित करनी होगी।

बुद्धिमत्ता के प्रकार—जिस प्रकार वित्तीय स्वतंत्रता के लिए तीन प्रकार की शिक्षाओं—शैक्षिक (अकेडमिक), पेशेवर (प्रोफेशनल) व वित्तीय (फाइनेंशियल) की आवश्यकता होती है, उसी प्रकार वित्तीय सफलता के लिए तीन प्रकार की बुद्धिमत्ता भी अपेक्षित होती है—मानसिक बुद्धिमत्ता (मेंटल इंटेलिजेंस), भावनात्मक बुद्धिमत्ता (इमोशनल इंटेलिजेंस) व वित्तीय बुद्धिमत्ता (फाइनेंशियल इंटेलिजेंस)।

मानसिक बुद्धिमत्ता वह होती है, जिसे सामान्य रूप से विद्यालयों में बुद्धिलब्धि (इंटेलिजेंस क्वोशिएंट/आईक्यू) से मापा जाता है।

लेकिन भावनात्मक बुद्धिमत्ता को मानसिक बुद्धिमत्ता की तुलना में 25 गुना अधिक शक्तिशाली माना जाता है। उदाहरण के लिए, उत्तेजित होने या वापस बहस करने की जगह स्वयं को शांत बनाए रखना; ऐसे व्यक्ति से विवाह नहीं करना, जिसके बारे में आप जानते हैं कि वह लंबे समय में अच्छा जीवन-साथी नहीं बन सकता/सकती है और विलंबित संतुष्टि (डिलेड ग्रैटिफिकेशन)। ध्यान रहे कि आजकल की कई आर्थिक समस्याओं का मुख्य कारण तत्काल संतुष्टि (इंस्टेंट ग्रैटिफिकेशन) है, जो विलंबित संतुष्टि के विपरीत है।

जो लोग पैसे का खेल बहुत ही सावधानी से खेलते हैं, वे बहुधा 'कर्मचारी' आय वृत्त-खंड (इनकम क्वाड्रेंट) के लोग हैं, जिन्हें न केवल दूसरों की नौकरी करनी पड़ती है, बल्कि ऊँची दरों पर आयकर (इनकम टैक्स) का भी भुगतान करना पड़ता है।

...और आपकी वित्तीय बुद्धिमत्ता तो आपके व्यक्तिगत वित्तीय विवरण (फाइनेंशियल स्टेटमेंट) से ही मापी जा सकती है, कि आप कितना पैसा कमाते

हैं, आप कितना पैसा रखते हैं, वह पैसा आपके लिए कितना कठिन परिश्रम करता है, और आप उस पैसे को कितनी पीढ़ियों तक हस्तांतरित कर सकते हैं।

स्पष्ट है कि केवल मानसिक बुद्धिमत्ता से वित्तीय सफलता हासिल नहीं की जा सकती है और उसके लिए भावनात्मक बुद्धिमत्ता का होना भी अनिवार्य है, क्योंकि इसके बिना धन-संचय (वेल्थ अक्कुमुलेशन) संभव नहीं हो सकता। यही प्रमुख कारण है कि उच्च बुद्धिलब्धि (इंटेलिजेंस क्वोशिएंट/आईक्यू) वाले अधिकतर लोग धनी बनने में असफल रह जाते हैं। जिनकी वित्तीय बुद्धिलब्धि कमजोर होती है, उनमें मुख्य रूप से ये लक्षण पाए जाते हैं—वे बहुत ही धीरे-धीरे धनी बनते हैं; क्योंकि वे पैसे का खेल बहुत ही अधिक सावधानी से खेलते हैं; या वे बहुत ही तेजी के साथ धनी बनने की कोशिश करते हैं; या वे आवेग से खर्च करते हैं; या फिर वे किसी भी मूल्यवान् संपत्ति के स्वामी बने नहीं रह सकते।

वित्तीय स्वतंत्रता के लिए आवश्यक वित्तीय बुद्धिमत्ता हासिल करने हेतु 'भावनात्मक बुद्धिमत्ता' अनिवार्य है। यदि आप भावनात्मक रूप से बेकाबू (आउट ऑफ कंट्रोल) हैं, तो आपके लिए अपनी वित्तीय चुनौतियों का समाधान कर पाने की संभावना बहुत ही कमजोर है। हम कह सकते हैं कि यदि आप सचमुच में धनी बनने की आकांक्षा रखते हैं तो वास्तविक जीवन में मानसिक बुद्धिमत्ता से अधिक भावनात्मक बुद्धिमत्ता अधिक महत्त्वपूर्ण है।

वास्तव में, जो लोग पैसे का खेल बहुत ही सावधानी से खेलते हैं, वे बहुधा 'कर्मचारी' आय वृत्त-खंड (इनकम क्वाड्रेंट) के लोग हैं, जिन्हें न केवल दूसरों की नौकरी करनी पड़ती है, बल्कि ऊँची दरों पर आयकर (इनकम टैक्स) का भी भुगतान करना पड़ता है। वे बुद्धिमानी से निवेश नहीं कर पाते और अपने पैसे बचत खातों में ही रखते हैं, जहाँ बहुत ही कम ब्याज मिलता है और ब्याज से जो भी कमाई होती है, उस पर उन्हें उच्चतम दरों पर आयकर भुगतान करना पड़ता है।

जो लोग झटपट धनी बनने की

कोशिश करते हैं, उनमें भावनात्मक बुद्धिमत्ता अर्थात् धैर्य का अभाव होता है। ऐसे लोग अपने किसी भी विचार पर या नौकरी पर टिके नहीं रह पाते हैं। वे बार-बार नौकरियाँ बदलते हैं और अपने धन को लगातार 'यहाँ' से निकालकर 'वहाँ' लगाते रहते हैं। वे कुछ शुरू करते हैं, जल्द ही उससे ऊब जाते हैं और उसे छोड़कर कोई नया काम शुरू कर लेते हैं।

तीसरे प्रकार के लोग वे हैं, जो खरीदारी करने में बहुत अधिक रुचि लेते हैं। वे तब तक खरीदारी करते रहते हैं, जब तक कि उनका पैसा खत्म नहीं हो जाता। यदि उनके पास पैसा होता है, तो बिना कुछ सोचे-समझे, बस अपने आवेग में खर्च कर डालते हैं। ऐसे लोग पैसे को चुटकी का मैल समझते हैं।

चौथे प्रकार के लोग ऐसे काम करते हैं, जो उन्हें गरीब बनाए रखते हैं। मैंने ऐसे बहुत से लोगों को देखा है, जिन्होंने बहुत ही संभावनाशील अचल संपत्तियों में निवेश किया था, लेकिन वे महँगी कारें खरीदने के लिए, विदेश यात्राओं पर जाने के लिए, अपने बच्चों को महँगे निजी विश्वविद्यालयों में पढ़ाने हेतु शिक्षा ऋण लेने के लिए या फिर साख-पत्रक (क्रेडिट कार्ड) का भुगतान करने के लिए उन निवेशों को महज थोड़े से लाभ के लिए बेच दिया था। कुल मिलाकर वे लोग अपनी मूल्यवान् अचल संपत्ति को बेचकर ऐसी चीजें खरीद लेते हैं, जो उन्हें कोई मूल्य प्रदान करने की बजाय उन्हें और अधिक कर्ज की खाई में धकेलता है।

उपरोक्त चारों प्रकार के लोग कभी भी किसी व्यवसाय का निर्माण नहीं कर पाते और दूसरों के लिए नौकरी करने में ज्यादा अच्छा महसूस करते हैं और ऐसी चीजों पर काम करते रहते हैं, जिनके वे कभी भी स्वामी नहीं बन सकते। ऐसे लोगों में डर की भावना इतनी अधिक होती है कि वे हमेशा 'सुरक्षा' के लिए ही काम करते हैं, न कि वित्तीय स्वतंत्रता के लिए।

स्पष्ट है कि वित्तीय स्वतंत्रता के लिए आवश्यक वित्तीय बुद्धिमत्ता हासिल करने हेतु 'भावनात्मक बुद्धिमत्ता' अनिवार्य है। यदि आप भावनात्मक रूप से बेकाबू (आउट ऑफ कंट्रोल) हैं, तो आपके लिए अपनी वित्तीय चुनौतियों का समाधान कर पाने की संभावना बहुत ही कमजोर है। हम

कह सकते हैं कि यदि आप सचमुच में धनी बनने की आकांक्षा रखते हैं तो वास्तविक जीवन में मानसिक बुद्धिमत्ता से अधिक भावनात्मक बुद्धिमत्ता अधिक महत्त्वपूर्ण है। विश्व के सबसे अधिक धनी निवेशक वॉरेन बफे कहते हैं, 'एक व्यक्ति, जो अपनी भावनाओं को प्रबंधित नहीं कर सकता, वह अपने पैसे को भी प्रबंधित नहीं कर सकता।'

और भावनात्मक बुद्धिमत्ता को सुधारने के लिए संजाल-विपणन व्यवसाय बहुत ही कारगर मंच साबित हो सकता है, क्योंकि इस व्यवसाय में सफल होने के लिए आपको यदि सबसे अधिक किसी भी चीज की आवश्यकता होगी तो वह है धैर्य। एक बार जब आप अपनी भावनात्मक बुद्धिमत्ता को सुधारना शुरू कर देते हैं, तो आपके जीवन के अन्य क्षेत्रों में भी अपने आप सुधार आने लगता है। तब आप स्वयं को लोगों से अधिक आसानी से बातचीत करते हुए पाएँगे, अपनी बातों को और अधिक स्पष्टता से रखते हुए पाएँगे, दूसरों की भावनाओं को अधिक प्रभावी ढंग से सँभालने में सक्षम पाएँगे…और जब आप ऐसा करने लगेंगे तो देखेंगे कि आपका व्यवसाय अपने आप तेज गति से आगे बढ़ने लगा है। इसके अतिरिक्त, भावनात्मक बुद्धिमत्ता में सुधार का सबसे बड़ा लाभ आपको अपने वैवाहिक जीवन में भी देखने को मिलेगा—आप न केवल अच्छे पति/पत्नी बन सकेंगे, बल्कि अच्छे माता-पिता भी प्रमाणित होंगे। यही कारण है कि जो लोग संजाल-विपणन क्षेत्र में अपना व्यवसाय बनाने में वर्षों का धैर्य, समय व श्रम का निवेश करते हैं, उन्हें वित्तीय स्वतंत्रता के साथ-साथ जीवन के अन्य क्षेत्रों में सफल होने का अवसर मिलता है।

यही कारण है कि जो लोग संजाल-विपणन क्षेत्र में अपना व्यवसाय बनाने में वर्षों का धैर्य, समय व श्रम का निवेश करते हैं, उन्हें वित्तीय स्वतंत्रता के साथ-साथ जीवन के अन्य क्षेत्रों में सफल होने का अवसर मिलता है।

सावधान! जो लोग स्वयं में 'भावनात्मक बुद्धिमत्ता' विकसित नहीं कर पाते, वे संजाल-विपणन व्यवसाय में अधिक समय तक टिक ही नहीं पाते

और असफल हो जाते हैं। ऐसे ही लोग, संजाल–विपणन जीवन बदलनेवाली शिक्षा प्रणाली को बदनाम करते हैं और जो लोग धैर्य व लगन के साथ संजाल–विपणन व्यवसाय का निर्माण करने से सफल रहते हैं, वे ही इस व्यवसाय की अजस्र संभावनाओं का दोहन कर पाते हैं और अपने सपनों को जीने की कुशलता सीख लेते हैं।

□□□